KB105144

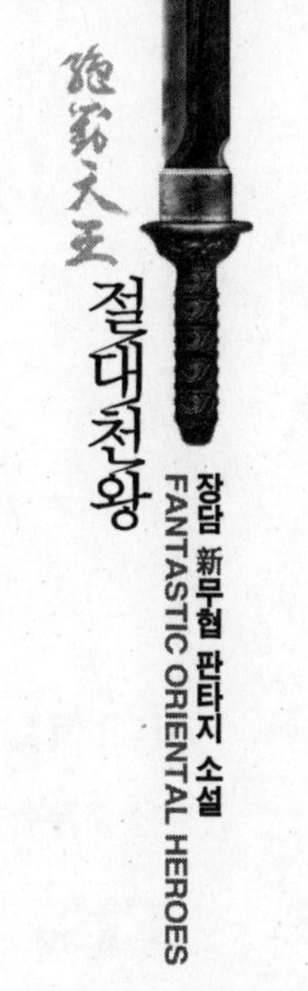

絶對天王 절대천왕

장담 新무협 판타지 소설

FANTASTIC ORIENTAL HEROES

절대천왕 3

장담 新무협 판타지 소설

초판 1쇄 찍은 날 § 2008년 5월 30일
초판 1쇄 펴낸 날 § 2008년 6월 10일

지은이 § 장담
펴낸이 § 서경석

편집장 § 문혜영
편집책임 § 서지현

펴낸곳 § 도서출판 청어람
등록번호 § 제1081-1-89호
등록일자 § 1999. 5. 31
어람번호 § 제2-1500호

주소 § 경기도 부천시 원미구 심곡1동 350-1 남성B/D 3F (우) 420-011
전화 § 032-656-4452 팩스 § 032-656-4453
http://www.chungeoram.com
E-mail § eoram99@chollian.net

ISBN 978-89-251-1337-1 04810
ISBN 978-89-251-1301-2 (세트)

3

절대천왕

풍운(風雲)

장담

新무협 판타지 소설

FANTASTIC ORIENTAL HEROES

도서출판 청어람

目次

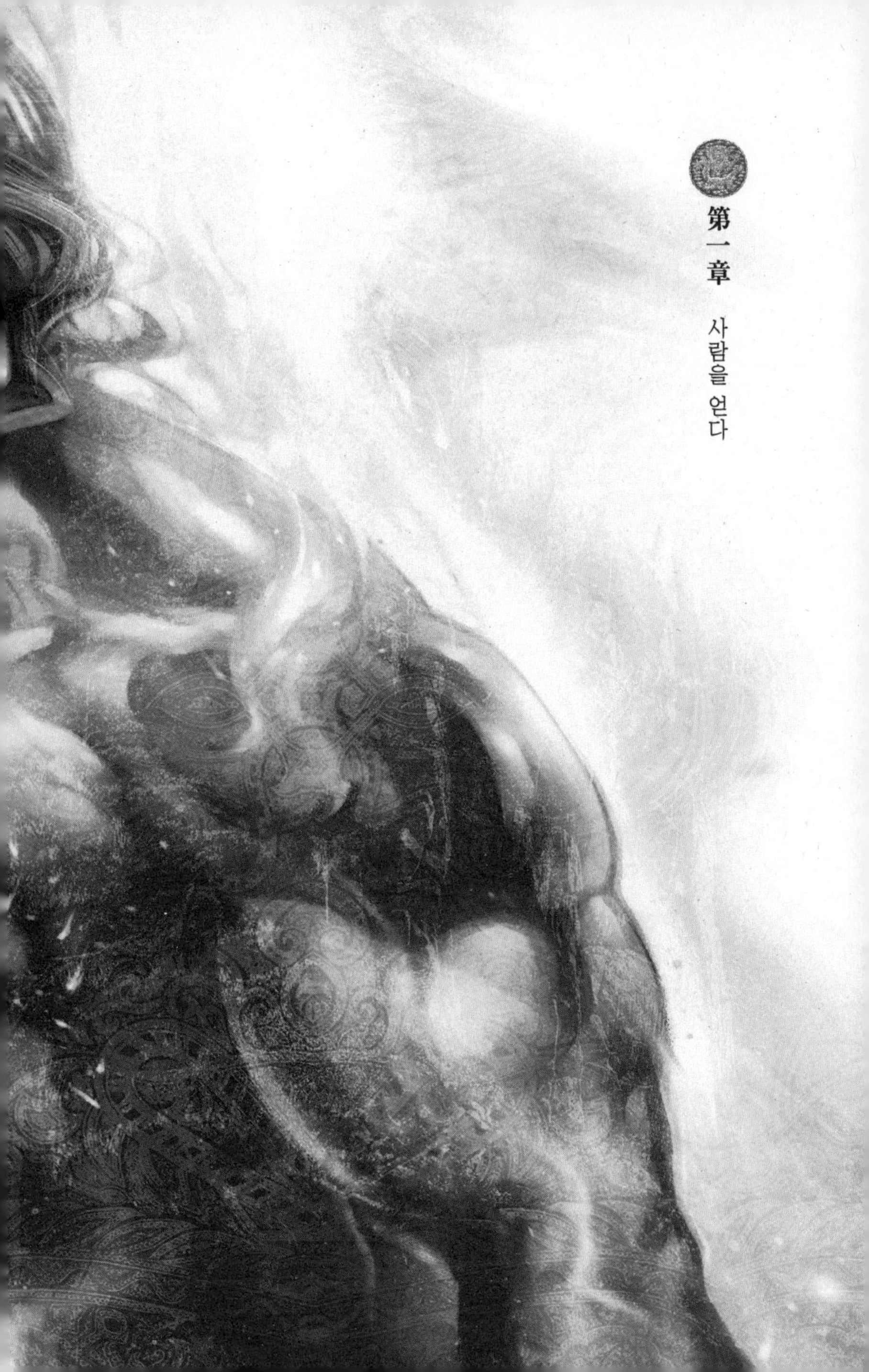

第一章 사람을 얻다

절대천왕
絶對天王

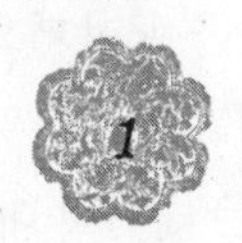

사람을 얻기 위해 무리를 해야 할 때가 있다.

지금이 그때다.

자신이 얻고자 하는 자는 충분히 그럴 만한 가치가 있는 자다. 하기에 좌소천은 망설임없이 좌수를 뻗어 포규상의 우수를 휘감고, 우수 일권을 내질렀다.

순간 포규상이 좌수를 내밀어 좌소천의 우수에 부딪쳐 왔다.

쾅!

단발의 굉음이 방 안에 울렸다.

"대주, 무슨 일입니까?!"

밖에서 급박한 외침이 터져 나왔다.

두 걸음을 물러선 포규상이 눈에 쌍심지를 켜고 소리쳤다.

"별일 아니니 아무도 들어오지 마라! 들어오는 놈은 내가 때려죽일 것이다!"

그러고는 좌소천을 노려보았다.

"제법이다만 나의 사문을 모욕했으니 걸어서 나갈 생각은 포기해야 할 것이다, 이놈!"

상대야 분노에 찼든 말든 태연히 대꾸하는 좌소천이다.

"그거야 두고 보면 알겠지."

"건방진 놈!"

제 성질을 이기지 못한 포규상이 또다시 달려들었다.

순식간에 사오 초가 흘렀다.

탁자가 부서지고 의자가 조각나 사방으로 흩어졌다.

방 안에서 난리가 났는데도 누구 하나 방 안으로 들어오지 않는다. 신출내기 대주가 단단히 혼이 나고 있다 생각하는 듯 가끔 낄낄거리는 소리마저 들린다.

그렇게 십여 초가 흐를 즈음, 포규상이 와락 일그러진 얼굴로 주르륵 물러났다.

한 걸음도 움직이지 않은 좌소천이 그를 보더니 고개를 저었다.

"내가 너무 얕봤나 보구려. 개가 아니라 돼지도 잡겠소."

"이 쌍놈의 새끼가!"

이를 악문 포규상이 으르렁거리며 몸을 날렸다.

너 죽고 나 죽자는 공격이었다.

하지만 좌소천은 함께 죽고 싶은 마음이 눈곱만큼도 없었다.

좌소천은 두 손을 번갈아 역으로 돌리며 건곤을 뒤집었다. 역으로 돌아가는 두 손이 천변만화의 변화를 일으키며 포규상의 악에 바친 공격을 하나하나 풀어낸다.

동시에 수백 개의 수영이 회오리처럼 휘돌며 포규상을 꼼짝 못하게 붙잡아 맸다.

두 손을 움직일 수 없는 포규상은 종이호랑이에 불과했다.

콰광!

세 번의 주먹질이 포규상의 가슴을 연달아 두들겼다.

그리 강하게 친 것은 아니었다. 그러나 포규상을 뒤로 나가떨어지게 하기에는 충분한 위력이었다.

쿵!

"크읍!"

뒤늦게 흘러나오는 신음. 일그러진 얼굴.

푸들거리는 몸으로 겨우 일어선 포규상이 자신을 바라보자, 좌소천이 의아한 표정으로 물었다.

"뭔지 모르겠소?"

"뭐, 뭐가 말이냐?!"

등소패가 포규상과 권장을 겨루었다는 말을 들었다. 그렇다면 자신이 펼친 건곤신권을 알아봐야만 했다.

그걸 알아보라고 펼친 건곤신권이 아닌가.

한데, 모른다?

설마 헛소문이었단 말인가?

그때 건곤신권을 가르쳐 주었던 등소패의 말이 떠올랐다.

'이런, 내가 깜박했군. 그분이 그때, 다시는 이걸 펼치지 못할지도 모른다고 했는데…….'

좌소천의 입가에 쓴웃음이 걸렸다.

"못 본 게 당연하군."

"놀리지 말고 차라리 죽여라, 이놈!"

"싫소. 내가 아는 분이 당신을 칭찬했는데, 내가 당신을 죽이면 그분이 뭐라 하겠소?"

"그분?"

좌소천은 그 의문에 아무런 대답도 하지 않고 몸을 돌렸다. 기분도 어느 정도 풀린 터였다.

"나는 이만 가보겠소. 오늘의 일은 당신과 나만 아는 것으로 합시다. 그리고 도유관은 내가 데려가겠소. 이의있으면 오대로 오시오."

포규상은 부들부들 몸을 떨면서, 눈빛으로 좌소천의 등을 뚫어버리겠다는 듯 노려보았다.

믿기지 않지만, 눈앞에 있는 놈은 자신보다 권장에 있어 고수다. 죽이려 마음먹었다면 단 몇 수 만에 죽었을지도 몰랐다.

'그분이라니, 설마 등 어르신을 말하는 건가?'

포규상은 상대의 등이 훤히 보이는데도, 마음이 허탈해서 공격할 마음이 나지 않았다.

"퉤!"

결국 그는 입 안에 가득 고인 핏물을 뱉고 끌어올린 진기를 풀었다.

"한 가지만 물어보자."

"뭐요?"

"모이산이 너의 도에 밀렸다고 들었다. 왜 나를 상대하면서는 도를 뽑지 않은 것이지?"

좌소천이 그를 돌아다보며 싸늘한 미소를 지었다.

"당신을 죽일 이유가 없으니까."

안 듣느니만 못한 대답.

포규상은 입술을 깨물며 그 자리에 주저앉았다.

'제기랄…….'

덜컹!

문을 열고 밖으로 나가자 대여섯 명이 우르르 물러선다.

좌소천은 처음에 만났던 자를 턱짓으로 가리켰다.

"당신, 가서 도유관이란 사람에게 지금 즉시 오대로 가라고 전하시오."

턱짓에 찍힌 자가 힐끔 방 안을 바라보았다.

안에서 상처 입은 호랑이의 울음소리가 들렸다.

"그의 말대로 해! 엊그제부터 오늘까지 온 사람들, 다 보내!"

2

"대주, 모시고 왔소이다."

밖에서 이자광의 목소리가 들렸다.

"안으로 들어오시오."

방문이 열리더니 두 사람이 들어왔다.

한 사람은 이자광, 다른 한 사람은 도유관이었다.

도유관은 좌소천을 보더니 흠칫 놀란 표정을 지었다.

패천단의 오대로 가라 해서 다른 네 사람과 함께 따라왔다. 하지만 설마하니 오대주라는 사람이 좌소천일 줄이야……!

"자네가 나를 데려오기 위해 포 대주와 싸웠다는 사람인가?"

"그렇습니다. 앉으시지요."

도유관이 자리에 앉자 좌소천이 단도직입적으로 말했다.

"제 직속무사가 되어주셨으면 합니다."

도유관이 좌소천을 쳐다보았다.

"직속무사?"

"열 명 중 일곱을 뽑았고, 세 명을 더 뽑아야 합니다. 당신이 그중 한 사람이 되었으면 합니다."

"며칠 후면 조장이 될 텐데, 그런 내가 그대의 직속무사가 될 거라 생각하나?"

포규상이 약속을 한 듯했다. 그러나 이제 상관없는 이야기였다.

"제 직속무사 중에는 며칠 전까지 조장이었던 사람만 셋입

니다."

"그들과 나는 다르네."

"당신보다 강한 사람도 제 수하로 있지요."

도유관의 가는 눈이 슬며시 뜨였다.

"나보다 강한 자?"

"그렇습니다. 왜요? 믿어지지 않습니까?"

도유관의 눈에서 싸늘한 한기가 흘러나왔다.

"그럼 자네는 어떤가? 나를 이길 수 있나?"

좌소천이 도유관을 직시한 채 입을 열었다.

"물론입니다."

"포규상도 정면으로는 내 도끼를 막지 못하네."

"그래도 마찬가집니다."

"……."

생각지도 못했던 단호한 대답이다.

도유관의 눈에서 새파란 냉기가 흘렀다.

"꽤나 자신만만하군. 그렇게 자신하는 이유라도 있나?"

"당신의 무공은 반쪽짜리니까."

도유관이 좌소천을 뚫어지게 바라보았다.

"반쪽짜리라……."

찰나였다!

도유관의 두 손이 가슴으로 가는가 싶더니 두 줄기 빛이 번쩍이고, 새하얀 낙뢰가 좌소천의 머리로 떨어졌다.

그러나 낙뢰는 떨어짐과 동시에 멈춰 버렸다.

도유관은 믿을 수 없다는 표정으로 좌소천을 직시했다.

두 개의 도끼가 좌소천의 손에 잡혔다.

그것도 맨손에, 완벽히!

정말로 좌소천을 칠 생각은 아니었다. 그저 어깨 위에서 멈출 생각이었다.

그런데 자신의 도끼는 상대의 손에 잡히고, 오히려 도끼자루를 쥐고 있는 자신의 손이 떨리고 있다.

"어, 어떻게 이런……!"

"그 정도로는 저를 어떻게 할 수 없습니다."

이를 지그시 깨문 도유관의 눈이 한참 동안 흔들렸다.

그러나 그는 뻔한 사실을 부정할 정도로 멍청한 사람이 아니었다.

도끼를 잡은 손에서 천천히 힘을 풀며 도유관이 잇새로 자신의 패배를 씹어뱉었다.

"아무리 그래도 이렇게 쉽게 패할 줄은 몰랐군."

"반쪽짜리 무공을 완전하게 만들고 싶지 않습니까?"

"어떻게……?"

엉겁결에 묻고는 표정을 굳히는 도유관이다.

좌소천이 간단하게 답했다.

"나의 직속무사가 되면 됩니다."

도유관이 입술을 잘근잘근 씹는다.

좌소천이 말을 이었다.

"그럼 반쪽짜리 무공을 완전하게 만들어 드리지요."

"왜… 그렇게 해주겠다는 건가?"

"내 직속무사가 남에게 당하는 꼴을 볼 수는 없는 일 아닙니까?"

당연하다는 듯 말하는 좌소천이다.

도유관은 몇 번을 망설이더니, 천천히 고개를 끄덕였다.

"좋네. 내 무공의 약점을 보완해 준다면, 자네의 직속무사가 되지."

좌소천이 도끼를 놓으며 자신있게 말했다.

"아마 반이 채워지면, 귀하의 도끼는 지금보다 훨씬 더 무섭게 변할 것이오."

도유관은 귀부문의 복수를 하기 위해 십 년을 기다릴 만큼 끈기가 있는 자다.

또한 혼자서 오기문(五旗門)에 쳐들어갈 만큼 용기도 있다.

도유관은 포규상의 감정을 상하게 하면서까지 얻을 만한 자였다.

'좋은 사람을 얻었어.'

기분이 좋아진 좌소천은 도유관에게 주의할 점을 딱 하나로 잘라 말했다.

"오직 저의 명령만 따라야 합니다."

"단주가 명을 내리면?"

"그야 저에게 허락을 받아야지요."

"그 윗사람이 명을 내리면?"

"당연히 제 허락을 먼저 받아야 합니다."

"그 사람이 궁주라면?"

"그래도 마찬가집니다. 제가 없다면 몰라도."

질렸다는 듯 도유관이 어깨를 으쓱 추켰다.

"정말 광오하군."

"직속무사는 최우선적으로 직속상관의 명을 따르게 되어 있습니다. 그게 제천신궁의 법이지요. 다른 사람이야 궁주의 명이라면 어쩔 수 없이 법을 어겨서라도 궁주의 명을 따르라 할지 모르지만, 저는 법대로 합니다. 법이 바뀐다면 몰라도. 그러니 제 직속무사는 무조건 제 말을 우선적으로 따라야 합니다. 그래야 제 목숨을 맡길 수 있지 않겠습니까?"

언뜻 도유관의 입가에 하얀 웃음이 맺혔다.

"다른 건 몰라도, 그거 하나는 마음에 드는군."

그렇게 웃으니 그럭저럭 봐줄 만했다.

"아마 앞으로도 마음에 드는 일이 더 있게 될 것입니다."

그리고 웃을 일도.

그날 일대에서 오대에 합류한 사람은 도유관을 제외하고도 네 명이 더 있었다.

남자 셋에 여자가 하나.

세 명의 남자는 서른 전후였고, 홍일점인 여인은 스물대여섯쯤 되어 보였다. 그들은 좌소천이 나올 때까지 오대의 연무장 구석에서 기다려야만 했다.

"지미, 그냥 거기다 놔두지 이리 가라 저리 가라 하는 거야?"

기다리기가 지루한지 곡추렴이란 자가 투덜거리며 불만을 쏟아냈다.

하지만 전부 그런 것은 아니었다.

홍일점인 여인은 기둥에 등을 기대고 서서 투덜거리는 곡추렴을 쳐다보며 눈살을 찌푸렸다.

여인의 이름은 전하련.

곱상한 얼굴에 키가 조금 커서 그렇지, 전체적으로 날렵하게 잘빠진 몸매였다. 조금 가꾸기만 한다면 미녀 소리를 들을 법한 여인이었다.

그러나 몸매나 얼굴은 그녀의 입에서 나오는 말과는 아무런 상관도 없었다.

"꼬우면 떠나. 그러면 될 거 아냐?"

곡추렴의 눈이 가늘어졌다.

"계집, 입이 두 개 뚫렸다고 말 함부로 하는 거 아니다. 그러다 골로 가는 수가 있어."

"걱정 마. 당신보다 먼저 뒈지지는 않을 테니까."

"주둥이 나불거리는 걸 보니 남자 맛도 못 본 계집이군."

"당신 같은 사람은 마차로 가득 실어다 줘도 필요없어. 어디 볼 데가 있어야지? 보나마나 물건도 새끼손가락만 할걸?"

여기저기서 웃음소리가 흘러나왔다.

"낄낄낄, 계집이 제법이군."

"말발 하나는 끝내주는데? 곡가가 못 당하겠어."

곡추렴이 씩 웃으며 말했다.

"어디 내 물건이 얼마만 한지 보여줄까? 어때, 조용한 데로 갈까?"

"볼 것도 없다니까? 괜히 하루 기분 잡치게 하지 말고, 못생긴 당신은 저쪽에 찌그러져 있어."

곡추렴의 눈이 쭉 찢어졌다.

"싸가지라고는. 어떤 놈팡이 씨를 받아 나왔는지 몰라도 알 만하다, 이년아."

말로는 안 되겠는지 그의 입에서 욕이 튀어나왔다.

그러자 전하련이 기둥에서 등을 떼고 곡추렴을 향해 걸어갔다.

"흐흐흐, 이제야 조용한 데로 갈 생각이 든 거냐?"

"아니, 당신 썩은 주둥이 좀 닫아주려고."

"미친년."

그사이 두 사람 사이의 간격이 이 장으로 줄어들었다.

심심하던 차에 잘되었다는 듯 사람들은 흥미진진한 표정으로 두 사람을 바라보았다.

이자광이 연무장으로 들어선 것은 바로 그때였다.

그는 저만치서 벌어지는 광경에 눈살을 찌푸렸다. 그러나 말리지는 않고 지켜보기만 했다. 여인이 보기보다 강하다는 것을 알기 때문이었다.

'쉽게 지지는 않겠지.'

그의 생각대로였다. 전하련은 쉽게 지지 않았다.

아니, 지기는커녕 허리에 감긴 채찍을 푼 지 십 초가 지나기도 전에 곡추렴의 칼을 날려 버리고 그로 하여금 땅바닥에 기게 했다.

퍽!

"어디 다시 말해봐. 놈팡이? 네가 내 아버지를 알아?"

전하련의 목소리에 이어 손에 들린 채찍이 곡추렴을 후려쳤다.

짜작!

"커억!"

"쥐똥만 한 것이, 같잖은 물건 하나 달렸다고 행세하겠다는 거야?"

짜자작!

채찍이 살아 있는 뱀처럼 꿈틀거릴 때마다 곡추렴의 몸이 비틀렸다.

그제야 이자광이 나섰다.

"멈춰! 이게 뭐 하는 짓이야?!"

짝!

"한 번만 더 허튼소리하면 입을 찢어버릴 거야. 명심해."

전하련은 한 번 더 곡추렴을 후려 패고는 채찍을 거두었다. 그러고는 아무 일 없었다는 듯 다시 기둥에 등을 기대고 섰다.

이자광은 억지로 몸을 일으키는 곡추렴을 보고는 옆에 있는 두 사람에게 말했다.

"저 사람을 저쪽으로 데려가시오."

두 사람이 급히 곡추렴을 떠메고 연무장을 벗어나자 이자광은 그녀를 빤히 보며 눈을 빛냈다.

"추룡편(趨龍鞭)인가?"

전하련이 슬쩍 고개를 돌렸다.

"알아?"

"말은 들었지. 직접 본 것은 처음이지만."

"제법인데? 다른 사람들은 보고도 모르던데 말이야."

"사부에게 들은 적이 있거든. 한데 이름이 뭐지?"

"전하련."

"나는 이자광이라고 한다."

"곰탱이 이자광?"

이자광의 얼굴이 와락 일그러졌다.

그때 전하련이 말을 이었다.

"생각보다 잘생긴 곰인데?"

이자광의 일그러진 얼굴이 순식간에 풀어졌다.

왠지 몰라도 그 말이 그렇게 기분 좋게 들렸다.

"하하, 너도 입이 걸어서 그렇지 뜯어보면 못생긴 여자는 아니야. 자신을 가지라구."

"당연히 곰탱이보다야 백배 이쁘지. 그 정도는 나도 알아."

묘한 일이었다. 자신이 그렇게 듣기 싫어하는 곰탱이라는 말을 쓰는데도 전하련이 전혀 미워 보이지 않는다.

이자광은 그런 자신이 이상해서 피식 웃으며 물었다.

"그래, 대주 만나려고 있는 거냐?"

전하련이 좌소천의 방을 바라보았다.

"대체 뭐 할 말이 그렇게 많다고 안 나오는 거지?"

그때다.

덜컹, 문이 열리고 좌소천과 도유관이 방을 나왔다.

좌소천은 밖에서 벌어진 소란을 대충 알고 있었기에 별다른 신경을 쓰지 않았다.

"어이, 당신이 대주야?"

그때 전하련이 큰 소리로 물었다.

좌소천은 담담한 표정으로 고개를 끄덕였다.

"맞아, 내가 대주다."

"비무에서 이기면 대주 자리를 내준다고 했다며?"

"물론이지."

"그럼 나하고 한번 해."

"지금 말인가?"

"왜, 싫어?"

한데 좌소천이 대답하기 전에 도유관이 나섰다.

"그전에 나하고 붙어보자."

전하련이 움찔했다.

그녀도 도유관이 어떤 사람인지 잘 알고 있었다. 도유관은 그녀가 이길 수 있는 사람이 아니었다.

"내가 왜 당신하고 싸워야 한단 말이죠?"

"도 형."

좌소천이 나직이 도유관을 불렀다. 그러자 도유관이 뒤도 돌아보지 않고 말했다.

"나도 대주만큼 자존심이 있소이다. 내가 대주에게 져서 직속무사가 되었는데, 나도 못 이기는 작자들이 대주에게 덤비는 꼴을 나더러 어떻게 봐주란 말이오?"

그 말에 연무장이 조용해졌다.

혈심부 도유관은 현재의 대주들조차 한 수 접고 들어가는 고수다. 한데 그런 도유관이 순순히 패배를 시인한다.

모이산도 그렇고, 도유관도 그렇고, 제정신이 아닌 다음에야 스스로 패배를 시인할 사람들이 아니다.

더구나 들리는 말에 의하면 포규상도 진 것 같다고 하지를 않던가.

저 젊은 대주가 진짜 그렇게 강한가?

모두가 의문을 담은 채 좌소천을 바라보았다.

"나는 믿을 수 없어!"

그때 전하련이 추룡편을 옆으로 흘리며 소리쳤다.

도유관이 앞으로 나섰다. 가느다란 그의 눈에서 싸늘한 한광이 번뜩였다.

"믿던 믿지 않던 그건 자유다. 단, 대주와 싸우려면 나를 먼저 이겨봐."

입술을 질끈 깨문 전하련이 좌소천과 도유관을 번갈아 보더니 홱 고개를 돌렸다.

"훼! 에이, 정말. 저 양반은 왜 갑자기 저러는 거야?"

마침 이자광이 보이자 그녀가 물었다.

"이봐, 곰탱이! 내 방은 어디지?"

곰탱이 이자광이 환하게 웃으며 손짓했다.

"이리 따라와. 좋은 방 내줄 테니까."

어깨를 쭉 펴고 돌아선 그는 누가 빈방의 위치를 말하기도 전에 전하련을 자신의 옆방으로 데려갔다.

3

공손양의 나이는 스물여덟.

그는 구화산 이화산장의 주인인 공손월의 셋째 아들이었다.

이화신군 공손월에게는 아들이 넷 있었는데, 그는 누구보다도 셋째인 공손양을 좋아했다. 월등한 자질도 자질이지만, 첫째와 둘째에 비해 셋째인 공손양이 판박이처럼 그를 닮았기 때문이다.

문제는 거기에서 파생되었다.

공손양이 스무 살이 된 어느 날, 술에 취한 공손월이 숙부들 앞에서 지나가는 말처럼 한마디를 했다.

"본 장을 잇는 사람이 꼭 첫째일 필요는 없는 일이 아닌가?"

한데 그 말을 마침 시중들던 첫째 형의 부인이 들었다. 그리고 그날 이후, 그토록 단단하던 형제들 간의 우의에 금이 가기 시작했다.

나중에서야 일의 전말을 알게 된 공손양은 절대 남 앞에 자신의 재주를 드러내지 않았다.

그는 자신이 가진 권리조차 두 형에게 모든 것을 양보하고, 소축에 머물며 수련에만 힘썼다. 심지어 혼인조차 미룬 채 은둔자처럼 지냈다. 혼인을 하지 않으면 가주가 될 수 없다는 이화산장의 가법을 알기 때문이었다.

그러나 낭중지추(囊中之錐)라 하지 않던가. 주머니 속의 송곳은 언젠가는 드러나는 법. 공손양은 송곳이 드러나기 전에 이화산장을 떠나기로 결심했다. 형들을 위해, 이화산장의 평화를 위해.

말리는 부친에게는 담담히 자신의 의견을 말했다.

"천하는 넓고도 큽니다. 소자는 더 넓고 큰 세상을 보고 싶습니다."

그러고는 결국, 보름 전 이화산장을 떠나왔다. 그리고 이화산장을 떠난 지 사흘 만에 종리명한과 사인학을 만났다.

두 사람은 전부터 알고 지낸 사이로, 이자광과 함께 공손양을 친형처럼 따르던 사람들이었다. 공손양이 그들을 만났을 때, 두 사람은 마침 제천신궁의 이자광을 찾아가던 참이었다.

제천신궁에서 모집하는 패천단에 들어가기 위해서였다.

두 사람의 말을 들은 공손양은 그것도 괜찮을 듯싶었다. 하기에 별다른 말은 하지 않고 두 사람에게 자신도 가겠다고 말했다.

당연히 두 사람은 쌍수를 들고 환영했다. 그리고 이제 그 모두가 한 사람의 수하가 되었다.

공손양은 빙그레 웃으며 밤하늘을 바라보았다.

북극성이 찬란한 빛을 뿌리고, 주위에 크고 작은 별들이 서성거리고 있었다.

"오길 잘한 것 같군. 내 나이 또래에서 적수가 없을 거라 생각한 오만이 단번에 부서졌으니 말이야."

포규상이 패하고, 독불장군 도유관이 좌소천의 직속무사가 되었다고 한다.

말 몇 마디에 그리했을 리가 없다.

과연 자신이라면 그리할 수 있었을까?

자신도 최선을 다한다면 그들을 이길 수는 있다. 그러나 적어도 수십 초의 격전을 치러야만 할 것이었다.

하나 설령 그들을 이긴다 해도 마음까지 얻을 수 있을지는 자신할 수가 없다.

그런데 좌소천은 단숨에 그 일을 해냈다.

실력뿐만이 아니라 사람을 끌어들이는 것도 자신보다 위라는 말이다. 나이가 어린 것은 아무런 상관도 없는 일이었다.

역시 하늘은 넓고도 크다.

그걸 안 것만으로도 그는 진심으로 즐거웠다.

"오밤중에 뭘 보고 그렇게 즐거워 하슈?"

한참 즐거움에 젖어 있는데 뒤에서 이자광의 목소리가 들려왔다.

고개를 돌린 공손양은 여전히 웃는 얼굴로 이자광의 곰처럼 커다란 몸을 바라보았다.

"하늘을 봤으니 어찌 즐겁지 않겠는가?"

이자광이 밤하늘을 바라보고는 커다란 눈을 굴렸다.

"그게 웬 귀신 씻나락 까먹는 소리유?"

"너도 곧 알게 될 거다. 나는 지금 너무 즐거워서 춤이라도 추고 싶은 심정이다."

"거참, 이거 아무래도 형님을 그냥 이화산장으로 돌려보내야 하는 거 아닌지 모르겠수."

그러든 말든, 공손양은 밤하늘에 시선을 고정시킨 채 환하게 웃었다.

"나는 새로운 하늘이 모습을 드러내는 걸 그 옆에서 지켜볼 것이다. 아주 즐겁게 말이다."

"휴우……."

이자광은 땅이 꺼져라 한숨을 내쉬며 고개를 저었다.

'이상한 대주를 만난 것만 해도 골치가 아픈데, 이제 형님까지…….'

그나마 위안이라면, 전하련을 자신의 옆방에 머물도록 했다는 것이었다.

'크크크. 성깔이 있어서 그렇지, 꽤나 예쁘단 말이야.'

밤하늘을 바라보는 두 사람이 좌소천의 눈에 뜨인 것은 우연이었다.

아무도 없는 시간에 몸도 풀 겸, 오대 건물 뒤쪽의 연무장으로 향할 때였다. 건물을 돌아가는데 커다란 곰이 서 있다. 고개를 든 것이 하늘을 바라다보는 듯하다.

'대체 저 곰이 왜 하늘을 올려다보는 걸까?'

서너 걸음을 더 옮기자 그제야 곰에 가려진 공손양이 보였다.

좌소천은 걸음을 멈추고 그들을 바라보았다.

그때 공손양의 목소리가 들렸다.

순간 좌소천의 눈에서 깊고도 맑은 빛이 흘러나왔다.

'공손양, 하늘을 날고 싶은가?'

공손양에 대해 자세히는 모른다.

기껏해야 이화산장 장주의 셋째 아들이라는 것, 가슴에 뭔가 쌓인 게 있어 이화산장을 떠나왔다는 것, 그리고 이자광이나 종리명한, 사인학과는 격이 다른 고수라는 것 정도가 전부였다.

'도유관이 반쪽을 채우기 전에는 공손양의 적수가 되지 못할 것이야.'

공손양은 모이산이나 포규상보다 강했다.

아마 정식으로 겨룬다면, 악청백이라 해도 공손양을 쉽게 누르기 힘들 거라는 것이 그의 짐작이었다.

그런 공손양이 자신 밑으로 들어왔다는 것은 어찌 보면 자신에게 행운이었다.

손안에 들어온 행운을 자신의 것으로 만드느냐, 아니면 그냥 날아가게 하느냐 하는 것은 이제 자신이 어떻게 하느냐에 달려 있는 문제였다.

좌소천은 두 사람이 대화를 멈추고 다시 하늘로 눈을 향하자 걸음을 옮겼다.

좌소천의 기척을 알아챈 공손양이 먼저 고개를 돌렸다. 뒤따라 이자광도 고개를 돌리고 좌소천을 바라보았다.

두 사람의 눈이 자신을 향하자 좌소천이 말문을 열었다.

"나는 웬 곰이 하늘을 바라보나 했소."

공손양이 조용히 웃으며 이자광을 바라보았다.

"이제 보니 정말 그렇게 보이는군요."

"형님!"

이자광이 버럭 소리치고는 좌소천을 노려보았다.

"너무 인신공격은 하지 마쇼, 대주. 대주도 만만치 않으니까."

"내가 뭐 어때서 그럽니까?"

이자광이 머뭇거리더니 작정한 듯 말했다.

"남들이 다 그럽디다. 나무토막이 걸어다니는 것 같다고 말이오."

하지만 좌소천이 한 수 위였다.

"아니, 나처럼 말하는 나무토막도 있소?"

처음 보는 좌소천의 태연한 농담 짓거리에 공손양의 미소가 짙어졌다.

뿔이 나는지 이자광이 지지 않고 소리쳤다.

"그럼 나처럼 말하는 곰도 있수?!"

"내가 언제 곰이라고 했소? 곰처럼 보인다고 했지. 지금 신양으로 나가서 어슬렁거려 보시오. 남들이 뭐라고 하나. 아마 황강산에서 곰이 내려왔다고 난리가 날 것이오."

"하하하하! 정말 그럴지도 모르겠소."

공손양이 대소를 터뜨렸다.

이자광은 얼굴이 벌게져서 공손양을 째려보았다.

"정말 그러깁니까?"

공손양이 빙그레 웃었다.

"그러게 내가 뭐랬나? 살 좀 빼라고 했잖아?"

"칫, 언제는 덩치가 커서 장군처럼 보여 멋지다면서요?"

"그것도 어느 정도야지. 내가 그 말을 했을 때와 비교해서 백 근은 더 찐 것 같지 않은가?"

사실이 그러니 이자광도 대놓고 아니라는 말은 하지 못했다.

그렇다고 곧이곧대로 인정하기도 싫었다.

이자광은 손을 옆구리에 끼고 잔뜩 어깨에 힘을 주었다.

"큼. 이건 살이 아니라 근육이오, 근육."

공손양은 피식 웃고는 좌소천을 향해 고개를 돌렸다.

"한데 밤에 무슨 일로 나오신 것이오?"

"몸이나 풀어볼까 하고 나왔는데… 마침 상대도 있으니 잘 되었군요."

순간적으로 이자광의 눈이 반짝반짝 빛을 발했다.

공손양도 깊게 가라앉은 눈에서 기광이 일렁였다.

자신들이 본 것은 모이산과 일도를 나누던 광경뿐이었다.

포규상이나 도유관이 패한 것은 알지만 말로 들은 게 다였다.

당연히 관심이 가지 않을 수 없었다.

“우리와 비무를 하겠다는 것입니까?”

“왜요, 싫습니까?”

싫을 리가 없다. 특히 이자광은 그 말을 듣자마자 몸이 근질거리던 참이었다.

“무슨 말씀을! 합시다!”

잠시 후.

좌소천은 죽어도 먼저 하겠다는 이자광과 마주 서서 두 손을 늘어뜨렸다.

이자광은 겨우 잡은 기회를 놓치지 않기 위해 좌소천에게 물었다.

“오늘 비무를 저번에 한 약속과 상관이 있는 것으로 알아도 되겠수?”

“물론이오. 언제든 상관없다고 했으니까.”

이자광이 씨익 웃으며 주먹을 우두둑 소리 내며 꺾었다.

‘흐흐흐, 이게 웬 떡이냐. 형님 때문에 하지 못할 줄 알았는데.’

이긴다는 보장은 없었다. 아니, 최근의 상황으로 봐선 질 확률이 많았다. 숨겨놓은 무공을 모조리 드러낸다 해도 자신의 실력은 잘해야 포규상이나 모이산과 비슷한 정도였으니까.

그래도 하지 않는 것보다는 나았다.

대체 얼마나 강해서 그 두 사람이 졌을까, 하는 의문도 풀 수 있을 것이 아닌가.

이자광은 몸을 낮게 숙이고 두 손을 펴서 옆으로 벌렸다.

"조심하슈. 생각보다 쉽지 않을 거유."

좌소천은 한 발을 앞으로 내밀고 좌수를 가슴으로 끌어 올렸다.

이자광의 눈이 찌푸려졌다.

도가 아닌 권각으로 상대하겠다는 좌소천이다.

자신을 얼마나 얕봤으면 주먹으로 상대하겠다고 하는 걸까.

그 생각을 하니 슬며시 화가 났다.

'좋아, 아주 따끔한 맛을 보여주지!'

그때 좌소천이 가슴으로 끌어 올린 좌수를 쭉 뻗더니, 손을 펴고 까딱거렸다.

'들어와 봐!' 그런 뜻으로.

순간 이자광이 눈을 부라리며 달려들었다.

'오냐, 그래! 어디 한번 혼 좀 나봐라!'

휘잉!

통나무 같은 두 팔을 엇갈리며 휘두르는데 마치 곰이 앞발을 휘두르는 듯했다.

구부러진 손가락은 강철로 휘어 만든 갈퀴 같아서 제대로 걸리면 살점이고 뼈고 견뎌내지 못할 것처럼 보였다.

생각보다 빠르고 강력한 이자광의 일격에 좌소천은 내민 좌수로 커다랗게 원을 그렸다.

순간 이자광의 우수와 좌소천의 좌수가 엉켜들었다.

이자광은 이때다 싶었는지 눈을 반짝반짝 빛내며 좌소천의 좌수를 거머쥐었다. 당장에 손목을 부러뜨리겠다는 듯.

'뭐야? 별거 아니잖아?'

순간적으로 그런 생각이 든 이자광은 거머쥔 좌소천의 좌수를 잡아당기며 좌소천의 가슴을 향해 강철 갈퀴 같은 왼손을 뻗었다.

동시에 좌소천의 우수가 이자광의 왼손을 마저 휘감았다.

그때였다.

"어?!"

이자광은 갑자기 하늘과 땅이 뒤바뀌는 기분에 의아한 일성을 내뱉었다.

좌소천의 건곤을 휘돌리는 손짓에 따라 이자광의 거대한 몸이 빙글 한 바퀴 돈다.

거대한 곰이 허공에서 재주를 부리는 것만 같다.

좌소천은 이자광의 몸을 한 바퀴 돌리고는 한 걸음 내딛으며 두 손을 앞으로 밀어냈다.

곰이 공중제비를 돌며 허공을 날아간다.

쿵!

이 장 밖으로 날아간 곰이 땅바닥에 떨어지며 지축이 흔들렸다.

발딱 일어선 이자광은 벌건 얼굴로 좌소천을 노려보았다.

'제길! 좀 더 침착했으면 한 방 갈길 수 있었는데!'

아직도 꿈에서 깨어나지 못한 이자광은 눈에서 불길을 뿜어내며 좌소천을 향해 몸을 날렸다. 힘껏 움켜쥔 그의 두 손에서 아지랑이 같은 기운이 뭉클거리며 흘러나온다.

"아자!!"

좌소천은 하늘을 날아오는 곰을 바라보며 하늘을 가리키던 우수와 땅을 가리키던 좌수를 뒤집고는 찰나간에 세 바퀴 휘돌렸다.

순간 대기가 이지러졌다.

연무장을 훑고 지나가던 바람이 그 안에 갇혔다.

다섯 자 반경으로 커진 소용돌이다.

무엇이든 다 빨아들일 것 같은 소용돌이가 이자광을 향해 밀려간다.

'뭐, 뭐야?!'

턱, 숨이 막힌 이자광은 이를 악물고 전력을 다해 두 손을 떨쳐 냈다.

순식간에 스물네 개의 머리통만 한 권영이 좌소천을 폭풍처럼 쓸어갔다.

폭풍철권!

이자광이 아끼고 남 앞에 함부로 보이지 않는 비기였다.

하지만 이대로 가면 펼칠 기회가 없을지도 몰랐다.

질 때 지더라도 최선을 다해야 했다.

'지미, 누가 이기나 한번 해보자고!'

콰르릉!

좌소천과 이자광의 기운이 뒤엉키며 우렛소리가 연무장을 흔들었다.

두 사람의 기운이 맞부딪치며 휘돌자 먼지가 구름처럼 피어 올랐다.

하지만 그도 잠시였다.

금방이라도 좌소천을 땅속으로 파묻어 버릴 것 같던 이자광의 권영이 점차 소용돌이 속으로 빠져들더니, 십여 초가 지나는 사이 거짓말처럼 소멸되었다.

빽!

그 와중에 통나무 두들기는 소리가 울렸다.

곰이 또 한 번 허공을 날았다.

털썩!

이 장 밖으로 나가떨어진 이자광이 끙, 소리를 내며 버둥거렸다.

"씨블, 지미, 끄응……."

공손양이 스르르 미끄러지며 두 사람 사이에 끼어들었다.

"그 정도면 되었다. 네가 졌다는 걸 인정해라."

"나도 알고 있수!"

이자광은 씩씩거리며 일어섰다.

그때 문득, 기이한 느낌이 들었다.

이자광이 그 느낌의 정체를 파악하는 데는 그리 오랜 시간이 필요없었다.

십여 초를 겨루었다. 나름 상대를 몰아붙였다고 생각했다.

한데 좌소천이 서 있는 곳은 처음 그 자리다. 그는 한 걸음도 움직이지 않은 것이다.

완벽한 패배!

이자광은 질린 표정으로 좌소천을 쳐다보았다.

자존심으로 똘똘 뭉친 포규상이 왜 순순히 도유관을 내주었는지, 도유관이 왜 방에 들어갔다 오더니 직속무사를 자청했는지, 이제 조금은 알 것 같았다.

'뭐 저따위 인간이 다 있어?'

그때 공손양이 천천히 담장 옆의 나무 쪽으로 걸어갔다.

그는 길게 뻗은 가지 하나를 꺾더니, 석 자 길이의 나뭇가지를 손으로 쑥 훑어내고 몇 번 휘둘러보았다. 그러고는 좌소천을 향해 돌아섰다.

"지금 바로 하시겠습니까?"

나뭇가지를 검 대신 사용하겠다는 공손양이다.

좌소천도 두 자 길이의 나뭇가지를 하나 꺾었다.

공손양보다 한 자가 짧은 길이다.

그러나 두 사람은 아무런 말도 하지 않았다. 그 길이가 그리 큰 영향을 미치지 않음을 알기 때문이다.

공격은 공손양이 먼저 했다.

기이하게도 그가 뻗은 나뭇가지에서는 붉은빛이 어른거렸다.

불을 다스린다는 이화신공(理火神功). 이화산장의 모든 것이라 할 수 있는 이화신공이 실려 있음이다.

좌소천은 그리 빠르지 않은 속도로 뻗어오는 공손양의 나뭇가지를 바라보며 자신의 나뭇가지를 마주 뻗었다.

쩡!

두 개의 나뭇가지가 한 자를 남겨놓고 부딪쳤다.

나뭇가지가 부딪치며 나는 소리라 믿을 수 없는 소리가 났다.

공손양이 나뭇가지 끝을 돌렸다.

좌소천도 돌렸다.

따라랑!

옥구슬 부딪치는 맑은 소리가 연이어 십여 번 울렸다.

공손양이 나뭇가지로 찔러댔다.

찰나간에 수십 개의 몽둥이가 밀려오는 듯 보인다.

좌소천도 나뭇가지를 빙글 돌리며 밀었다.

쿠구구구궁!

밀려오던 수십 개의 몽둥이가 하나하나 부서지며 환영처럼 스러졌다.

좀 더 신중해진 공손양이 손목을 비틀었다. 허공에 붉은 기운이 쟁반처럼 뭉쳤다.

순간 좌소천이 나뭇가지를 위에서 아래로 내리그었다.

쩌억! 쩌엉!

붉은 쟁반이 반으로 쪼개지며 귀청을 울렸다.

갑자기 바닥의 흙먼지가 옆으로 쏴아 밀려나고, 이자광이 흠칫하며 뒤로 서너 걸음을 물러섰다.

"으음……."

공손양이 처음으로 나직한 신음을 흘리며 두 걸음을 밀려났다.

악다문 입, 몸을 꼿꼿이 세운 그의 눈이 잘게 흔들린다.

충격이 작지 않은지 나뭇가지를 든 손끝도 보이지 않을 정도로 미미하게 떨리고 있다.

'이 정도였던가?'

이기지 못할 거라 생각하기는 했다. 그래도 차이가 그리 크지는 않을 거라 판단했다.

그러나 이건 생각보다 더하다.

전력을 다한다면 과연 몇 초나 상대할 수 있을까?

전이었다면 이삼십 초는 받아낼 수 있을 거라 생각했다. 하지만 직접 부딪쳐 본 지금은 그 생각을 수정하지 않을 수 없었다.

'십 초?'

그것이 공손양이 생각할 수 있는 최대치였다.

놀라기는 좌소천도 마찬가지였다.

'강한 줄은 알았지만 내 생각보다 더 강하군. 이미 절정의 경지에 든 지 오래되었어.'

그만큼 기분이 좋았다.

이미 이자광과 공손양이 나누는 이야기를 들었던 터다. 그 이야기가 무엇을 뜻하는지 모를 그가 아니었다.

'도유관에 이어 좋은 사람을 또 하나 얻었군.'

그것도 많은 사람이 딸린 공손양을. 그러니 어찌 기분이 좋지 않을까.

"구경꾼이 많아졌으니 이쯤에서 멈추는 게 좋겠군요."

좌소천의 말에 공손양이 고개를 끄덕였다.

"그러지요. 오랜만에 아주 즐거운 비무였습니다."

이자광과의 비무는 결코 조용한 비무가 아니었다.

건물 뒤에서 소란스런 비무가 벌어졌는데 어찌 무사들이 잠들 수 있으랴.

아주 당연하게도, 패천단 오대의 무사들 중 상당수가 구석구석에 숨어서 비무를 지켜보았다. 눈을 말똥말똥 뜨고서 한 번도 감지 않은 채.

그리고 그들 중에는 관추릉과 언자홍도 있었다.

관추릉은 눈을 가늘게 뜨고 검을 움켜쥐었다.

'두 사람과 비무를 벌였으니 상당히 힘이 빠져 있을 것이야.'

이자광과 공손양은 고수다. 그런 두 사람과 싸운 이상 힘이 빠지지 않았다면 그것이 더 이상한 일이 아닌가.

공손양과 좌소천의 비무가 어떤 것이었는지, 그것이 얼마나 높은 경지의 비무였는지 알아볼 수 없는 그로선 당연한 생각이었다.

공손양이 예를 취하고 뒤로 물러서자 관추릉은 검을 움켜쥐고 앞으로 나섰다.

"대주, 우리도 끼어주시오."

"나도 하겠소."

언자홍도 관추룡의 마음을 짐작하고 곧바로 뒤따라 나왔다.

이자광이 온갖 인상을 쓰면서 손짓발짓으로 말리지 않았다면, 아마 전하련도 나섰을지 몰랐다.

좌소천은 조용히 웃으며 고개를 끄덕였다.

"원한다면 그렇게 합시다."

"공손 공자, 자리를 좀 비켜주시겠소?"

공손양은 어이가 없는지 피식 웃으며 자리를 비켜주었다.

씨익, 웃은 관추룡이 검을 빼 들었다.

'흐흐흐, 사람들이 지켜보고 있는데 안 할 수는 없겠지.'

"내가 먼저 도전하겠소."

좌소천은 나뭇가지를 던지고 두 손을 늘어뜨렸다.

관추룡은 눈썹을 꿈틀거리며 검을 앞으로 뻗었다.

"조심하시오, 검에는 눈이 달려 있지 않으니까."

좌소천은 무심한 표정으로 늘어뜨린 두 손을 천천히 들어올렸다.

순간 관추룡이 번개처럼 튀어나갔다.

"차앗!"

일성 기합과 함께 검광이 벼락처럼 번쩍였다.

쐐에엑!

그는 처음부터 전력을 다해 검을 휘둘렀다.

그동안 숨겼던 진실된 자신의 무위를 모조리 드러냈다.

자신의 강함을 보여줘야 한다.

그래야 대주가 되어도 비겁하게 대주가 되었다며 다른 놈이 기어오르지 못할 테니까!

'놈! 고맙게도 네가 나를 도와주는구나!'

하지만 서너 번 검을 펼치기도 전에 그는 고맙다는 생각을 머릿속에서 싹 지워 버렸다.

좌소천의 주먹이 눈앞을 가득 메우고, 허공이 비틀리며 자신의 검이 나아갈 길을 잃고 흐트러진다.

이자광이나 공손양과 싸우는 걸 봤을 때는 분명 별것 아닌 것처럼 느껴졌는데, 막상 눈앞에서 대하니 구경하던 때와 천지 차이다.

'흡!'

퍽! 떼굴떼굴…….

결국 관추릉은 주먹질 서너 번 만에 바닥을 뒹굴었다.

그는 넘어진 순간 벌떡 일어서서 검을 꼬나 쥐고 좌소천을 노려보았다.

"씨발, 아직 끝나지 않았어!"

좌소천은 욕을 하며 눈을 부라리는 관추릉을 향해 걸음을 옮겼다.

그도 여기에서 끝낼 생각은 없었다.

매듭이란 대충 묶어놓으면 언젠가는 풀어지게 된다. 나중에 그런 일로 신경 쓰느니, 처음부터 풀어지지 않도록 확실하게 묶어놓는 게 훨씬 편했다.

비무를 해서 이기면 대주 자리를 넘긴다며 상대를 자극한 이유가 바로 그것이 아니던가.

'사람의 마음을 얻는 것, 모든 일이 거기에서부터 시작한다고 했지.'

한 걸음에 일곱 자의 간격으로 좁혀든다.

쐐엑!

검을 뻗으며 달려드는 관추룡이다.

작심한 듯 찔러오는 검에 은은한 검기가 맺혀 있다.

좌소천은 양손으로 작은 원을 그리며 관추룡의 검을 걷어냈다.

검기가 맺힌 검이 힘없이 옆으로 흐른다. 관추룡이 원하던 방향이 아닌, 좌소천이 원하는 방향으로.

뒤이어 좌소천이 참담하게 얼굴이 일그러지는 관추룡의 가슴을 향해 달려들었다.

퍼벅!

"커억! 이 개……."

퍼버벅!

"크어억, 아이고……."

빠바바박!

달밤에 개 잡는 소리가 패천단에 울려 퍼졌다.

일각가량이 지난 후, 좌소천이 언자홍을 바라보았다.

언자홍이 급살이라도 맞은 듯 몸을 떨며 한 걸음 물러섰다.

언가장의 자랑이라는 권(拳)을 익힌 언자홍이다.

그는 이자광과의 비무를 보지 못했다. 그러나 관추룡과의 비무만 보고도 좌소천의 주먹이 얼마나 무서운 것인지 누구보다도 잘 알았다.

"이제 당신 차례인 것 같소만."

좌소천의 말이 떨어진 순간, 언자홍은 화들짝 놀라 두 손을 휘둘렀다.

그는 개처럼 두들겨 맞고 싶지 않았다.

"나는 하지 않겠소, 대주! 하, 하!"

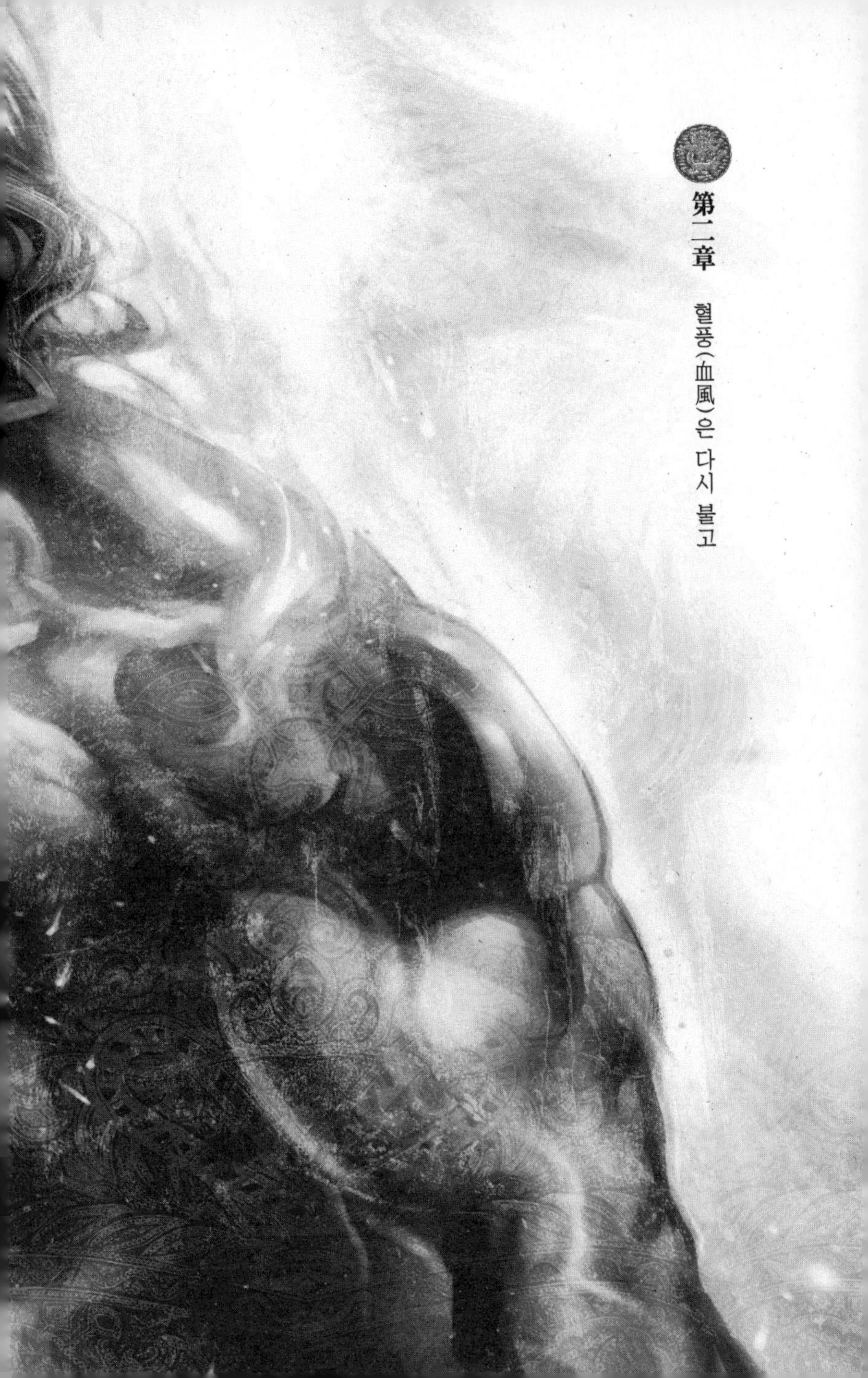

第二章 혈풍(血風)은 다시 불고

절대천왕
絶對天王

탁!

술잔을 내려놓은 혁련호승은 붉게 변한 눈으로 운추양을 바라보았다.

"숙부, 놈이 들어왔습니다. 저는 그 비천한 놈이 제 옆에 서 있는 것을 참을 수가 없습니다."

운추양은 묵묵히 술잔을 들어 한입에 털어 넣었다.

그는 잘 말린 육포 하나를 질겅거리며 툭 던지듯이 물었다.

"어찌하겠다는 거냐? 그 아이를 죽이기라도 하겠다는 것이냐?"

혁련호승이 입술을 씹었다.

"할 수 있다면 그렇게 하고 싶습니다."

"궁주가 보고만 있지는 않을 것이다."

"방법이 없는 것도 아닙니다."

운추양이 멈칫하고는 혁련호승을 노려보았다.

혁련호승도 눈을 들어 운추양을 직시했다.

"놈은 도를 씁니다. 그것도 단칼에 모이산을 물러서게 할 정도로 고수입니다."

운추양의 미간에서 콧등으로 두 줄기 선이 그어졌다.

"너는 지금 나더러 나서달라는 것이냐?"

가라앉은 목소리에 분노가 묻어 나온다. 그러나 혁련호승은 물러서지 않았다.

"암습을 해달라는 것이 아닙니다. 그냥 놈의 실력을 알아봐 달라는 것입니다."

운추양은 혁련호승을 뚫어지게 바라보고는 술병을 들어 잔을 가득 채웠다.

솔직히 운추양도 좌소천의 도가 궁금하기는 했다.

과연 얼마나 발전했을까?

모이산이라면 자신도 십 초 이내에 승부를 낼 수 없는 고수다. 그런 모이산이 단칼에 밀려나 패배를 자인했다고 했다.

은근히 피가 끓었다.

"내가 할 수 있는 일은 그 아이와의 비무가 전부다. 승부가 나면 바로 멈출 것이다. 그러니 더는 바라지 마라."

"감사합니다, 숙부."

숙부는 그 정도에서 멈추면 된다. 그것만으로도 상대는 상당한 타격을 받게 될 테니까.

'숙부는 벌레의 다리를 몇 개만 끊어놓으면 됩니다. 목을 비트는 것은 제가 하지요.'

다음날 아침, 서신 하나가 전해졌다.

비룡도객 운추양. 그가 만나자는 연락을 해온 것이다.

좌소천은 무진도를 옆구리에 꽂고 패천단을 나섰다.

제학전의 스승들은 이제 나이가 들어 운추양을 빼고 모두가 바뀐 상황이었다. 위지승정과 등소패는 원로원에 들어가고, 진양과 하조영은 제천신궁을 떠난 지 오래다.

그걸 알기에 제학전에 가보지도 않았다.

한데 운추양이 왜 불렀을까? 그렇게 싫어하던 자신을 보고 싶어서 부른 것은 아닐 텐데.

'어쨌든 가보면 알겠지.'

절룡각에 들어가자 운추양이 서서 좌소천을 맞이했다.

"오랜만이구나."

"그간 강녕하셨습니까?"

별다른 사심은 보이지 않는 표정이다.

한데 도가 손에 들려 있다. 그것도 그의 애도인 비룡도가.

좌소천은 그가 왜 불렀는지 짐작하고 그의 이 장 앞에서 걸음을 멈추었다.

"네가 제천비고에서 도를 택했다는 말을 듣긴 했다만, 주무기로 도를 쓸 줄은 꿈에도 생각하지 못했다."

그것은 좌소천도 마찬가지였다.

그가 익힌 무공을 봐도 검이나 봉 종류를 택하는 것이 정상이었다.

무진도가 아니었다면 그랬을 것이었다.

좌소천은 무진도의 도병을 쓸어 만지며 조용히 웃었다.

"이놈이 제 마음을 놓아주지 않더군요."

"흠……."

의외라는 듯 운추양의 시선이 무진도를 향했다.

그러나 겉만 봐서는 너무 평범해서 그다지 눈에 들어오지 않는 도가 무진도다.

그도 곧 고개를 들고 입을 열었다.

"모이산을 꺾었다는 말을 들었지. 해서 네 도를 좀 보려고 불렀다."

단순히 그 이유뿐일까?

아마 아닐 것이다. 그것은 굳이 물어볼 것도 없었다.

왠지 어색한 표정. 직선적인 성격인 운추양인지라 자신의 마음을 감추지 못하고 있음이다.

'혁련호승이 부탁했나 보군.'

좌소천은 대충 상황을 짐작하고 무진도를 쥐었다.

제학전의 건물들은 모두 작은 연무장만큼이나 넓었다.

공력을 지나치게 쓰지만 않는다면 어지간한 비무는 밖으로 나갈 것 없이 안에서 가능했다.

지금은 그것이 다행이었다. 남의 눈을 의식할 필요가 없으니까.

"실망시켜 드리지 않았으면 좋겠군요."

가볍게 고개를 끄덕인 운추양이 더 말할 것 없다는 듯 비룡도를 도집째 비스듬히 숙였다.

발도에 있어 천하제일을 다툰다는 운추양이다.

딸깍.

좌소천은 좌수 엄지로 무진도를 밀어내고 우수를 도병에 얹었다.

잠시 기다려도 좌소천이 도를 뽑지 않자 운추양의 두 눈에 기광이 떠올랐다.

그는 좌소천에게 도를 뽑으라고 말하려다 그냥 놔두었다.

쾌도라 했다. 귀혈도 모이산이 제대로 대처하지 못했을 만큼 빠른 쾌도.

그렇다면 자신의 일도를 막지 못해 패하는 일은 벌어지지 않을 것이었다.

운추양은 비룡도를 잡아가며 눈빛을 가라앉혔다.

찰나였다.

츠릉!

운추양의 몸이 숙여지는가 싶더니, 비룡도를 쥔 손에서 한 마리 청룡이 튀어나왔다.

콰아아아!

비룡출해!

비룡도의 일식이 펼쳐진 것이다.

'어디 얼마나 강한가 보자, 이놈!'

동시에 이 장의 간격이 일수유의 순간에 줄어들며 청룡이 좌소천을 덮쳤다.

바로 그때였다.

좌소천의 우수가 무진도를 잡아채고, 시커먼 벼락 한줄기가 쭉 뻗는 순간, 금방이라도 덮칠 것 같던 청룡이 반으로 쩍 갈라졌다.

'흡!'

자신의 일도가 반으로 갈라지며 시커먼 흑선이 뻗어온다.

운추양은 앞으로 뻗은 비룡도를 비틀어 찰나간에 세 번의 변화를 주었다.

쩌저저정!

좌소천은 손목만 비틀어 운추양의 비룡도를 튕겨내고 도첨으로 손바닥만 한 작은 원을 그렸다.

순간 운추양이 비룡도로 열십자를 그리며 앞으로 밀어냈다.

쾅!

단발의 굉음이 울리고, 좌소천과 운추양이 동시에 두 걸음씩 물러섰다.

자신이 밀렸다는 게 믿어지지 않는지 몸을 세운 운추양의 얼굴에 경악이 떠오른다. 그러나 좌소천은 아무런 표정 변화도 없이 무진도를 들어 운추양을 가리켰다.

두 사람 사이에 떠 있던 조각난 기운들이 흩어지며 뒤늦게 바람 소리가 일었다.

휘이이잉!

운추양은 공력을 칠성으로 올리고 비룡도를 움켜쥐었다.

우우웅!

비룡도에서 용울음 소리가 울렸다.

"좋아! 아주 대단해! 어디 제대로 한번 해볼까?"

좌소천은 들어 올린 도를 천천히 하단으로 내리고는 중간에서 멈췄다.

상대는 도에 관한한 천하에서 열 손가락에 들어간다는 고수다.

그러나 무연만상무만으로도 상대할 수 있을 듯했다. 상대를 죽일 것이 아닌 이상은.

'북리환보다 약해.'

그것이 좌소천의 평가였다.

그리고 좌소천은 운추양을 이길 생각도 없었다. 아니, 이겨서는 안 되었다.

혁련호승에게 경각심을 심어줄 이유가 없는 것이다.

"간다!"

그때 운추양이 다시 비룡도법을 펼치며 쇄도했다.

좌소천은 무연만상무 중의 쾌(快)와 접(接)의 식을 이용해 운추양의 비룡도를 걷어냈다.

무연만상무는 검법의 구결이 주로 포함된 무공이지만, 도로 펼칠 수도 있었다. 단순한 술이 아닌, 도와 법을 중시한 무연칠

식을 바탕으로 만들어졌기 때문이다.

더구나 무진도는 폭이 좁은데다 휘어짐이 미미해서 무연만 상무를 펼쳐 내기에 무리가 없었다.

쩌저저저정!

눈 깜짝할 순간, 무진도와 비룡도가 뒤엉켰다.

비룡이 입을 벌리고 달려들면 서너 줄기 묵광이 벼락처럼 목을 잘라낸다.

운추양은 눈을 번들거리며 비룡십팔도의 도식을 숨도 쉬지 않고 펼쳐 냈다.

도식이 팔초를 넘어가자 전각 안이 온통 도광으로 뒤덮였다.

검고 푸른 도광이 뒤엉킨 채 허공을 난자하는데도 칼 부딪치는 소리는 점점 줄어들었다.

그러더니 이십여 초가 넘어가자 아무런 소리도 없이 도광만 번쩍였다.

한데 어느 순간이었다.

콰르르릉!

벽력음이 들리더니 도광 속에서 두 사람이 뒤로 튕겨졌다.

우르릉거리는 소리는 전각 안을 맴돌다 한참 만에야 가라앉았다.

그때까지도 두 사람은 서로를 향해 도를 겨눈 채 움직이지 않았다.

무표정한 얼굴로 무진도를 하단으로 향한 좌소천.

부릅뜬 눈으로 형형한 안광을 뿜어내며 좌소천을 노려보는 운추양.

비무를 시작할 때와 거의 달라진 것이 없는 두 사람의 겉모습이다.

다른 점이라면 두 사람의 숨소리가 조금 거칠어졌다는 정도에 불과했다.

“더 할 필요가 없을 것 같습니다만.”

좌소천이 먼저 입을 열었다.

운추양은 뺨을 몇 번 씰룩이더니, 중단을 향하고 있던 비룡도를 거두어 도집에 집어넣었다.

“기분이 찝찝해서 화가 나야 하는데, 왠지 그런 생각도 들지 않는군.”

아직 꺼내지도 않은 도가 몇 가지 있다. 과거 혁련무천과의 대결 이후 아무에게도 보이지 않은 채 혼자서 십오 년간 갈고 닦은 도다.

문제는 그걸 꺼낸다 해도 결과가 달라지지 않을 것처럼 느껴진다는 것이다.

그는 이마를 찡그리더니 몸을 돌렸다.

“이리 와라. 차나 한잔하자.”

그제야 좌소천도 무진도를 도집에 집어넣고 구석의 탁자 쪽으로 걸어갔다.

마주 앉자 운추양이 직접 차를 따랐다.

벌컥벌컥.

예의 따위는 아무런 상관도 없다는 듯 운추양은 단숨에 차를 한 잔 들이켜고는, 탁, 찻잔을 내려놓고 좌소천을 응시했다.

"비겼다는 말은 하지 마라. 나 아직 안 늙었다."

겉으로 보면 비겼다. 그러나 그렇지 않다는 것을 운추양은 본능적으로 느끼고 있었다.

자신은 심력을 모두 쏟아 좌소천을 상대했다.

그런데 좌소천은 처음이나 지금이나 부동심을 유지하고 있다.

언뜻 생각하면 그다지 마음 쓸 것도 없는 미미한 차이이다. 그러나 그 미미한 차이가 한순간에 죽음과 직결된다.

운추양 정도의 고수가 그 차이를 왜 모를까.

"이름이 뭐냐?"

"무연만상이라고 합니다."

"쿵. 생전 처음 들어보는 도에 밀리다니."

"밀리지 않았습니다."

"네가 뭐라고 해도 밀린 건 밀린 거다."

"그게 그리 중요한 겁니까?"

"나에겐 중요하다."

예전과 많이 달라진 운추양이다.

전이었다면 승부가 날 때까지 싸웠을 사람이, 보이지도 않는 미미한 차이에 도를 거둔다. 세월만큼 계단을 하나 올라섰다는 뜻.

'그나마 다행이군. 한때 스승으로 삼았던 사람에게 칼을 들이대는 것도 마뜩치 않았는데.'

그때 운추양이 불쑥 입을 열었다.

"호승이는 나이만 먹었지 아직 어린아이나 마찬가지다. 세상을 경험해 보지 못했으니까. 무슨 말인지는 네가 알아서 생각해라."

밑도 끝도 없는 말이었다. 하지만 무슨 말인지 못 알아들을 좌소천도 아니었다.

좌소천은 찻잔을 비우고 나직이 말했다.

"최소한 제가 먼저 손을 쓰는 일은 없을 겁니다."

그러고는 자리에서 일어났다.

"이만 가보겠습니다."

좌소천이 고개를 숙이고 뒤돌아 전각을 반쯤 지나갔을 때다. 운추양이 끝내 참지 못하고 물었다.

"한 번 기회가 있었는데 왜 중간에 도를 틀었느냐? 정말로 내 공격을 막기 위해서 틀었느냐?"

좌소천이 걸음을 멈추고 몸을 반쯤 돌렸다.

"물론입니다. 아니면 둘 다 부상을 입었을 테니까요."

그건 사실이다. 그러나 결과는 판이하게 나왔을 것이다.

좌소천은 경상을, 운추양은 중상을 입고 선약당 신세를 져야만 했을 게 분명했다.

좌소천은 그 말만 하고 다시 걸음을 옮겼다.

'한 번이 아니라 세 번이었소. 그때 만약 내가 무진칠도를

펼쳤다면 당신은 죽었을 것이오.'

좌소천이 나간 지 일각이 지나자 절룡각의 문이 열리고 혁련호승이 들어왔다.

미간을 잔뜩 찌푸린 채 탁자 앞에 앉아 있는 운추양을 보고 그가 다급히 물었다.

"숙부님, 어찌 된 일입니까? 왜 저놈이 멀쩡하게 걸어서 나가는 겁니까? 설마 그냥 보내신 겁니까?"

운추양은 왈칵 짜증이 났다.

"그냥 보내지 않았다. 소천이와 도를 겨루어봤다."

"그런데 왜 다친 곳 하나 없이 멀쩡한 겁니까? 저딴 놈이 조카와 함께 크기를 바라시는 겁니까?"

홱 고개를 돌린 운추양이 짜증을 쏟아냈다.

"눈이 없느냐? 보이는 대로다! 내가 이기지 못했으니 걸어서 나간 것이 아니겠느냐?!"

그런데도 혁련호승은 오히려 목소리를 높여 추궁하듯이 소리쳤다.

"그걸 저더러 믿으란 소리는 아니겠지요? 혹시 저놈이 한때 제자였다고 봐주신 겁니까?"

운추양은 부글부글 화가 끓어올랐다. 조카만 아니라면 단번에 팔다리 하나쯤 부러뜨리고 싶을 정도였다.

그러나 어쩌랴, 하나뿐인 조카를 병신으로 만들 수는 없으니.

'너무 곱게 키웠어. 어릴 때부터 길을 제대로 잡아줬어야 했거늘.'

때늦은 후회였다.

혼자 큰 좌소천과 더욱더 비교가 되는 혁련호승이다.

그때 혁련호승이 조금은 불안한 목소리로 물었다.

"설마 진 것은 아니겠지요?"

볼수록 마음에 들지 않는 조카다. 숙부를 얼마나 비참하게 만들고 싶어 저딴 질문을 한단 말인가.

운추양은 이를 악물고 혁련호승을 쏘아보았다.

"사십 초를 겨루었는데, 소천이와… 비겼다."

무심코 결과를 털어놓은 운추양의 얼굴이 서서히 일그러졌다.

그 와중에도 차마 졌다는 말은 나오지 않는다.

참으로 묘한 감정이다.

분명 마음은 밀렸다고, 졌다고 말하고 있거늘, 입에선 그 말이 나오지 않는다. 그놈의 자존심 때문에.

'크큭, 나도 저놈이나 별반 다를 바가 없군.'

운추양이 자괴감에 빠져 있는 사이, 혁련호승이 돌아서서 절룡각을 나갔다.

탕!

거칠게 문을 닫고 나가는 혁련호승이다.

운추양이 눈을 부라리며 혁련호승이 나간 곳을 쳐다보았다.

그때다. 밖에서 중얼거리는 소리가 들렸다.

"달랑 하나 있는 숙부가 저 모양이니……. 에이, 씨발, 궁내에 믿고 일을 맡길 놈이 이렇게 없을까?"

순간 운추양의 눈에서 불똥이 튀었다.

'저, 저놈의 새끼를 그냥!'

2

운추양을 만나고 온 지 이틀이 지났다.

혁련호승은 아무런 움직임도 보이지 않았다. 운추양조차 자신을 어떻게 하지 못했으니 마땅한 방법을 생각하는 것이 쉽지 않을 것이었다.

'혁련호승, 마음껏 분노해라. 네 분노가 커지면 커질수록 나중에 더 비참하게 무너질 테니까.'

좌소천은 한여름의 한 마리 모기만큼도 혁련호승의 수작질을 걱정하지 않았다.

그가 생각할 수 있는 방법에는 한계가 있다. 암습, 독, 모략. 하지만 그런 방법으로는 자신을 어찌할 수가 없다.

차라리 그 걱정을 할 시간에 대원들에 대해 조금이라도 더 아는 것이 나았다.

이제 패천단 오대의 인원도 그럭저럭 칠십 명을 넘어선 상황. 좌소천은 조장들을 철저히 실력 위주로 뽑을 생각이었다.

하기에 평가서에 적힌 내용을 세세히 훑어보았다. 한 명 한

명 직접 만나기 전에 기본적인 것을 알아야 했다.

다음날. 좌소천은 실제로 조장의 후보자로 이십 명을 뽑은 후, 그들끼리 실력을 겨루도록 했다.

이상한 점은, 능히 조장이 될 수 있는 실력을 지닌 전하련이 조장 후보에서 제외되었다는 것이었다.

사람들은 여자가 무슨 조장, 하며 한마디씩 했지만, 이유는 따로 있었다.

이자광은 나무에 기댄 채 풀잎을 질겅거리고 있는 전하련에게 다가갔다.

뭔가 즐거운 일이 있는 듯 눈가에 잔뜩 웃음이 묻어 있었다.

씹던 풀잎을 뱉은 전하련이 고개를 돌리자 이자광은 목에 잔뜩 힘을 주고 자신이 온 목적을 말했다.

"전하련, 그대는 지금부터 대주의 직속무사다."

전하련이 눈을 힐끔거리더니 조소를 지었다.

"나더러 어린 대주 밑이나 닦아주란 말이야?"

"아니, 선두에 서서 싸울 사람이 되란 말이지."

전하련의 미간에 주름이 그어졌다.

"그건 좀 마음에 드는데……."

"좋아, 그럼 응낙한 것으로 보고하지."

그때 전하련이 물었다.

"근데 정말 대주가 원해서 나를 택한 거야?"

움찔한 이자광이 과장되게 고개를 끄덕였다.

"물론이지! 저번에 네가 곡추렴을 작살낸 거 아시잖아?"

전하련은 눈을 가늘게 뜨고 이자광을 쏘아보았다.

"얼핏 듣기로는, 내가 오조장이 되는 것을 곰탱이가 막았다고 하던 것 같던데……."

이자광이 눈을 크게 떴다.

"무슨 소리! 내가 왜 막아?"

"정말 아니야?"

"아니라니까!"

"그런데 왜 그렇게 소리를 지르고 당황해?"

"음하하! 내가 원래 목소리가 크잖아."

전하련이 유심히 이자광을 살펴보더니 고개를 돌렸다.

"좋아, 믿어주지. 하지만 이건 알아둬. 만일 그게 사실이라면 나중에 내 추룡편이 가만있지 않을 거야."

"절대 아니라니까! 험, 그럼 그렇게 알고 이따가 점심 먹고 대주 방으로 와라."

돌아선 이자광은 괜히 식은땀이 났지만 태연한 걸음으로 그 자리를 벗어났다.

'설마 대주가 그걸 털어놓지는 않겠지?'

어제저녁에 좌소천을 찾아갔다.

"대주, 할 말이 있소이다."

"뭡니까?"

"전하련을 조장이 아닌 직속무사로 뽑았으면 좋겠소."

"이유라도 있소?"

"그냥… 여자가 조장을 하면 아무래도 분란이 생길 것도 같고, 뭐 직속무사들 중에 여자가 하나 있으면 괜찮을 것 같아서… 말이오. 험!"

좌소천은 그냥 그러냐는 듯 고개를 끄덕였다. 그리고 오늘 아침까지 일곱 명의 조장이 다 정해지자 전하련을 직속무사로 삼을 테니 점심이 끝나면 데려오라고 했다.

일의 전말은 그렇게 간단했다.

한데 슬슬 걱정이 되었다.

전하련의 무공이야 걱정될 것이 없었다. 정작 문제는 전하련이 자신을 싫어할지 모른다는 것이었다.

3

패천단의 무사들 중 가장 근육이 발달한 사람 몇을 꼽으라면, 거기에 항상 들어가는 사람이 홍려운이었다.

반면에 가장 약한 사람을 꼽아도 그의 이름이 꼭 들어갔다.

'이대로 물러설 수는 없어!'

이를 악문 홍려운은 구슬땀을 흘리며 커다란 칼을 휘둘렀다.

그는 패천단에 들어온 다음날부터 시간만 나면 남들이 잘 가지 않는 구석으로 가서 칼을 휘둘렀다.

사방을 둘러봐도 자신보다 더 강한 사람들만 보였다.

쪽팔렸다.

하다못해 덩치 큰 것도 이자광에 비하니 어린아이처럼 보일 정도다.

그렇다고 자존심 상하게 패천단을 나가겠다고 할 수도 없었다.

방법은 하나뿐이었다.

다른 사람만큼 강해지는 것!

물론 단시일 내에 강해지지는 않을 것이었다. 하지만 그에게는 남이 모르는 특별한 점이 있었다.

적은 노력으로도 강해지는 몸, 한나절을 뛰어도 쉽게 지치지 않는 심장. 그것은 그만의 비밀 아닌 비밀이었다.

사실 그의 근육은 그가 특별히 노력해서 만들어진 것이 아니었다. 그저 다른 사람과 다름없이 수련을 했는데 그렇게 된 것일 뿐이었다.

언젠가 사부가 말했다.

타고난 몸을 지녔으니 좀 더 열심히 한다면 빛을 볼 수 있을 거라고. 차라리 유명한 다른 무관에 가서 도를 제대로 익혀보라고.

그는 다른 무관으로 갈 생각도 아예 없었다. 한번 맺어진 인연, 사부를 어찌 바꾼단 말인가.

그리고 그동안에는 그저 남이나 다름없이 했다. 그러고도 충분했으니까.

하지만 이제는 아니었다.

이곳에는 자신보다 약한 사람이 없었다.

"하앗! 야압!"

벌써 한 시진째.

홍려운의 숨소리는 처음과 큰 차이가 없었다.

아마 두 시진 정도 더 해야 숨소리가 거칠어질 것이다.

홍려운은 아무도 오지 않는 이곳에서 지쳐 쓰러질 때까지 칼을 휘두를 작정이었다.

죽어라 칼을 휘두르는 그를 좌소천이 처음 본 것은 미시 말이었다.

그리고 다시 본 것이 유시쯤이었다. 거의 두 시진 만에 본 것이다.

두 번째로 그를 본 좌소천은 기이한 표정을 지었다.

처음과 별로 달라지지 않은 동작이다. 벌써 두 시진 가까이 지났는데도.

'그사이 쉬었나?'

한데 쉬었다고 보기에는 그의 몸에서 너무 많은 땀이 흐르고 있다.

땀으로 흥건히 젖은 옷. 떨어진 땀으로 인해 주위와 조금 달라 보이는 근처의 흙 색깔.

쉬었다면 저렇게까지 되지는 않았을 것이다.

좌소천은 홍려운이 수련하고 있는 장소가 보이는 곳의 바위에 앉아 묵묵히 그의 모습을 더 지켜보았다.

반 시진이 더 흘렀다.

그제야 좌소천은 홍려운이 처음부터 지금까지 쉬지 않고 칼을 휘둘렀다는 것을 알았다.

놀라운 일이었다.

공력이라도 높다면 그러려니 할 일이다. 그러나 아무리 봐도 홍려운의 공력은 기껏해야 삼사십 년 정도에 불과하다. 그 정도로는 한 시진만 칼을 휘둘러도 지치는 게 보통이다.

더구나 홍려운의 칼은 보통 칼보다 두 배는 더 큰 칼이 아닌가.

결론은 홍려운이 다른 사람과 다른 몸을 지녔다는 것이었다.

좌소천은 바위에서 일어나 홍려운이 수련하고 있는 건물 뒤쪽 구석진 곳으로 다가갔다.

벌게진 얼굴로 칼을 휘두르던 홍려운이 좌소천을 발견하고는 급히 동작을 멈췄다.

"대주를 뵈오."

좌소천은 약간 거칠어진 그의 숨소리에 실소를 금치 못했다.

두 시진이 넘도록 칼을 휘두른 사람의 숨소리라고는 믿어지지가 않았다.

"원래 그렇게 숨소리가 거칠어지지 않소?"

그러잖아도 붉어진 얼굴이 조금 더 붉어졌다.

"예, 대주."

"그렇게 얼마나 견딜 수 있소?"

"네 시진 정도까지는 견뎌봤습니다만……."

그 이상은 해보지 않았다. 좌소천도 그의 말을 이해하고 어이가 없어 웃음이 나왔다.

이류에 겨우 턱걸이한 무사가 네 시진 동안 저 큰 칼을 휘두르고도 쓰러지지 않다니.

좌소천이 웃자 이를 악문 홍려운이 고개를 푹 숙였다. 좌소천이 자신을 비웃는 것처럼 느껴진 것이다.

그때 좌소천이 넌지시 말했다.

"어떻소, 내가 도법을 하나 알려줄 테니 한번 익혀보겠소?"

홍려운이 고개를 번쩍 들었다.

"저, 정말입니까?"

좋아하는 표정이 그대로 드러난다.

좌소천은 빙그레 웃으며 고개를 끄덕였다.

4

마차가 멈춰 선 곳은 삼십여 장 높이의 완만한 언덕 정상이었다.

안개가 희미한 새벽녘, 푸른 초원이 펼쳐진 곳에 멈춰선 백색 마차다.

안개가 마차를 어루만지며 지나가는 건지, 마차에서 안개가 스미어 나오는 건지 모를 신비한 풍경이다.

그런데 언제부턴가 백색 마차 주위로 수십 명의 여인이 모여든다.

백의 경장에 백색 면사, 흑의 경장에 흑색 면사, 핏빛 경장에 붉은 면사.

합이 구십여 명에 이르는 여인들은 백색 마차를 둘러싼 채 조용히 서서 점점 짙어지는 안개와 하나가 되어간다.

시간이 흐른다.

낮게 깔린 안개가 언덕 아래로 흘러간다.

모일 사람이 다 모였는지 더 이상 숫자가 늘어나지 않는다.

그렇게 얼마나 지났을까.

태양이 슬그머니 붉게 달아오른 얼굴을 보일 즈음, 저 멀리 커다란 장원의 지붕이 하나둘 시커먼 등을 드러내기 시작했다.

마차에서 카랑카랑한 목소리가 들린 것도 그때였다.

"백가장, 삼십 년 전 자식을 낳지 못했다는 이유로 두 명의 여인을 구박해서 결국 자살로 내몰고, 그것도 안심이 안 되자 여인의 가문을 몰래 멸문시킨 자들. 겉으로는 정파의 껍질을 쓰고, 안으로는 마도의 무리보다 더 사악한 짓을 서슴지 않은 악귀들. 저들은 죽어도 마땅한 자들이다. 한에 사무친 정한녀들아, 저들에게 본 궁의 한이 얼마나 두려운 것인지 알려주어라!"

구십구 명의 여인이 일제히 무릎을 꿇고 초원에 얼굴을 댔다.

"신녀의 뜻을 받들어 저들에게 여인의 한을 되돌려주겠나이다!"

그녀들의 나직한 목소리가 안개 속으로 흐트러짐과 동시, 여인들의 모습도 초원 위에서 사라졌다.

그리고 일다경, 보강제일의 문파 백가장이 피바람에 휩싸였다.

그날, 사시가 되기 전에 백가장의 무사 사백 중 반 이상이 죽고, 반 정도만이 부상을 입은 채 백가장을 탈출했다.

싸우는 소리가 멈췄을 때, 장원 안에 살아 있던 사람은 힘없는 가솔들과 여인들뿐이었다.

살아난 사람들은 정문 위에 꽂힌, 정한(情恨)이라 쓰인 깃발을 바라보고는 그제야 살았다는 것을 알고 망연한 표정으로 바닥에 주저앉았다.

사월이 중반에 이른 완연한 봄날에 일어난 일이었다.

그러나 다시 일기 시작한 혈풍은 단순히 백가장에서 멈추지 않았다.

다음날, 보강에서 이백 리 동남쪽 곡양의 마령문이 피로 씻기고, 또 그 다음날에는 백오십 리 서쪽의 혈곡이 처참한 비명으로 메아리쳤다.

신출귀몰.

하루에 한 곳, 그녀들은 단 사흘 사이에 세 곳의 문파에 정한기를 꽂고 또 갑자기 사라졌다.

그 소식이 알려지자 천하가 들썩이기 시작했다.

백가장이 당했다는 소식이 들려왔을 때만 해도 내심 쾌재를 불렀던 전마성이다. 그들은 정한기의 주인이 계속 북쪽으로 올라가리라 생각하고 안심했다.

그러던 차에 북쪽의 지부인 마령문과 혈곡이 혈풍에 쓸려 버렸으니, 북쪽으로 힘을 키우려던 전마성에겐 대낮에 날벼락이 떨어진 것이나 마찬가지였다.

마침내, 전마성의 성주인 철혈마제 사도철군이 대노했다.

"정보망을 총동원해서 그 계집들을 찾아라! 지원대를 조직해서 지부에 사람들을 보내!"

전마성은 급히 지원대를 조직하고 북부 지부의 문파들을 지원하기 위해 무사들을 파견했다.

비상이 걸린 것은 전마성만이 아니었다.

백가장은 정도의 문파 중 하나. 무당파도 바빠졌다.

백가장의 생존자들이 무당을 찾아오기 시작했다.

한둘이 아닌 수십 명이다. 그들이 복수를 다짐하며 무당에 도움을 요청한다.

비록 정한기에 쓰인 내용으로 인해 많은 사람들이 백가장을 욕하지만, 그렇다고 백 년간 친분을 유지한 그들을 나 몰라라 할 수만은 없었다.

결국 무당은 자파의 제자들도 보호할 겸 제자들을 소집했다.

골짜기에 박혀 수도에 정진하는 현 자 배 장로들을 모조리 자소궁으로 불러 모으고, 정 자 배 제자들은 누구도 외유를 하지 못하게 했다.

뜻밖의 일이라면, 현 자 배의 장로들을 찾던 와중에 영 자 배의 노도인들이 네 명이나 생존해 있다는 것을 알았다는 것이었다.

게다가 무당산에서 수도하던 무당파 외의 고인 십여 명이 무당이 어려움에 처하면 무당을 돕겠다는 언질까지 해왔다.

일이 그렇게 되다 보니 무당으로서는 비상이 걸린 상황에서도 기뻐하지 않을 수가 없었다.

그래도 어찌 될지 알 수 없는 일.

현고자는 몇몇 제자들과 무당산 인근의 속가제자들로 하여금 정한거(情恨車)와 정한기(情恨旗)에 대한 정보를 모으며 상황을 지켜보았다.

조금은 느긋해진 마음으로.

제갈세가도 모든 일을 제치고 그 일에 신경을 곤두세웠다.

제갈진우가 죽고 제갈진경이 스스로 옥에 들어간 마당이다.

그날, 제갈황은 그냥 돌아온 제갈진경에게 노성을 내지르며 분노했다. 그러나 시신을 본 그는 제갈진경의 말이 잘못된 것이 아니라는 것을 알고, 일단 좌소천에 대한 정보만 모으기로 하고 추살령을 거두어들였다.

군자복구 십년불만(君子復仇 十年不晩)이라 했다.

군자의 복수는 십 년이 걸려도 늦지 않다 하지를 않던가.

그러하기에 결국 그는 좌소천에 대한 복수를 미루고 분노를 씹어 삼켜야만 했다.

반드시! 반드시 복수할 거라는 다짐을 하고서!

그렇게 침울할 때 정한거와 정한기에 대한 소문이 들려왔다.

그들은 더 이상 당할 수 없다는 절박감에 한수의 경계망을 세 배로 늘렸다.

전마성에 이어 무당과 제갈세가가 움직인 상황.

호북 전체에 긴장감이 돌기 시작했다.

그러나 다른 한 곳은 그들과 달리 정한기의 출현을 호기로 생각했다.

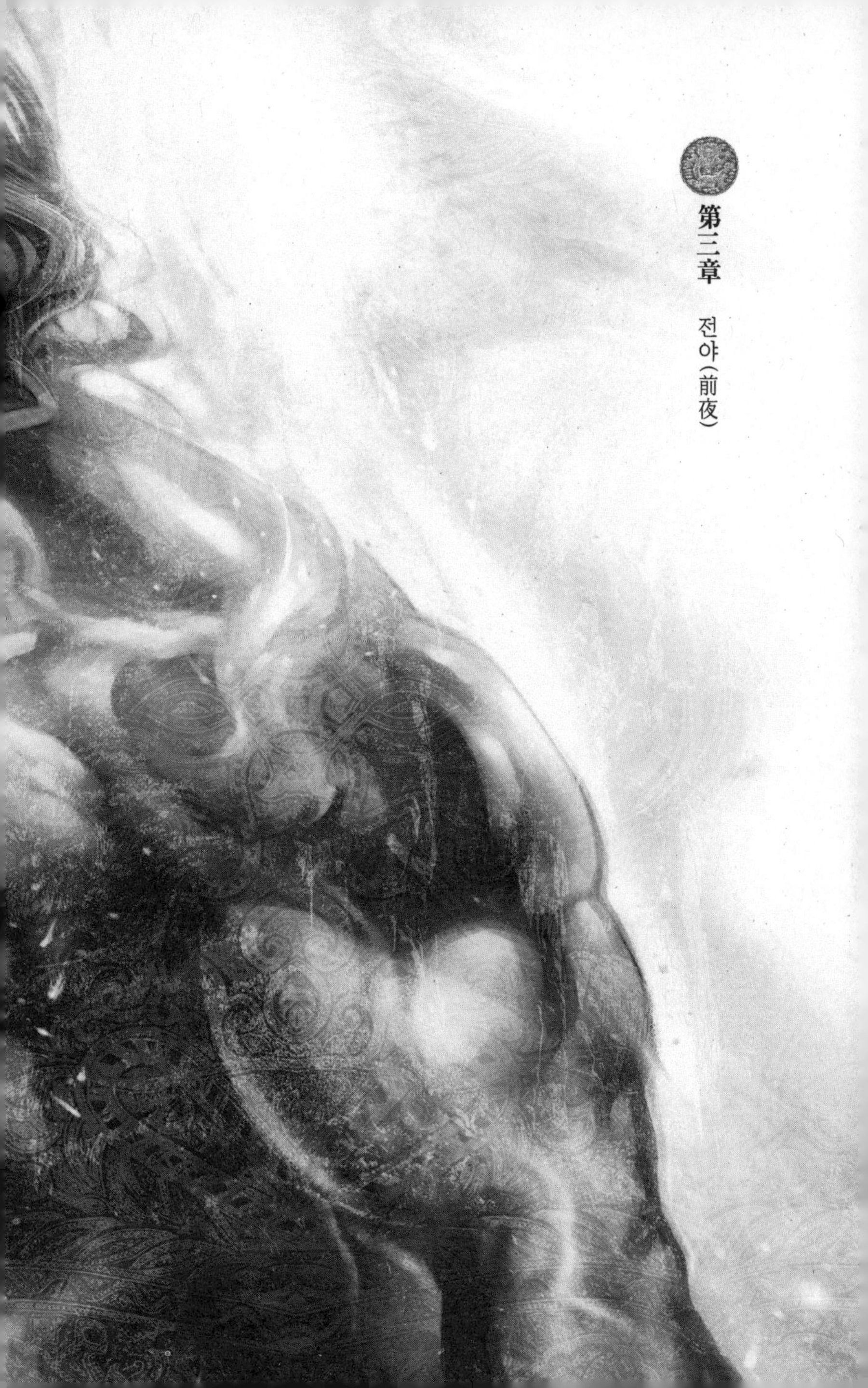

第三章 전야(前夜)

절대
천왕
絶對天王

"좋아! 호승이와 소천이를 불러라!"

혁련무천의 명이 제천전을 울렸다.

사공은환이 깊숙이 허리를 숙였다.

"예, 주군!"

마침내 때가 되었다.

전마성이 대대적으로 움직였다. 아마 자신이었다 해도 그랬을지 몰랐다.

혁련무천의 눈에서 신광이 쏟아졌다.

'사도철군, 나도 분노했을 것이다. 다만 내가 너와 다른 점이라면, 나는 천하를 생각하고 움직였을 것이라는 것이다. 그 차이가 천하의 주인을 결정할 것이니라!'

점심 무렵, 제천무령이 오대로 찾아왔다.

"패천단 오대 대주 좌소천은 속히 제천전으로 들라는 명이오!"

사람들이 의아한 표정으로 좌소천을 바라보았다. 제천무령이 왜 좌소천을 찾아와 제천전으로 들라고 하는지 짐작도 못 하는 눈치였다.

그동안에 내궁에 들어간 것을 알고 있기는 했다. 그러나 운추양에게 불려간 것만 알고 있는 사람들이었다.

궁주인 제천무제가 공식적으로 부른 것과는 사정이 달랐다.

좌소천이 방을 나서려 하자 공손양이 걱정스런 표정으로 물었다.

"대주, 무슨 일이오? 갑자기 제천전으로 들라니?"

"별일 아니오. 모두에게 무기를 점검하고 출정 준비을 하라 일러놓으시오."

"예?"

"멀리 가야 할지 모르오. 준비를 철저히 해야 할 거요."

그 말에 공손양이 눈을 빛내며 묻는다.

"혹시… 호북으로 가는 겁니까?"

그제야 그도 뭔가를 예상한 눈치다.

좌소천은 천천히 고개를 끄덕이며 방을 나섰다.

"어쩌면……."

'천하가 요동칠 것이다. 그리고 그 중심에 내가 있게 될 것이다. 오늘은 그 첫걸음을 떼는 날일 뿐!'

제천전으로 들어가니 혁련호승이 먼저 와 있었다.

좌소천은 혁련호승 옆에 나란히 섰다.

정한거에 대한 소문을 들은 터다. 왜 불렀는지 듣지 않아도 뻔했다.

마침내 때가 되었다는 말이다!

"부르셨습니까, 궁주님!"

공식적인 자리다. 좌소천이 백부라는 호칭 대신 궁주라 부르자 혁련호승이 고개를 돌렸다.

그때 혁련무천이 자리에서 일어났다.

"본 궁의 앞날이 너희 둘의 어깨에 달려 있다. 보다 많은 사람을 파견하고 싶으나, 당장은 그럴 수 없다는 걸 잘 알 거라 생각한다. 하나 곧 지원대가 갈 것이다. 그때까지 최대한의 성과를 보이기 바란다."

"예, 궁주님!"

"예, 아버님!"

고개를 숙이는 좌소천과 혁련호승을 바라보며 혁련무천이 나직이 말했다.

"너희 둘은 형제와도 같으니, 너무 심한 경쟁을 벌여 공연한 불상사가 벌어지지 않도록 조심해야 할 것이다."

"명심하겠사옵니다."

"걱정 마십시오, 아버님."

혁련호승은 담담히 대답하고는 좌소천을 바라보았다.

"잘해보자."

그러나 입에서 나오는 말과는 달리 눈 깊은 곳에는 불길이 잠들어 있었다. 사악한 분노의 불길이었다.

'벌레 같은 거지새끼, 너는 내 밑이나 닦아라.'

좌소천은 무표정한 얼굴로 고개를 숙였다.

"부탁하겠습니다."

'너는 죽었다 깨어나도 내가 무슨 생각으로 이곳에 왔는지 알 수 없을 것이다, 혁련호승.'

그때 사공은환이 입을 열었다.

"잠강과 천문 지부를 치고 그곳에 본 궁의 지부를 설립해야 합니다. 어려움이 많을 것이나, 그 두 곳을 점유해야만 전마성의 반격을 막아낼 수 있습니다."

좌소천이 사공은환의 말끝에 바로 말을 이었다.

"제가 잠강으로 가면 어떻겠습니까?"

혁련호승이 이마를 좁혔다.

잠강에 지부가 설립되면 최전선이라 할 수 있다. 동북쪽에 위치해 있는 천문이 훨씬 더 안전한 곳인 것이다.

그러나 그 대신 천문 지부는 잠강 지부의 지원 역할밖에 할 수 없다.

자존심이 상했다.

자신이 비천한 놈을 지원이나 해주는 역할을 해야 하다니!

"아니다. 내가 잠강을 맡으마. 아무래도 이제 갓 생긴 패천단보다는 제천단이 최전선을 맡는 것이 더 낫지 않겠느냐?"

좌소천이 걱정스런 표정으로 말했다.

"하지만 위험할지 모릅니다."

그게 더 혁련호승을 자극했다.

"하하하, 그 정도 위험이야 감수를 해야지."

호탕하게 웃는 혁련호승의 눈에서 불길이 일렁인다. 좌소천은 조용히 고개를 돌려 혁련무천을 바라보았다.

"궁주님의 뜻에 따르겠습니다."

혁련무천이 두 사람을 번갈아 보고 묵직하니 입을 열었다.

"어차피 어느 곳을 맡던 둘이 상부상조를 해야 할 것이다. 호승, 정말 잠강을 맡을 자신이 있느냐?"

"염려 마십시오, 아버님."

자신있는 목소리다.

결국 혁련무천도 혁련호승의 손을 들어주었다.

"좋다. 그럼 네가 잠강 지부를 맡고, 소천이가 천문 지부를 맡아라. 각 단주들에게 이야기를 해놨으니 사흘 후에 출발할 수 있도록 만반의 준비를 갖추도록."

혁련호승이 고개를 돌려 좌소천을 바라보았다.

'건방진 새끼, 네놈은 내 발바닥이나 핥아라.'

"예, 궁주!"

고개 숙이며 대답하는 좌소천의 눈 깊은 곳에서 차디찬 웃음이 번졌다.

자신의 뜻대로 되었음이다.

좌소천이 제천전을 나서자 저만치 서 있던 혁련미려가 다가왔다.

"출정한다며?"

"예, 누님."

"조심해."

"너무 걱정 마십시오."

"나가거든 사매도 찾아보고. 못 찾겠으면 개방에 부탁해봐."

개방이라면 거지들의 문파다. 하기에 천하에 제자들이 퍼져 있을 것이었다. 그들이라면 제천신궁과 구포방이 찾지 못한 소영령을 찾을 수 있을지도 몰랐다.

소영령을 찾기 위해서라면 누구에겐들 부탁을 하지 못할까.

'그것도 괜찮은 생각이군.'

"알겠습니다, 누님."

"찾으면… 미안하다는 말 전해주고."

얼마 전보다는 나아졌다지만 여전히 기가 죽은 혁련미려다.

좌소천이 쓴웃음을 지으며 말했다.

"얼굴 좀 펴고 사세요. 예쁜 얼굴에 주름지잖아요."

그 말에 혁련미려가 입술을 삐죽였다.

그러고 보니 조금 나아 보였다.

"아직 주름 안 졌어."

"누가 누님을 데려갈지 몰라도 그 사람은 복 받은 사람입니다."

혁련미려가 힐끔거리며 좌소천을 바라보았다. 그러더니 다시 풀 죽은 목소리로 말했다.

"곧… 정해질지 몰라."

"누굽니까?"

"그건 아직 모르는데, 누가 청혼을 했대. 아버님도 마음이 있는 것 같고. 나는 그렇게 시집가기 싫었는데……."

제천신궁 주인의 딸이다.

자신이 원하는 사람을 만나 혼인할 수 없다는 것은 거의 정해진 사실이다. 어쩌면 그래서 순우무궁에게 더 끌렸을지도 몰랐다.

좌소천은 씁쓸한 마음을 뒤로하고 돌아서기 전에 고개를 살짝 숙였다.

"그럼 가보겠습니다."

한데 혁련미려가 머뭇거리며 입을 열었다.

"저기, 소천아……."

좌소천이 멈칫하자 혁련미려는 제천전 쪽을 힐끔 쳐다보고는, 고개를 쑥 내밀며 속삭이듯이 말했다.

"저번에 그자의 사형을 봤는데, 그자가 나를 이상한 눈으로 보더라구. 소름이 끼쳐서 혼났어."

그자, 순우무궁의 사형이라면 천외천가의 대공자, 순우무종을 말함이다.

"눈동자가 파란 것이 꼭 먹이를 노리는 뱀 같았거든. 그런데… 아무래도 그가 나를 원하는 것 같아."

마지막 말은 거의 들리지 않을 정도였다.

좌소천은 그 말을 듣는 순간 등줄기를 타고 얼음물이 내려가는 듯했다.

혼처가 정해진 것 같다고 했다. 그리고 순우무종에 대해 말한다. 그것도 남이 들을까 조심스럽게.

'설마……?'

"그리고… 큰오빠가……."

혁련미려가 아직 할 말이 남은 듯 머뭇거렸다.

그때 제천전의 문이 열리며 혁련호승이 밖으로 나왔다.

"무슨 이야기를 그렇게 재미있게 나누느냐?"

입술을 씹으며 혁련미려가 어색한 웃음을 지었다.

"소천이가 출정한다고 해서 마지막으로 인사나 하려고. 소천아, 조심해서 갔다 와."

"예, 누님."

혁련호승이 다가오며 비릿한 조소를 지었다.

"일의 성패는 지원을 어떻게 잘하느냐에 달려 있지. 너는 최대한 힘을 아껴서 내 뒤를 받쳐 줘야 할 것이다."

"제천단이 출동하는데 굳이 제가 도울 일이 있겠습니까?"

"하긴, 그것도 그렇군. 그래도 혹시 아느냐? 때로는 미천한 힘도 소용될 때가 있는 법인데. 하하하하하!"

"이제부터 바빠질 것 같으니 먼저 가보겠습니다. 그럼."

좌소천은 고개를 까딱 숙이고 몸을 돌렸다.

그렇게 제천전에서 멀어질 즈음, 바람에 실린 혁련호승의 목소리가 귓속으로 스며들었다.

"미려, 너 내가 확실하게 말하는데, 앞으로는 저따위 비천한 거지새끼하고 가깝게 지내지 마. 알겠어?"

"흥! 오빠나 잘하셔."

좌소천은 혁련미려의 코웃음소리를 뒤로한 채 원로원 쪽으로 발걸음을 옮겼다.

'미려 누님 말대로 너나 잘해라, 혁련호승. 다시는 이곳으로 돌아오지 못할지도 모르니까.'

2

원로원은 제천신궁의 맨 뒤쪽에 천화원과 나란히 있었다.

그곳에는 모두 열두 명의 장로가 머물렀다.

좌소천은 등소패와 위지승정을 만나기 위해 곧바로 원로원으로 향했다.

출정을 나가면 다시 돌아올 것인지 그 자신조차 알지 못했다. 그만큼 강호의 상황이 급변하고 있었다.

떠나기 전 두 사람을 만나보지 않으면 언제 또 만날 수 있을지 아무도 몰랐다.

좌소천이 원로원으로 다가가자 호성당의 무사 셋이 앞을 막았다.

"정지, 이곳은 원로원이오. 무슨 용무로 온 것이오?"

"등소패 장로님과 위지승정 장로님을 만나뵙고자 하오."

호성당의 무사들은 좌소천의 위아래를 재빨리 훑어보고는 인상을 찌푸렸다.

복장을 보면 패천단의 무사다. 그것도 대주.

하지만 내궁에서 일개 단의 대주는 그리 높은 지위라 할 수도 없었다.

한데도 그들은 함부로 하지 못했다. 일개 패천단의 대주가 내궁의, 그것도 심처인 원로원까지 왔다는 것은 그만한 사유가 있다는 말이었으니까.

"이름을 밝혀주시오."

좌소천은 자신의 이름만 밝혔다.

"소천이라 말씀드리면 그 두 분이 알 것이오."

호성당의 무사 하나가 고개를 갸웃거렸다.

"소천?"

"그렇소. 시간이 그리 많지 않으니 서둘러 주었으면 좋겠소."

"잠시만 기다리시오."

고개를 갸웃거리던 호성당의 무사가 동료들에게 눈짓을 하고는 안으로 들어갔다.

그리고 얼마 지나지 않아 밖으로 뛰어나오더니 휘둥그레진 눈으로 좌소천을 바라보았다.

"따라오시구려, 등 장로님이 기다리고 계시오."

단순히 기다리는 것이 아니다. 엉덩이를 들썩거리며 당장 데려오라고 쫓아내다시피 했다.

대체 저자가 누군데 천하의 등소패가 엉덩이를 들썩인단 말인가.

어디 그뿐인가?

위지승정은 난을 치다 말고 붓을 멈추는 바람에 그림이 엉망이 되고 말았다.

그는 고개를 갸웃거리며 돌아섰다.

'아무리 봐도 별거 아닌 놈처럼 보이는데…….'

등소패는 많이 늙은 모습이었다.

얼굴에 주름도 더 많아졌고, 이도 몇 개 빠져 있었다.

"허허허허, 죽기 전에 너를 보다니."

그는 진정으로 즐거운 듯 환하게 웃었다.

"그간 강녕하셨습니까?"

"지내기야 잘 지냈다. 힘이 좀 딸려서 그렇지."

"아직 정정하게 보이십니다. 얼마 전에는 포규상 대주와 주먹까지 나누셨다면서요?"

"클, 그거야 주먹 좀 쓴다는 놈이 들어와서 한번 만나봤지. 알고 보니 내가 알던 사람의 제자더구나."

싱글벙글하던 등소패가 지나가듯이 물었다.

"언제 왔더냐?"

"열흘이 조금 넘었습니다. 찾아뵌다 해놓고 차일피일 미루다 이제야 찾아왔습니다. 죄송합니다."

"클클클, 죄송하긴. 며칠이 무슨 상관이누, 만났으면 된 것이지."

실실 웃으며 말하던 등소패가 주름진 눈을 가늘게 뜨고 좌소천을 바라보았다.

어린아이처럼 뭔가가 잔뜩 궁금한 눈빛이었다.

"그래, 건곤신권은 얼마나 익혔느냐?"

"건곤을 합일(合一)시켰습니다."

"……."

등소패의 눈이 점점 커졌다.

"지금 '합일' 이라고 했느냐?"

"예, 스승님."

"허어!"

"하지만 아직 한주먹으로 펼쳐 내지는 못합니다."

등소패의 커진 눈이 파르르 떨렸다.

"토, 통천(通天)을 말하는 것이더냐?"

"아직 때가 되지 않았나 봅니다."

"허, 허, 허허허허! 내가 보기는 잘 봤구나. 건곤합일을 하고, 그도 모자라 통천이라……. 허! 허!"

웃음을 터뜨린 등소패가 눈을 반짝거리며 좌소천의 눈을 직시했다.

"한번 보여주겠느냐?"

좌소천이 자리에서 일어났다.

뒤로 서너 걸음 물러선 좌소천이 두 손을 들어 올린다.

건곤을 가리킨 주먹이 천천히 휘돌고, 허공이 비틀리며 소용돌이처럼 맴돌았다.

그러던 어느 순간이었다.

두 주먹이 하나로 보였다.

동시에 하나가 된 주먹에서 묵빛 권영이 앞으로 쭉 뻗었다.

찰나였다.

바람에 흔들거리던 얇은 휘장에 주먹 형태의 구멍이 뻥 뚫렸다.

그런데도 휘장은 변함없이 바람에 가볍게 흔들리고 있을 뿐이었다.

짝!

등소패가 활짝 웃으며 손뼉을 쳤다.

"좋구나, 정말 좋아!"

그때 문이 열렸다.

"소천이가 왔다던데……."

위지승정이었다. 그의 거처는 더 안쪽에 있어 등소패를 만난 후에 찾아갈 생각이었다.

한데 고고하기가 학 같은 그가 기다리지 못하고 직접 등소패의 거처로 찾아온 것이다.

"소천이 스승님을 뵙습니다."

"허허허, 정말 네가 왔구나."

"쿵! 거, 늙은이 엉덩이가 언제부터 그렇게 가벼워졌누?"

못마땅한지 등소패가 콧소리를 냈다. 아무래도 둘이 보낼 시간을 위지승정 때문에 빼겼다 생각한 듯했다.

"허허허, 마침 바람을 쐬러 나오려는데 소천이가 왔다지 뭡니까."

당연히, 그래서 찾아온 것이 아니었다.

오래 머무를 좌소천이 아닐 것 같았다. 조금이라도 더 보려면 직접 찾아오는 게 나았다. 그것이 자신의 방에서 기다리지 못하고 곧바로 등소패의 방에 찾아온 이유였다.

문득, 웃으면서 탁자로 다가가던 위지승정의 눈이 구멍 뚫린 휘장에 고정되었다.

극히 짧은 순간이었지만, 그것을 보는 위지승정의 몸이 가늘게 떨렸다.

천천히 고개를 돌린 그가 좌소천에게 물었다.

"네가 한 것이더냐?"

"약간의 얻음이 있었습니다."

기광을 번뜩인 위지승정이 좌소천의 옆구리를 바라보았다.

찰나간에 실망감이 그의 눈에 떠올랐다 사라졌다.

"도를 택했더냐?"

"예, 스승님."

"으음……. 그럼 내가 말해준 검결은 익히지 않았겠구나."

익히지 않았다 해도 어쩔 수가 없었다. 제대로 알려주지도 않았으니까.

그때 좌소천의 입가에 잔잔한 미소가 매달렸다.

"이 도가 저를 편하게 해줘서 주무기로 삼았습니다. 마침 이

도에 맞는 도법도 하나 얻었고 해서요."

위지승정의 눈에 활기가 떠올랐다.

"그럼, 내가 알려준 검결을 익혔단 말이냐?"

"완벽히 제 것으로 만들지는 못했습니다만, 그럭저럭 기(氣), 화(和), 정(靜)의 흐름을 하나로 뭉치기는 했습니다."

위지승정의 눈이 커졌다. 등소패나 다름없는 반응이었다.

"허, 허허허, 그래?"

"커험! 이제 보니 엉큼한 늙은이였군. 몰래 절기를 전하다니."

"허허허, 그거야 등 선배도 별다를 게 없잖소."

"나야 늙어서 물려줄 사람이 없었으니 그랬지."

"저도 환갑이 지난 지 오랩니다. 그때도 제천신궁을 나가서 제자를 찾기에는 늦은 나이였지요."

당시 오십대 후반의 그였다. 제자를 찾아 강호를 돌아다니기에 어정쩡한 나이. 더구나 혁련무천이 놓아주지 않았을 터였다.

"안에서 찾아봤으면 됐잖아?"

"소천이만 한 아이가 있어야지요."

"킁, 그러니까 결국 소천이가 욕심나서 전했다는 거군."

좌소천은 두 사람의 말다툼을 조용히 지켜보았다.

가슴이 아프다.

이런 분들이 있는 제천신궁과 싸워야 할지도 모른다.

그리되지 않기를 바라지만, 자신이 원하는 목표를 가다 보면 피할 수 없는 곳이 제천신궁이 아니던가.

그때였다.

덜컹!

문이 열리더니 둥근 얼굴의 노인이 고개를 쏙 내밀었다.

"무슨 일인데 싸우고 있어? 어? 위지 꼬마도 있잖아?"

나이 예순일곱의 위지승정을 꼬마라 부르는 노인이다.

한데도 위지승정은 별 불만 없이 노인에게 고개를 숙였다.

"어인 일이십니까, 어르신?"

"나야 돌아다니기 좋아하니 그렇다 치고, 자네는 웬일인가? 무슨 일인데 저 주먹잡이 등가하고 말다툼하는 거야?"

"예전에 등 선배와 함께 가르쳤던 아이가 찾아와서 얼굴 좀 보려고 왔습니다."

"그래?"

노인이 살짝 눈을 돌려 좌소천을 바라보았다.

마치 '너 누구냐?' 하고 묻는 것 같은 눈빛. 좌소천이 먼저 노인을 향해 고개를 숙였다.

"소천이라 합니다."

노인은 호기심 가득한 눈으로 좌소천의 이모저모를 훑어보더니, 뒤편의 휘장을 보고 그대로 굳어버렸다.

"저거… 등가, 네가 한 짓이냐?"

등소패가 콧소리를 내며 고개를 슬쩍 쳐들었다.

"큼, 내가 무슨 힘이 남았다고 저렇게 할 수 있겠수?"

"그럼……?"

노인의 눈이 슬며시 좌소천을 향했다.

"설마 저 머리꼭대기에 피도 안 마른 꼬맹이가……?"

등소패가 음충맞은 웃음을 흘렸다.

"우흐흐흐, 내 건곤신권을 저 아이가 익혔수다."

위지승정이 입을 달싹거리더니 참지 못하고 한마디 덧붙였다.

"제가 쉰 넘어 깨달은 삼천화(三天和)도 익혔지요."

고고한 성품 탓에 남이 뭔 말을 해도 그저 웃어만 넘기는 위지승정이 제자 자랑을 한다.

등소패와 노인은 못 볼 것을 봤다는 표정으로 위지승정을 흘겨보았다.

"위지 꼬마도 이제 늙긴 늙었군. 입이 근질거리는 걸 못 참는 걸 보면 말이야."

"얼마 안 있으면 칠십이 됩니다, 어르신."

"헹! 내 자식도 살아만 있으면 칠십을 벌써 넘었어."

좌소천은 새삼스런 눈으로 노인을 바라보았다.

자식이 칠십이 넘었다면 백 살이 다 되어간다는 말이 아닌가.

얼굴을 보면 등소패와 비슷해 보인다. 아니, 등소패가 주름이 많아서 오히려 나이가 많아 보인다.

대체 저 노인은 누굴까?

좌소천이 노인을 바라보자 등소패가 깜박했다는 듯 노인을 소개했다.

"인사드려라. 이제 곧 갈 때가 다된 분이지만, 알아두어서 손해 볼 것은 없으니까. 동천옹 어른이시다."

동천옹?

좌소천의 담담하던 표정에 서서히 경악이 떠올랐다.

둥근 얼굴, 기다란 눈썹, 어린아이처럼 해맑은 웃음. 갈 때가 다된 백 살에 가까운 나이. 그런데다 신권 등소패가 어려워할 정도다.

그런 사람이 강호에 얼마나 될까?

'설마… 사십 년 전에 모습을 감췄다는 팔신(八神) 중에 동천자?'

정확한 별호와 이름은 동천자(東天子) 헌당.

그는 영허 진인과 동시대의 인물이었는데, 정사 어느 쪽에도 속하지 않은 사람이었다. 워낙 성격이 괴팍한데다가 무공은 하늘조차 농락할 만큼 강해서 누구도 그와 마주치는 것을 꺼려할 정도였다.

한데 그런 동천옹이 제천신궁에 있었다니.

제천신궁의 원로원이 복마전보다 더한 곳이라는 말을 듣긴 했지만, 막상 사실을 알고 나니 놀라지 않을 수 없는 일이었다.

좌소천이 정중히 예를 취했다.

"좌소천이라 합니다, 동천자 어르신."

빙긋이 웃는 헌당이다. 그런 헌당의 눈에서 부드러우면서도 신비한 안광이 흘러나오는 듯하다.

"손에 뭘 쥐고 있나?"

"아직 쥐지도 못했습니다."

담담하게 답하는 좌소천이다.

헌당의 눈이 반짝였다. 개구쟁이 꼬마 같은 눈빛이었다.

"그런데 여긴 어쩐 일로 왔나? 그냥 지나가다가 옛 스승들을 만나러 온 것 같지는 않은데."

"곧 출정을 나갑니다. 해서 떠나기 전에 뵈려고 왔습니다."

"출정?"

헌당은 물론이고, 위지승정과 등소패도 좌소천을 의아한 눈으로 바라보았다.

"지부 설립을 위해 호북으로 가라는 명이 떨어졌습니다."

위지승정과 등소패의 표정이 굳어졌다. 헌당만 여전히 흥미로운 표정일 뿐이다.

등소패가 궁금함을 참지 못하고 물었다.

"지부 설립을 위해 호북으로 간다? 설마 서벌을 한다는 말인가?"

"현재로선 그렇게 알고 있습니다, 스승님."

"흠, 그럼 적지 않은 인원이 출정하겠구나."

"제가 패천단 삼백을 데려가고, 혁련호승 형님이 제천단 이백과 무천단 일부를 이끌게 될 것 같습니다."

"수장들이 너희 둘이란 말이냐?"

의외인 듯했다. 하긴 막대한 임무에 비하면 수장들이 너무 젊었다.

보좌하는 사람이 있다 해도 누구나 그리 생각할 일이었다.

혁련무천이 무슨 생각으로 젊은 두 사람을 수장으로 내세운 것일까?

그때 위지승정이 침중한 표정으로 입을 열었다.

"젊음, 그 자체를 내보이고 싶은 것처럼 보이는군요."

"젊음?"

"제천신궁 자체가 아직 젊다는 것, 자질만 있으면 젊어도 누구든 수장이 될 수 있는 곳이 제천신궁이라는 것을 말입니다. 아마 천하의 기재들은 그 사실만으로도 피가 끓을 것입니다."

미처 생각지 못했던 일이다.

혁련무천이 정말로 그 생각을 하고 두 사람을 내세운 것인지 아닌지는 알 수 없다.

그러나 위지승정의 말대로, 천하의 청년 기재들 마음은 분명 그러할 것이었다.

좌소천은 새삼 혁련무천의 벽이 높게 느껴졌다.

'궁주, 진정 그러한 생각으로 나와 혁련호승을 내보내려는 것이오?'

또한 그럴수록 좌소천의 피도 끓었다.

'그의 벽을 넘을 것이다. 반드시!'

한데 그때였다. 헌당이 넌지시 물었다.

"언제 출발한다던가?"

좌소천이 무심코 대답했다.

"사흘 후가 될 것 같습니다."

"그래?"

헌당의 눈빛이 묘한 빛으로 물들었다.

꼭… 장에 가는 어머니 뒤를 몰래 따라가려는 아이 같은 눈빛이었다.

위지승정과 등소패가 그런 헌당을 보고 속으로 혀를 찼다.

'쯔쯔쯔, 저 영감이 또 무슨 엉뚱한 짓을 하려고 하나 그래?'

원로원에서 돌아온 좌소천은 곧바로 악청백을 찾아갔다.

이제 그도 정확한 사정을 알아야 했다. 이미 알고 있다 해도 그가 아는 것이 그리 많지는 않을 것이었다.

그러나 좌소천이 그를 만나고자 하는 것은 꼭 그 이유만이 아니었다.

'그는 함께 길을 가기에 부족하지 않은 사람…….'

바로 그러한 이유였다.

패천단의 넓이는 근 일만여 평. 건물만도 십여 채에 달했다. 지난 이 년간에 걸친 공사로 이제 일천의 무사를 받아들일 수 있는 시설이 갖추어진 것이다.

단주의 집무실은 패천단 가장 안쪽에 있었다. 그곳에는 단주와 단주의 직속 호위무사 삼십여 명이 함께 기거했다.

좌소천이 집무실로 다가가자 몇 사람이 하던 일을 멈추고 좌소천을 바라보았다.

며칠 전이었다면 조소가 가득한 눈으로 바라보았을 그들이었다.

그러나 포규상이 패하고, 혈심부 도유관마저 패배를 자인하고 직속무사가 되었다는 말에 조소가 호기심으로 바뀐 상태였다.

"무슨 볼일로 오신 것이오, 천 대주?"

"단주께 상의할 것이 있어서 왔소. 말씀 좀 드려주시오."

말을 건 자는 텁수룩한 수염이 거칠게 자라 있는 삼십대 장한이었다. 그는 좌소천에게 다가오더니 쓱 주먹을 내밀고 속삭이듯이 말했다.

"나도 주먹 좀 쓴다오. 포 대주를 주먹으로 이겼다던데, 언제 한번 붙어봅시다."

자잘한 상처로 뒤덮인 주먹이다. 그 상처만 봐도 그가 얼마나 고련하며 권법을 익혔는지 알 만했다.

상대할 가치가 있는 주먹.

좌소천은 그렇게 생각하고 가볍게 고개를 끄덕였다.

"원한다면."

장한은 기분 좋게 씩 웃고는 안에다 대고 큰 소리로 외쳤다.

"오대의 천 대주가 뵙자 합니다, 단주!"

그러고는 좌소천을 향해 고개를 돌렸다.

"나는 상평문이라 하오. 기대하겠소이다."

한쪽에 고요히 서 있는 창이 보인다.

여섯 자 길이. 방금 갈아놓은 칼날처럼 예리하게 번쩍이는 두 자 길이의 창두. 그리고 먹을 깎아 만든 듯 보이는 묵빛 창대.

기름칠을 한 것처럼 반질반질한 묵빛 창대에 희미한 손자국이 나 있다. 얼마나 많이 만져야 저 단단한 나무에 저런 자국이 날까 싶을 정도다.

"좋은 창이 좋은 주인을 만났군요."

좌소천이 불쑥 내뱉은 말에 악청백이 피식 웃었다.

"나와 삼십 년을 동고동락한 사이지."

그사이 시비가 차를 따르고 물러갔다.

"궁주께 들었네. 천소라는 이름이 진짜가 아니라고 하더군."

일개 신참 대주에게 패천단의 삼백 무사를 맡기는 이유를 설명해 줘야만 했을 터. 아마 자신의 이름, 정체를 밝힌 것은 그 때문일 것이었다.

"이름은 어떨지 몰라도 사람은 그대롭니다."

"그런가? 허허허허."

가볍게 웃음을 터뜨린 악청백이 고요히 가라앉은 눈으로 좌소천을 바라보았다.

"태군사에 대한 이야기는 나도 들었네. 참 대단한 분이라 생각했지."

"바보 같은 분이었지요."

좌소천의 단호한 말에 악청백이 쓴웃음을 지었다.

"나중에 알게 될 거네. 정해진 죽음을 가치있게 쓴다는 건 쉬운 일이 아니라네."

"저는 그래도 제 선친과 같은 실수는 저지르지 않을 것입니다."

실수라 한다. 신유 좌유승의 죽음을 실수라 할 사람이 강호에 얼마나 있을까.

악청백이 담담히 웃으며 좌소천을 빤히 바라보았다.

"아침에 명이 떨어졌네. 자네를 부단주로 삼아 삼 개 대, 삼백 명의 무사를 출정시키라 하더군."

"죄송합니다. 전에 말씀이 있으셨는데, 기밀인지라 단주님께도 미처 말씀드리지 못했습니다."

"궁주께서도 그러시더군. 너무 마음 쓸 것 없네. 일이란 것이 때로는 윗사람도 모르게 진행되는 것이 있는 법이니까. 그건 그렇고… 무리한 일일지 모르는데, 괜찮겠나?"

"호북의 각 지부에서 모아진 삼백의 무사가 저희를 지원할 겁니다. 합이 육백이지요. 계획만 제대로 세운다면 그리 부족한 인원은 아닌 듯합니다."

"상대는 전마성이네. 아무리 정한거로 인해 그들의 힘이 북쪽에 집중되었다고 해도 쉽지 않을 일이네."

"강호에서 쉬운 일이 얼마나 있겠습니까?"

"하긴 그렇지."

악청백이 모호한 눈빛을 지으며 찻잔을 집어 들었다.

한 모금 마신 그가 지나가듯이 물었다.

"어릴 때 떠났다고 들었네. 왜 떠난 건가?"

"세상을 보고 힘을 얻기 위해서였지요."

"제천신궁에서 얻지 못할 힘이라면 밖에서 얻기가 쉽지 않았을 텐데?"

"다른 분도 그리 말씀하셨지요. 하나 세상은 넓었고, 그곳에서 저는 생각지도 못한 힘을 얻었지요."

"흠, 하긴 세상은 우리가 생각하는 것보다 훨씬 넓지. 좌우간 뜻대로 되었다니 축하하네."

"감사합니다."

악청백은 가볍게 고개를 숙이는 좌소천을 바라보고는 잠시 시간을 두고 입을 열었다.

"그래, 젊은 나이에 그만한 힘을 얻었다면, 단순히 제천신궁의 무사로 지내기 위해 돌아온 것은 아닐 거라 생각하네만……."

좌소천은 묵묵히 그를 바라보며 단도직입적으로 물었다.

"단주께선 제천신궁에 대해 어떻게 생각하십니까?"

악청백이 좌소천을 직시했다.

"무슨 말인지 모르겠군."

"건방지게 들리실지는 모르겠습니다만, 열여섯 살 때 힘을 얻기 위해 제천신궁을 떠난 다음에야 알았지요. 천하가 넓다는 것을, 제천신궁이 결코 천하의 모든 것은 아니라는 걸 말입니다."

악청백의 미간이 꿈틀거렸다.

그냥 하는 말이 아니다. 말투에 실린 기운이 알게 모르게 주위를 긴장시킨다.

'제천신궁이 천하의 모든 것이 아니다라…….'

시간이 지날수록 악청백의 표정이 무겁게 가라앉았다.

좌소천은 못 본 척 말을 이었다.

어차피 속마음을 꺼낸 마당, 본론까지 치닫기로 작정했다.

선택은 그가 알아서 할 일이었다.

"원래는 복수할 수 있는 힘을 얻는 것이 목표였습니다. 한데 복수하려면 하늘을 무너뜨려야겠더군요."

"하늘을 무너뜨린다? 천외천가를 무너뜨리겠다는 건가?"

어머니에 대한 이야기를 들은 듯하다.

그것 또한 잘못된 말은 아니었다. 하지만 복수의 대상이 모두 결정된 것 또한 아직은 아니었다.

좌소천은 거기에 대해 굳이 더 깊은 이야기는 하지 않고 악청백을 직시했다.

"해서 결심을 했습니다."

좌소천의 눈이 무저의 심해처럼 깊어졌다.

억만 근 무게의 목소리가 악청백을 짓눌렀다.

"제 자신이 하늘이 되고자 말입니다."

순간 악청백의 눈이 파르르 떨렸다.

하늘이 되겠다고 한다.

참으로 가소로운 말이다. 치기 어린 청년의 말이라 치부한다 해도 지나치다는 생각밖에 들지 않는다.

한데 이상하다.

그 말을 들으니 가슴이 화산처럼 끓어오른다.

자신은 그 나이에 무슨 생각을 했던가?

숨이 거칠어진다.

'하아, 하늘이라…….'

굳은 표정의 악청백이 어렵게 입을 열었다.

"제천신궁의 주인이 되고자 하는 것인가?"

눈빛이 창날이 되어 꽂혔다.

좌소천은 눈썹 하나 흔들리지 않고 악청백을 마주 보았다.

"제천신궁은 당금의 여러 하늘 중 하나에 불과합니다."

악청백의 눈초리가 잘게 떨렸다.

그 말이 뜻하는 바는 분명했다. 하기에 듣는 자신조차 제대로 들었는지 다시 묻고 싶을 지경이었다.

왜, 왜 좌소천은 자신에게 속마음을 털어놓는 걸까?

그 말이 혁련무천의 귀에 들어가면 좋을 것 없다는 것을 모르지는 않을 것이거늘.

이유는 단 하나!

자신더러 선택하라는 것이다.

과연 좌소천이 자신에게 그러한 선택을 강요할 만한 자격이 있을까?

전이었다면 어림도 없는 말이다.

자신이 누군가!

중원칠기 중 한 사람, 파혼신창 악청백이 아니던가!

감히 자신에게 선택을 강요할 사람이 천하에 몇이나 있을까!

잘게 떨리던 악청백의 눈에서 불길이 일기 시작했다.

그 불길이 폭풍에 번지는 들불처럼 그의 온몸으로 번진다.

이미 눈앞에 있는 좌소천의 나이는 그의 머릿속에서 떠난 지 오래.

악청백의 입에서 고저없는 목소리가 나직이 흘러나왔다.

"세상에서 생각지도 못한 힘을 얻었다 했던가? 모 아우의 이야기를 들었을 때부터 무척 궁금했지. 대체 어떤 도이기에 모 아우가 일격에 손을 들었을까 해서 말이야. 일단 그 궁금증부터 풀고 싶군."

마침내 그가 마지막 선택을 위한 답을 청했다.

자격을 시험하겠다는 뜻이다.

강호의 율법, 강자존(强者存)의 법칙대로!

좌소천은 식은 차를 마저 비우고 찻잔을 내려놓았다.

탁, 소리가 남과 동시에 악청백이 우수를 뻗었다.

벽의 병기대에 세워져 있던 묵창이 그의 손으로 빨려 들어왔다.

악청백의 방이 넓다 해도 창과 도를 부딪치며 비무를 할 정도는 아니었다.

그러나 장소가 좁은 것은 어차피 두 사람 다 마찬가지 상황. 더구나 장소에 구애받지 않을 정도의 경지에 이른 두 사람이다.

마주 선 지 얼마 되지 않아 두 사람 주위로 아지랑이 같은 기운이 피어올랐다.

아지랑이 같은 기운은 직경 이 장의 크기로 늘어나더니 더 이상 커지지 않고 멈췄다.

순간이었다. 악청백이 창을 앞으로 숙였다.

좌소천도 좌수 엄지로 무진도를 밀어 올리고 우수로 도병을 잡았다.

찰나, 묵룡과 묵뢰가 이 장 반경 안에서 뒤엉켰다.

우르릉!

쩌저저저적!

第四章 폭풍처럼!

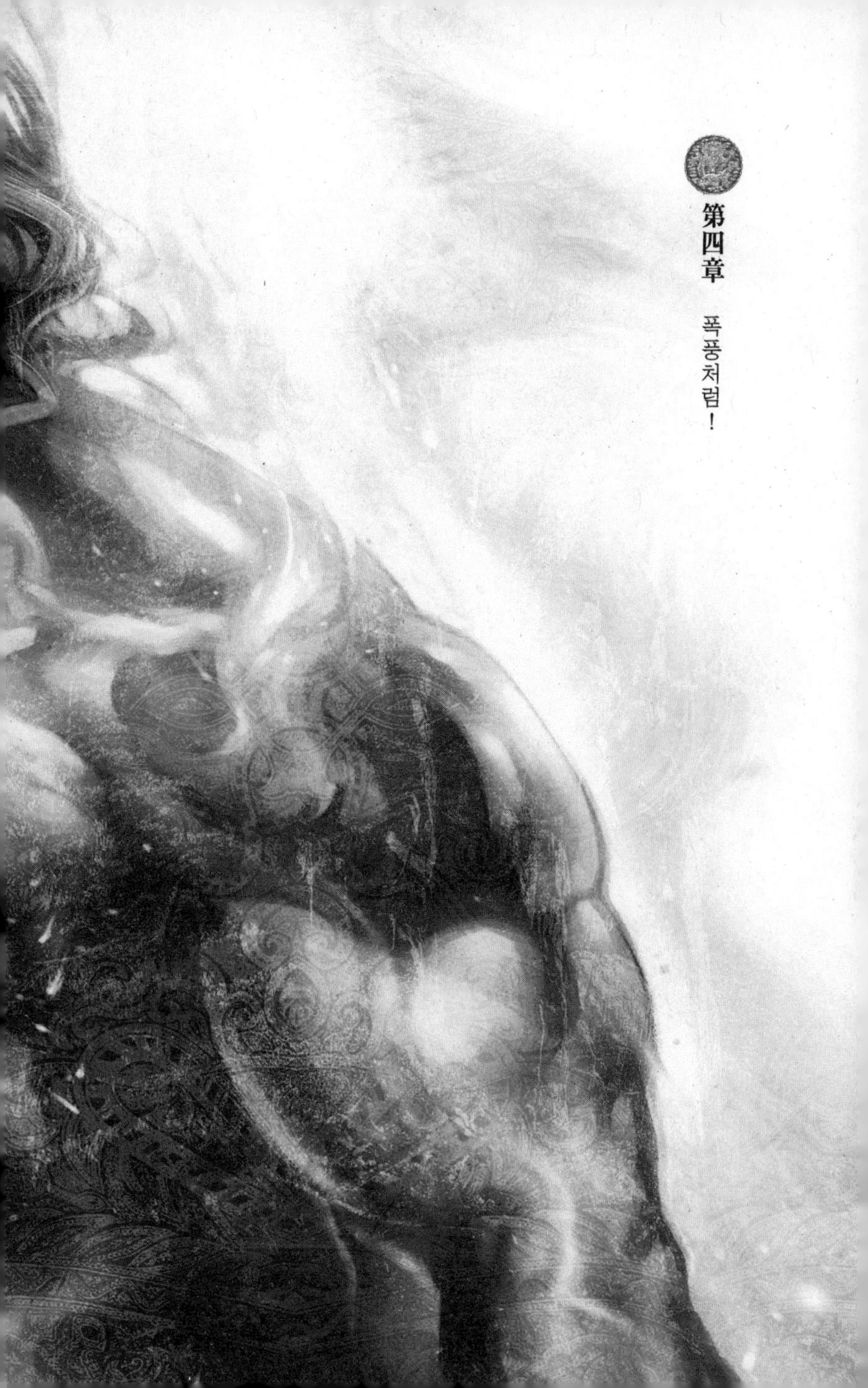

절대천왕
絶對天王

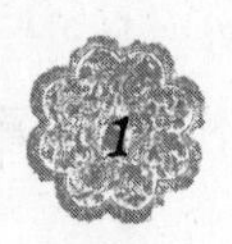

봄이라 하기에 무덥게 느껴지던 사월 말 경의 어느 날.

동이 트기도 전에 패천단 삼백여 명의 무사는 각 대별로 이각의 간격을 둔 채 제천신궁을 조용히 빠져나갔다.

제천단이 움직인 것은 패천단이 모두 제천신궁을 빠져나간지 두 시진이 더 지나서였다. 혁련호승은 제천단이 모두 출발한 이후에야 열 명의 무천단 고수와 함께 제천전을 나섰다.

그렇게 요란하지 않은 출정은 반나절에 걸쳐 진행되었다.

그리고 제천신궁이 조용해진 오시 무렵, 세 사람이 제천신궁의 뒷담을 넘었다.

"글쎄, 그냥 바람 쐬러 간다는데 자네들은 왜 따라오는 건가?"

"나이 드신 분 혼자 어떻게 보냅니까? 조금이라도 젊은 제가 보살펴 드려야지요."

"딱 하나 있는 조카가 장강 가에 사는데, 죽기 전에 한번은 봐야지 않겠수?"

각자 나름대로 이유가 있는 노인들의 외출이었다.

하지만 세 노인조차 자신들의 뒤를 따라 누군가가 움직였다는 것은 꿈에도 몰랐다.

그의 움직임은 마치 검은 연기가 흘러가는 듯했다.

"저 늙은이들이 대체 어디로 놀러가는 거지? 흥! 감히 나를 빼놓고 놀러 가다니!"

* * *

세 노인이 티격태격하며 제천신궁의 뒷담을 넘던 그 시각, 좌소천은 직속무사들과 함께 가장 선두에 서서 신양 백 리 남쪽의 무승관을 넘었다.

무승관(武勝關)은 험준한 대별산맥을 넘어가는 주요한 고개였다. 신양에서 호북으로 가는 길은 무승관 외에도 대승관과 평정관이 있었지만, 무승관이 장강으로 가는 지름길이었기에 좌소천은 그곳을 택했다.

물론 위험도 적지 않았다.

하남에서 장강으로 가는 지름길인 만큼 그곳은 군사적으로 매우 중요한 요충지였다.

단순한 군병들이야 문제될 것이 없었다. 법보다 주먹이 가깝다고, 그들에게 제천신궁은 하늘과 마찬가지였다.

문제는 신양이 백 리밖에 되지 않기에 군병들 중에 제천신궁의 움직임을 살피기 위해 파견된 각파의 제자들이 적지 않다는 것이었다.

제천신궁이 대대적으로 움직였다는 것을 알게 된다면 그들은 당연히 자파에 연락을 취할 터. 그만큼 피가 많이 흐를 수밖에 없었다.

좌소천은 무승관을 지날 때 조별로 움직이도록 했다. 그것도 대여섯 명씩 나누어서 넘어가라는 명을 내렸다.

나중에는 알아챌지도 모르지만, 그만큼의 시간을 벌 수 있을 테니까.

그렇게 무승관을 넘은 좌소천은 효창(孝昌)에 도착해서야 걸음을 늦췄다. 석양이 짙게 깔리고, 어스름이 하늘을 회색으로 물들이던 시각이었다.

삼백 리 험로를 한나절 만에 주파한 것이다.

효창에 들어선 좌소천은 직속무사 여섯 명을 데리고 제천신궁의 호북성 팔대지부 중 하나인 효창 지부로 곧장 향했다.

사인학과 종리명한, 관추릉은 좌소천의 명을 받고 따로 움직였기에 보이지 않았다.

검인보(劍仁堡).

효창 지부인 검인보는 한때 신월맹의 지부 역할을 하기도 했던 곳이기도 했다.

지부장은 보주인 인의검(仁義劍) 벽수양.

그는 본래 신월맹의 사람이었으나, 혁련무천이 신월맹을 치면서 검인보를 조금도 건드리지 않자 순순히 제천신궁에 백기를 들었다.

힘에서도 지고 마음 씀씀이에서도 졌다는 것이 그의 항변이었다.

인의검 벽수양은 호북성 동북부 일대에서 신망을 얻은 인물이었던 만큼, 제천신궁은 그 이후 힘을 별로 안 들이고도 호북에 팔대지부를 설립할 수 있었다.

가히 혁련무천의 심기가 엿보이는 대목으로, 천하인이 감탄해 마지않았다.

좌소천 역시 그 일에 대한 이야기를 듣고 새삼 혁련무천의 심기에 고개를 끄덕이지 않을 수 없었다.

어둠이 밀려드는 시각.

좌소천 일행이 검인보로 다가가자 네 명의 수문위사가 앞을 가로막았다.

"누군데 본 보를 방문하신 것이오?"

좌소천 뒤를 따라가던 이자광이 재빨리 앞으로 나섰다.

누구나 그러하듯이 이자광의 거대한 체구에 수문위사들이 움찔하며 물러섰다.

"본궁에서 온 패천단 사람들이오. 이미 통보가 되었을 것으로 알고 있소만."

수문위사 중 하나가 의아한 표정으로 이자광을 바라보았다.

"내일쯤 온다는 걸로 알고 있는데……?"

"걸음을 서둘렀을 뿐이오. 들어가도 되겠소? 죽어라 달렸더니 좀 쉬고 싶소."

말을 하는 도중에도 걸음을 옮기는 이자광이다.

그 기세에 수문위사가 뒷걸음질치며 옆으로 비켜났다.

"자, 잠시만 기다리시오. 안에 통보를 하겠소."

와중에 한 사람이 잽싸게 안으로 들어갔다. 그러더니 좌소천 일행이 문 안으로 십여 걸음 옮길 즈음 십여 명이 몰려나왔다.

앞장선 서른 중반의 장한이 먼저 포권을 취했다.

"벽화웅이라 하오. 예상보다 빨라서 미처 맞이할 준비를 하지 못했소이다."

좌소천도 마주 포권을 취하며 짧게 인사를 했다.

"천소라 합니다. 밤에 찾아와 실례를 하게 되었습니다."

예상외로 젊은 좌소천이 먼저 인사를 하자 벽화웅의 눈이 일행들을 둘러보았다.

공손양이 속으로 웃으면서 한마디 거들었다.

"패천단의 부단주십니다. 북향의 향주시지요."

두 개의 지부를 설립하는 일이다. 천문과 천문 서남쪽의 잠강 지부를.

정보가 흘러나가지 않도록 각 지부에는 지부 설립을 위한 출정단의 명칭이 북향과 남향으로만 알려져 있는 상황이었다.

공손양의 말에 벽화웅의 눈이 휘둥그레졌다.

패천단의 부단주면 지부장과 동급의 지위다. 게다가 북향의 향주라면 이번 일의 책임자 두 사람 중 하나라는 말.

거기다 현 상황을 생각하면 지부장보다 반 단계 위의 상급자라 할 수 있었다.

"미처 몰라뵈었소이다. 본 보의 진수당을 맡고 있는 벽화웅이외다."

벽화웅이 좀 더 예의를 차린 태도로 좌소천에게 인사를 했다.

"과례입니다. 안으로 들어가시지요. 지부장님을 뵙고 싶습니다."

"아, 이런! 들어가십시다."

벽수양은 이제 환갑이 막 지난 예순두 살의 나이였다.

그러나 좌소천이 본 그는 이제 겨우 오십 초반이라는 생각이 들 정도로 홍안이었다.

"효창 지부를 맡고 있는 벽수양이네. 허허, 이렇게 젊은 공자가 북향의 향주일 줄은 꿈에도 생각지 못했구먼."

"패천단의 천소라 합니다."

간단한 인사를 나누고 두 사람이 마주 앉자, 공손양과 도유관이 좌소천의 옆에 앉고, 벽화웅과 또 다른 중년인 하나가 벽수양의 양쪽으로 앉았다.

장내가 조용해짐과 동시 벽수양이 벽화웅을 가리켰다.

"내 큰아들이라네. 이제 곧 본 보를 책임질 아이지."

"좀 전에 인사를 나누었습니다. 좋은 분이 검인보를 잇게 되어서 보주님께서도 마음이 편안하시겠습니다."

"허허허, 그리 봐주었다니 고맙군. 그리고 이쪽은 본 보에 파견 나와 있는 부지부장 유걸이네."

"유걸이외다."

좌소천이 유걸과 마주 인사를 하고 공손양과 도유관을 간단하게 인사시켰다.

"저의 좌우장입니다."

"호오, 언뜻 봐도 대단한 젊은이들로 보이는구먼."

벽수양이 두 사람을 보고 놀라운 표정을 지었다.

이름까지 들었다면 놀람이 더했을 게 분명했다. 그러나 좌소천은 두 사람의 이름을 말하지 않았다.

작전이 시작되기도 전이다. 만에 하나를 생각한다면, 조금이라도 늦게 알려지는 것이 나았다.

그때 문이 열리고 백의궁장을 한 여인이 차를 들고 안으로 들어왔다.

스물이 조금 넘어 보였는데, 그 모습이 일반 시비로 보이지는 않았다.

게다가 등잔불에 비친 그녀의 모습은 월궁항아가 따로 없을 정도로 아름다웠다.

한데 문득, 그녀의 얼굴에 소영령의 얼굴이 겹쳐 보였다. 조용함과 활달함의 차이만 아니라면 혹시 자매가 아니냐고 물을 정도로 소영령과 닮은 구석이 있는 여인이었다.

'령 매는 잘 지내고 있는지 모르겠군.'

좌소천의 표정이 착잡하게 가라앉았다.

벽수양은 그런 좌소천을 물끄러미 바라보고는 빙그레 웃음을 지었다.

많이 봐줘야 이제 이십대 중반인 좌소천이다.

천 리 이내 제일의 미녀라는 자신의 딸을 보고 동요를 않는다면 그게 어디 청춘이겠는가?

'허허허, 혁련미려가 아무리 예쁘다 해도 내 딸만은 못하지, 아암!'

딸을 둔 팔불출 아버지의 마음은 그라고 예외가 아니었다.

"내 딸이라네."

찻잔을 내려놓던 여인이 얼굴을 붉히며 고개를 숙였다.

"벽여령이라고 합니다."

'이름까지 비슷하군.'

그뿐이 아니다. 슬며시 고개를 숙이는 그녀의 볼에 피어난 보조개도 영락없이 비슷하다.

"천소입니다."

그래서 그런지 좌소천의 목소리가 미미하게 떨려 나왔다.

벽여령의 얼굴도 더 붉어졌다.

잠시 어색한 침묵이 이어지는 사이, 벽여령이 차를 따랐다.

찻잔을 들어 입술을 적신 벽수양이 빙긋이 웃으며 물었다.

"내일 아침에 올 줄 알았는데, 정말 대단하구먼. 그 험한 길을 이렇게 빨리 오다니."

그제야 좌소천의 표정도 처음처럼 고요해졌다.

"곧 나머지 단원들이 모두 도착할 것입니다."

멈칫한 벽수양의 눈이 커졌다.

"모두 말인가?"

"그렇습니다. 제 예상이 잘못되지 않았다면, 아마 두 시진 안으로 반 이상이 도착할 것입니다."

모두에게 자시까지 도착하라고 명령을 내렸다.

아마 전부는 오지 못할지 모른다. 그렇다 해도 반 이상은 도착할 것이었다.

벽수양은 어리석은 사람이 아니었다. 밤길을 급히 달려와야 한다면 그만한 이유가 있을 터였다.

"서두르는 이유라도 있는가?"

좌소천이 본론을 꺼냈다.

"검인보에서 저희에게 지원 무사를 보내주기로 했다 들었습니다."

"사실이네."

"얼마나 보내주실 계획이신지요?"

"선별해서 백 명을 생각하고 있었네."

검인보에는 검인보의 자체 무사 삼백에, 유걸이 이끄는 제천신궁의 무사 백여 명이 있다. 그중 선별한 무사 백 명을 내준다는 말이었다.

"그들을 인시 말에 출발할 수 있도록 준비해 주셨으면 합

니다."

벽수양과 유걸이 어리둥절한 표정을 지었다.

유걸이 조금은 불만스런 듯 쏘듯이 입을 열었다.

"굳이 그 시간에 갈 필요가 있겠소? 어차피 황파 지부에 나머지 무사들이 모두 도착하려면 내일 밤이나 되어야 할 텐데."

"일단 제가 요구하는 대로 준비해 주셨으면 합니다."

"글쎄, 그렇게 서두르지 않아도……."

여전히 불만을 토로하는 유걸이다.

좌소천이 그를 직시했다.

"북향의 향주로서 내리는 명령입니다."

유걸의 인상이 찌푸려졌다.

"아무리 향주라 해도 그렇게 막무가내로 명을 내리면……."

좌소천이 그의 말을 잘랐다.

"지금은 전시와 같은 상황이오. 만일 거부한다면 즉결 처리하겠소."

"뭐라? 말이면 단 줄 아나?"

유걸이 발끈했다.

이름도 생전 처음 들어본 새파랗게 젊은 놈이 자신의 상급자라는 것부터 기분이 좋지 않았다. 하거늘 이제는 산전수전 다 겪은 자신을 무시하고 즉결 운운한다.

'건방진 놈! 네놈이 어떤 줄로 이번 일의 책임자가 되었는지는 모르지만, 쉽게 눌리지는 않을 것이다!'

"그 말 취소하게! 내 이십 년을 강호에서 구르며 수많은 경험을 쌓은 사람이네! 지위가 아무리 높다 해도 함부로 그리 말하는 것이 아니네!"

그때 도유관이 가느다란 눈으로 유걸을 노려보았다.

"경험을 엉터리로 했나 보군."

"네놈들이 감히!"

유걸이 벌떡 일어섰다.

좌소천이 앉은 채 그를 쳐다보았다.

"우장, 하극상에 어떤 벌이 주어지지?"

공손양이 답했다.

"죽음입니다."

유걸의 반응에 조금도 흔들리지 않는 세 사람이다.

그러더니 이제 죽음을 이야기한다.

그저 어떻게 나오나 지켜보던 벽수양으로선 가슴이 섬뜩할 정도였다.

"이보게, 충분히 말로 설명될 수 있는 일이 아니겠나?"

좌소천이 무심한 눈빛으로 유걸을 바라보며 말했다.

"지부장님의 체면을 생각해 한 번 더 말하겠소. 인시 말까지 모든 인원을 준비시키시오."

"흥! 그렇게 못하겠다면?"

"도 형."

좌소천이 도유관을 부른 순간이었다!

쐐에엑!

은빛 번개가 등잔 불빛을 가르며 유걸을 향해 떨어졌다.

대경한 유걸이 몸을 뒤로 빼려다 그대로 굳어버렸다.

그의 목에 닿아 있는 은빛도끼가 요사스런 빛을 발한다.

실처럼 가느다란 혈선이 그어진 곳에서 한 방울 피가 맺힌다.

"움직이면 진짜 죽을 것이야."

얼음장 같은 목소리가 유걸의 고막을 흔들었다.

도끼를 본 유걸이 뒤늦게 도유관의 정체를 눈치 채고 떨리는 입을 열었다.

"너, 너는… 혈심부 도유관?"

정식 대결이었다면 이리 쉽게 제압당하지 않았을 유걸이다. 아마 도유관이라는 것만 알았어도 그랬을 것이다.

그러나 이미 때늦은 상황이었다.

이를 악문 유걸의 눈빛이 격렬히 떨릴 때다. 좌소천이 일어섰다.

"인시 말까지요. 그때까지 준비되어 있지 않으면 내일 아침 당신의 머리만 제천신궁으로 돌아가게 될 것이오."

그러고는 벽수양을 향해 고개를 숙였다.

"어른 앞에서 함부로 움직인 점 죄송합니다. 이해해 주시길."

"그야 유 부지부장이 잘못했으니 충분히 이해할 상황이긴 하네만, 대체 왜 그렇게 서두르는지 말해줄 수 없는가?"

"떠날 때 말씀드리겠습니다."

사정이 있다면 더 묻을 수도 없는 일. 벽수양은 놀람을 가라앉히고 벽화웅을 바라보았다.

"네가 향주를 쉴 곳으로 안내해 드려라. 그리고 함께 갈 본보의 무사들도 미리 준비시키고."

"예, 아버님. 따라오시지요, 향주."

좌소천이 담담한 표정으로 돌아서자 도유관도 유걸의 목에서 도끼를 떼었다.

"다행으로 아쇼. 만일 검이라도 뽑았다면 향주께서 직접 손을 썼을 텐데, 그럼 이렇게 내 말도 듣지 못했을 거요."

도유관이 목을 쓱 손으로 가르는 시늉을 하고 좌소천을 따라간다.

그제야 힘이 풀리는지, 유걸이 떨리는 손으로 의자를 잡았다.

'도대체 저놈이 누구기에 혈심부를 말 한마디로 움직인단 말인가?'

자시가 되자 이백삼십여 명의 무사가 검인보에 도착했다.

생각보다 많은 숫자였다.

"이대로 도착하면 자시가 지나기 전 이백 오십 명이 넘게 도착할 것 같습니다, 향주."

공손양이 상황을 살피고 좌소천을 찾아와 보고했다.

좌소천이 모이산을 바라보았다.

"남향은 언제쯤 도착할 것 같습니까?"

"저희보다 세 시진 늦게 출발했습니다만, 아침이나 되어야 도착할 것 같습니다."

포규상이 좌소천에게 물었다.

"이제 계획을 말씀해 주셨으면 싶소이다."

"수하들은 모두 쉬게 했습니까?"

"그렇소이다. 명대로 오는 족족 방에 들어가 쉬라고 했소이다."

좌소천이 옆에 앉은 공손양을 돌아다보았다.

공손양이 품에서 작게 접은 종이를 꺼내 펼쳤다. 지도였다.

그의 손이 효창이라 쓰인 곳을 가리켰다.

"현재 우리의 위치는 이곳입니다. 인시 말에 이곳을 출발해서 곧장 이곳으로 갈 겁니다."

그의 손이 곧장 서남쪽으로 죽 그어졌다.

포규상과 모이산의 눈이 공손양의 손을 따라가더니 한껏 커졌다.

총지부가 있는 황파는 동남향이다. 한데 공손양의 손이 멈춘 곳은 그와 정반대나 다름없는 곳이었던 것이다.

"향주의 직속무사 중 두 사람이 이미 그곳에 가 있습니다. 그들이 배를 구해놓을 것입니다."

인시 말.

패천단원 중 한 시진 이상 쉰 사람들만 모두 이백육십 명. 거기에 검인보에서 선별한 무사 백 명이 합해진 삼백육십 명이 조용히 검인보를 빠져나가기 시작했다.

벽수양이 좌소천을 향해 고개를 돌렸다.

"황파로 가지 않으려는 것 같은데, 어찌하려고 그러는 건가?"

좌소천은 반쯤 빠져나간 연무장을 바라보며 나직이 자신의 생각을 털어놓았다.

"운몽(云夢)으로 가서 강을 건너갈 생각입니다."

"어디로……? 설마……?"

"내일 점심은 응성(應城)에서 먹을 생각입니다. 조금 늦은 점심이 될지는 모르겠습니다만."

벽수양의 눈이 홉떠졌다.

운몽에서 강을 건너면 전마성 응성 지부와 삼십 리 거리다. 좌소천의 말인즉, 황파 지부로 가지 않고 곧장 응성 지부를 치겠다는 말이 아닌가.

그제야 좌소천의 계획을 눈치 챈 그는 대경해서 다급히 말렸다.

"응성의 전마성 지부는 그 숫자만 오백이나 되네. 운몽 지부에서 무사들을 보충한다고 해도 겨우 비슷한 정돈데, 아무리 패천단이 고르고 고른 정예라 해도 그들을 치는 것은 무리가 아닌가?"

"어차피 부딪쳐야 할 적입니다. 한발 빨리 치는 것이 피해를 줄일 수 있다는 것이 저희들의 생각입니다."

"설령 이긴다 해도 손해가 막심할 텐데 나중 일은 어떻게 하려고 그러나? 차라리 황파의 호북 총지부에서 고수들이 합류한 다음에 움직이는 것이 낫지 않겠나?"

좌소천의 입가로 잔잔한 미소가 번졌다.

싸늘하게 마저 느껴지는 웃음이었다.

"염려하시는 것처럼 그리 큰 피해는 없을 겁니다. 그리고 이미 황파에도 사람을 보냈습니다. 우리가 웅성을 접수할 때쯤이면 황파의 지원군이 웅성에 도착할 것입니다. 지부장님께선 남향의 향주가 오시거든, 저희들의 움직임을 전해주시기만 하면 됩니다."

"정말 피해를 줄일 방법이 있나?"

안심이 안 되는가 보다. 하긴 장남인 벽화웅이 검인보의 무사들을 이끌고 나간 상황. 걱정이 되지 않을 수가 없을 것이었다.

좌소천은 조금 부드러워진 표정으로 담담히 말했다.

"수하들의 목숨을 희생시켜 공을 세울 생각은 조금도 없습니다. 곧 제 마음을 아시게 될 겁니다."

"후우, 믿긴 하네만, 웅성 지부가 워낙 강한 곳이다 보니……."

좌소천도 그걸 모르지 않았다.

웅성 지부는 전마성의 동부 최전선 지부다.

강 하나를 두고 제천신궁과 권역을 나누는 곳. 그런 만큼 전마성의 지부 중에서도 잠강, 형문 지부와 함께 세 손가락 안에 들어가는 강력한 힘이 밀집되어 있는 곳이었다.

그가 그걸 알면서도 웅성 지부를 치려는 데는 두 가지 이유가 있었다.

첫째는 그들이 강하기 때문이었다.

하루만 지나면 제천신궁의 움직임이 알려질 수밖에 없는 터. 힘을 조금 더 해서 준비된 곳을 치는 것보다 지금 치는 것이 더 나으니까.

그리고 두 번째 이유는, 그래야 전마성의 다른 지부가 힘을 집결시킨 채 바짝 긴장할 것이 아니겠는가.

'혁련호승, 너는 내가 먼저 지부를 설립하는 걸 죽어도 보고 싶지 않겠지?'

2

혁련호승이 검인보에 도착한 것은 공손양의 예측대로 진시 말 경이었다.

그는 검인보에 들어오자마자 술부터 한잔 걸치고 무천단과 제천단의 무사들을 쉬게 했다.

검인보가 또 한 번 들썩이며 손님맞이에 분주해졌다.

한잔 술로 목을 축인 혁련호승은 이상하다는 듯 고개를 갸웃거리며 벽수양을 바라보았다.

"북향이 오지 않았었소?"

거만한 표정, 아랫사람을 대하는 것 같은 말투다.

'쯧, 어째 천소라는 사람과 비교되는군.'

벽수양은 속으로 혀를 차고는 간단하게 좌소천의 움직임을 전했다.

순간 혁련호승의 얼굴이 벌겋게 달아올랐다.

술이 밖으로 튀어나가도록 술잔을 탕! 내려놓은 혁련호승이 서슴없이 욕을 내뱉었다.

"이 거지 같은 자식이!"

"이야기가 안 되어 있었나?"

"이야기는 무슨 이야기가 되어 있단 말이오?! 그래, 지부장은 그놈의 단독 행동을 말리지 않았단 말이오?"

마치 추궁하듯이 몰아붙이는 혁련호승이다.

혁련무천과는 생긴 것만 비슷할 뿐, 반의반도 따라가지 못하는 혁련호승의 인품에 벽수양의 표정도 굳어졌다.

"내 자식도 그들과 같이 갔네. 그래서 말했더니 걱정 말라더군."

"제기랄! 보나마나 그 거지새끼가 공을 먼저 세우기 위해 움직인 것 같은데……."

술잔을 부서지도록 움켜쥔 혁련호승이 옆을 바라보았다.

"조 대주, 우리도 갑시다!"

무천단의 이대주인 조용익이 눈살을 찌푸렸다.

"어디로 말이오?"

"어디긴 어디겠소? 곧장 한천으로 가서 선도(仙桃)로 진격하자는 것이지!"

조용익의 이마에 파인 골이 깊어졌다.

무천단은 제천단에서 나이 삼십 중반이 넘은 자 중 고수들을 골라 이루어진 단이었다. 그만큼 다른 대주와 격이 다르다. 한데도 말단 수하 취급하는 혁련호승이 아닌가.

'어린놈이 보자 보자 하니까!'

"그 일은 무리외다. 응성이 공격당한 걸 안다면 전마성 선도 지부에 비상이 걸릴 것이고, 우리가 갈 때쯤이면 그들은 철저히 대비를 하고 있을 것이오."

"무슨 말이 그렇게 많소! 향주인 내가 가자면 가는 것이지! 제천단이 이백이나 되는데 그리 자신이 없소?!"

조용익의 얼굴이 확 붉어졌다.

그러나 혁련호승은 궁주의 아들, 차마 대놓고 더 따지지는 못하고 이만 악물었다.

그때 제천단을 이끌고 온 소궁석이 넌지시 혁련호승의 손을 들어주었다.

"일단 가봅시다. 저희 제천단 이백에 무천단의 선배, 열. 거기에 한천 지부의 무사들이라면 충분히 선도를 칠 수 있을 것이오."

"내 말이 그 말이라니까. 까짓것 놈들도 치지 못하면서 잠강을 어떻게 치겠다는 거야?"

끝내 조용익도 지그시 이를 악물고 고개를 끄덕였다.

"좋습니다. 그럼 그렇게 하지요."

'하지만 나중에 무슨 일이 생긴다면, 다 그대가 책임져야 할 것이다.'

결국 조용익마저 자신의 의견에 찬성하자 혁련호승이 호기

있게 소리치며 일어섰다.

"자, 가서 날이 새기 전에 선도를 접수합시다!"

한데 그때였다.

저만치 벽여령이 바삐 지나가는 것이 보였다. 혁련호승의 눈이 순간적으로 번뜩였다.

"저 여자는 누굽니까, 지부장?"

벽수양은 혁련호승이 말하는 여자가 바로 자신의 딸임을 알고 표정을 굳혔다.

"내 딸이라네."

"호오, 그래요? 정말 아름다운 따님을 두셨군요. 이리 불러올 수 있겠습니까?"

"아마 지 어미의 심부름을 가는 모양이네. 바쁜 모양인데, 나중에 만나보게나."

혁련호승의 눈에 갈등이 떠올랐다.

당장 출발하자고 한 것이 후회될 정도였다.

'진짜 예쁘군. 미려보다 나아 보여. 후후후, 내가 제천신궁 궁주의 아들이라는 것을 알면, 손만 벌려도 가슴으로 안겨들겠지?'

마음 같아서는 조금 더 머물고 싶었다.

구름 위를 걸어가는 것처럼 보이는 벽여령을 자신의 방으로 불러들여 이야기를 나눠보고 싶었다.

'저 정도면 충분히 정실로 받아들여도 되겠어.'

나이 스물여덟이 되도록 마음에 드는 여자가 없어 혼인을 못한 그다. 그는 은근히 욕심이 났다.

'한 시진이면 충분히 구워삶아서 품을 수 있을 텐데…….'

그러나 일단은 좌소천을 이기는 것이 먼저였다.

당장 안지 못하는 것이 아깝기는 하지만, 며칠 정도 참으면 마음껏 품을 수 있을 것이 아닌가.

'제기랄, 조금만 더 일찍 알았어도 오자마자 저 계집부터 품는 건데.'

혁련호승은 속마음을 감추고 느물거리는 표정을 지었다.

"이거, 올라갈 때 반드시 들러야겠습니다."

산전수전 다 겪은 노인이 벽수양이다.

표정만 보고도 대충 혁련호승의 마음을 짐작한 벽수양은 불편한 마음을 억지로 감추었다.

"그리하도록 하게나."

'흥! 네놈이 올 때면 내 딸은 천 리 밖에 있을 것이다, 이놈아.'

혁련호승은 다시 한 번 월동문으로 사라지는 벽여령의 뒷모습을 음탕한 눈으로 바라보고는 조용익과 소궁석에게 명을 내렸다.

"놈이 새벽에 갔다면 지금쯤 운몽에서 배를 타고 있을 것이오. 우리도 달려갑시다!"

일각도 되기 전에 혁련호승을 비롯한 무천단과 제천단이 검인보를 빠져나갔다.

그리고 혁련호승이 어찌나 서두르는지, 그들은 제대로 쉬지도 못한 채 한천을 향해 치달려야만 했다.

점심 무렵, 이유있는 외출을 한 세 노인이 벽수양을 찾아왔다.

벽수양은 자신을 찾아온 세 노인 중 한 사람의 정체를 알고는 대경해서 급히 예를 갖추었다.

"벽수양이 등 선배를 뵈오이다."

"저 양반에게 먼저 인사를 올리게."

"예? 어느 분……?"

"저기 얼굴 동그란 양반 있잖아. 동천옹이시네."

벽수양의 눈이 왕방울만 해졌다.

"검인보의 벽수양이 동천옹 어르신을 뵙습니다."

그러나 헌당은 인사를 받는 둥 마는 둥하고 오직 한 사람에 대해서만 물었다.

"콩. 그래. 그건 그렇고, 좌소천이라는 꼬마가 안 왔었나? 어디로 갔지?"

"좌소천이라니요?"

"아참, 천소라고 해야 알겠군. 천소라는 젊은이가 오지 않았었나?"

"천 향주는 운몽으로 해서……."

제천신궁의 최고 어른들이다. 이들이 가면 전력에 도움이 될 거라는 생각에 벽수양은 사실대로 말했다.

그때 인사도 나누지 못한 채 서 있던 위지승정이 점잖은 목소리로 물었다.

"나는 위지승정이라 하외다. 그가 언제쯤 떠났소?"

검왕 위지승정!

동천옹과 신권은 잊힌 이름이다. 그러나 검왕은 아직 강호에 막대한 영향을 끼치는 이름이었다.

벽수양은 한껏 커진 눈으로 위지승정을 바라보았다.

"인시 말쯤에 떠났습니다, 검왕 선배님."

벽수양의 대답에 헌당이 투덜댔다.

"아. 그놈, 성질 더럽게 급하군. 빨리 가세."

"거참, 그렇게 서두른다고 바로 찾을 수 있겠수? 식사나 하고 갑시다."

"음? 그럴까?"

"등 선배 말씀대로 하는 게 좋겠습니다, 어르신."

벽수양은 재빨리 사람을 불러 식사를 준비시켰다.

한 시진, 그들은 벽여령의 시중을 받으며 식사를 마쳤다.

검인보를 떠나기 전 헌당이 벽수양에게 넌지시 물었다.

"저 애, 네 딸이야?"

헌당의 말에 벽수양이 허리를 숙였다.

"예, 어르신."

"킬킬, 정말 얌전하고 예쁘네. 내 손자며느리 삼으면 딱 좋겠구만."

동천옹의 칭찬에 벽수양은 흐뭇한 표정을 지었다.

"예쁘게 봐주셔서 감사합니다."

동천옹은 묘한 표정으로 벽여령을 바라보고는 실실거리며 몸을 돌렸다.

"잘 있게나. 다음에 또 들르지."

세 노인은 왔을 때만큼이나 바람처럼 사라졌다.

벽수양은 멍하니 세 노인이 사라진 곳을 바라보았다.

꿈을 꾼 것 같았다.

"천 향주의 이름이 좌소천이라고?"

한데 바로 그때였다. 희뿌연 그림자 하나가 세 노인이 사라진 곳으로 죽 뻗어간다.

'뭐지? 햇빛 때문에 헛것을 봤나?'

그가 고개를 갸웃거리는데 뒤에서 벽여령의 목소리가 들렸다.

"아버님, 이상해요. 음식이 상당히 많이 남았었는데, 방금 들어가 보니 다 없어졌어요."

그 시각.

작은 보따리를 짊어진 노인 하나가 투덜대며 바삐 효창을 빠져나갔다.

"우적우적, 망할 늙은이들, 대체 어딜 가는데 저렇게 서두르는 거야? 우적우적……. 괜히 따라왔나? 우적, 꿀꺽."

3

운몽으로 먼저 간 사람은 사인학과 종리명한이었다.

두 사람은 미리 운몽에 도착해서 좌소천의 서신을 운몽 지부에 건네주고는 아침이 되기 전에 큰 배 네 척을 구해놓았다.

강의 너비는 오십여 장. 아침 안개가 잔뜩 끼어 있다.

건너편이 보이지 않을 정도다.

'운이 좋군.'

사오 월의 강가에는 짙은 아침 안개가 낀다.

이른 아침 시간을 택한 것도 그 때문이다.

하지만 생각했던 것보다 더 짙은 안개다. 하늘이 북향의 움직임을 도와주는 듯하다.

북향의 인원 모두가 강 건너편에 도착하는 데는 이각도 채 걸리지 않았다.

좌소천은 운몽 지부에서 차출한 길잡이를 앞으로 내세웠다.

"응성 지부까지 가장 빠른 길로 안내하시오."

응성까지의 지리는 배에 타기 전 간단하게 숙지한 터다. 더구나 안개가 일행의 움직임을 가려줄 것이었다.

중간에 또 하나의 강이 있지만, 그곳은 깊이가 얕아 배가 필요없다고 했다.

이제 거칠 것이 없었다.

길 안내를 맞은 무사가 앞으로 나아가자 사백여 명의 무사가 일제히 강가를 떠나 서쪽으로 치달렸다.

강가에서 응성까지의 거리는 삼십 리.

전마성의 웅성 지부는 웅성의 동쪽 외곽, 야트막한 야산에 웅크리고 있었다.

좌소천은 웅성 지부가 오 리 정도 남자 북향의 무사들을 셋으로 나누었다.

포규상이 이끄는 일대와 검인보의 무사들이 북쪽을, 모이산의 이대와 운몽 지부의 무사들이 남쪽을 맡기로 했다. 그리고 자신과 패천단의 오대가 정면을 치기로 했다.

좌소천은 직속무사 여덟 명과 함께 선두에 섰다.

각 조의 조장들이 굳은 얼굴로 그 뒤를 따랐다.

안개는 여전했다.

"누구냐?!"

안개를 뚫고 정문으로 다가가자 수문위사가 소리쳤다.

정문을 지키는 자들은 모두 네 명.

도유관과 공손양, 종리명한, 전하련이 앞으로 나아갔다.

"웬 놈들이냐?"

수문위사 중 하나가 앞으로 나오며 다시 물었다.

"나야."

태연히 대답한 도유관이 성큼, 한 걸음 나아가더니 품속에 손을 집어넣었다.

찰나, 은빛도끼가 허공을 갈랐다.

퍽!

그와 동시, 공손양과 종리명한의 검이 두 명의 목과 가슴에 꽂히고, 전하련의 추룡편이 뒤로 도망치려는 무사의 목을 감았다.

"커억!"

"허억!"

순식간에 정문을 지키던 네 명의 무사가 꼬꾸라진다.

좌소천은 아무 일도 없었던 것처럼 그들 사이를 지나 정문 안으로 들어갔다.

안에서 오가던 몇 사람이 좌소천 일행을 발견하고 의아한 목소리로 소리쳤다.

"저 새끼들, 뭐야?!"

"누가 저것들을 들여보냈어? 이봐! 소삼! 정문을 어떻게 지키는……!"

하지만 그도 잠시, 정문과 담을 통해 백 명에 가까운 사람들이 모습을 드러내자 그들의 얼굴에 경악이 떠올랐다.

"뭐, 뭐야?"

"저, 적이다!"

동시에 남쪽과 북쪽 담장 위로도 수백 명이 올라섰다.

그때 이자광의 목소리가 터져 나왔다.

"오늘부로! 웅성은 제천신궁이 접수한다!"

건물들이 웅웅 울리고, 희미하던 안개가 진저리를 치며 일렁였다.

안쪽에서 이십여 명이 방문을 거칠게 열며 쏟아져 나왔다.

"어떤 새끼가 아침부터 헛소리를 하는 것이냐?!"

"밥을 똥구멍으로 먹었나!"

"그 자식, 죽여 버려!"

숨을 몇 번 쉬기도 전에 무사들의 숫자가 백여 명으로 불어났다.

이자광이 다시 소리쳤다.

"대항하는 자는 죽인다! 대항하지 않는 자는 살려준다!"

모두가 좌소천이 미리 지시한 외침이었다.

이자광의 목소리는 수십 명이 웅성거리는 소리마저 묻어버린 채 장원에 울려 퍼졌다.

그 말에 답하듯 안쪽에서 걸걸한 목소리가 이자광의 목소리만큼이나 크게 들려왔다.

"이놈들이 제대로 미쳤구나! 모두 죽여서 밖에다 던져 버려라!"

나왔던 자들 중 제법 강해 보이는 이십여 명이 무기를 빼 들고는 좌소천 일행이 있는 곳으로 달려왔다.

바로 그때였다.

좌소천이 달려오는 이십여 명의 무사를 향해 신형을 날렸다.

딸깍, 무진도가 튀어 오르고, 좌소천의 우수가 무진도를 잡아갔다.

순간, 사람들은 모두 환상을 봤다고 생각했다.

스스스, 쩌저적!

안개가 쩍 갈라지고, 그 끝에서 붉은 꽃이 피어난다.

달려오던 힘을 이기지 못한 채 몇 걸음 더 다가오다 밑동이 잘린 보릿대처럼 쓰러지는 무사들이다.

"허엇!"

"컥!"

"끄윽!"

그야말로 순식간이었다.

무진도의 검은 궤적이 몇 번 안개를 긋고 지나가나 싶더니 이십여 명이 힘 한 번 써보지 못하고 무너졌다.

미처 도유관과 공손양 등이 움직일 시간도 없이 벌어진 일이었다.

그들은 대부분이 웅성 지부의 중간 간부로 보이는 자들.

좌소천은 의도적으로 그들을 일거에 쳐버리고는 그 가운데 고요히 서서 이자광을 불렀다.

"이 형!"

입을 반쯤 벌린 채 눈을 부릅뜨고 있던 이자광이 주먹을 움켜쥐고 소리쳤다.

"이 시간부로 웅성은 제천신궁이 접수한다! 대항하는 자는 죽인다! 대항하지 않는 자는 제천신궁의 이름을 걸고 살려준다!"

좀 전보다도 훨씬 더 큰 목소리였다.

이번에는 누구도 그의 말에 토를 달지 못했다.

덜컹!

대신 방문이 열리며 커다란 덩치의 중년인이 튀어나왔다.

"네, 네놈은 누구냐?!"

웅혈검마 우적생. 웅성 지부의 부지부장이 바로 그였다.

그가 나오는 동안 웅성 지부의 무사들은 삼백여 명으로 늘어나 있었다. 커다란 연무장의 한쪽이 그들로 꽉 찬 상황이었다.

하지만 기세에서 밀린 그들은 침입자들을 칠 생각도 못한 채 눈치만 봤다.

반면에 장원을 빙 둘러 포위한 북향의 무사들은 사기가 충천했다.

이제 숫자란 별 의미가 없었다.

좌소천은 자신이 의도한 대로 상황이 흐르자 우적생을 향해 입을 열었다.

"지부장은 어디 있소?"

자신이 아는 한 상대는 전마성 웅성 지부장인 황문이 아니었다. 그는 결코 덩치가 크지 않았으니까.

"나는 부지부장 우적생이다! 네놈은 누구냐?"

"나는 제천신궁 북향의 향주. 오늘부로 웅성 지부는 제천신궁이 접수할 것이오."

"말도 안 되는 소리! 본 성의 무사들은 죽음을 두려워하지 않는다! 네놈들은 절대 웅성을 차지할 수 없을 것이다!"

우적생이 버럭 소리쳤다.

그때 뒤쪽에서 이십여 명이 우르르 몰려왔다.

"우적생! 뭐 하는 것이냐! 적들을 쳐라! 놈들을 다 죽여 버려!"

응성 지부장인 철사비검(鐵絲飛劍) 황문이었다.

마침내 그가 나타나자 수십 명의 무사가 그의 주위로 모여들었다.

죽음을 각오한 표정들이다.

그들을 바라보는 좌소천의 눈에 차디찬 미소가 걸렸다.

황문과 우적생의 주위에 몰려든 자들은 전마성의 골수 무사들. 그들은 우적생의 말대로 죽음을 각오하고 싸울지 몰랐다.

하나 나머지 무사들은 모두가 죽음을 각오하고 싸우지는 않을 것이었다.

자신이 이십여 명을 단숨에 죽이는 것을 본 이상은.

게다가 대항하지 않으면 살려준다고 하지 않았던가. 제천신궁의 이름을 걸고 말이다!

좌소천이 무진도를 들어 황문을 가리켰다.

이제 마지막 장막을 올려야 할 때였다.

그의 입에서 고저없는 싸늘한 목소리가 흘러나왔다.

"대항하는 자들은 모두 죽여라!"

장원을 둘러싼 사백의 무사, 그들을 상대하기 위해 쏟아져 나온 오백의 무사. 구백에 가까운 무사들의 귀에 좌소천의 목소리가 악마의 속삭임처럼 스며들었다.

담장 위에 서 있던 북향의 무사들이 일제히 장원 안으로 몸을 날렸다.

하지만 그들은 적들 속으로 뛰어들지 않고 덤비는 자들만 처리했다. 그러다 보니 막상 대치한 상황이면서도 적극적인 싸움은 벌어지지 않았다.

예상대로 상황이 흐르자 좌소천은 황문을 향해 소리없이 몸을 날렸다.

피해를 줄이기 위해선 두 가지가 선행되어야 한다.

적의 기세를 죽이는 것. 그리고 머리를 치는 것!

마침 적들은 대응할 준비가 아직 되어 있지 않다. 대부분의 조장 급 이상 간부들이 황문과 우적생을 중심으로 모여 있는 상태다.

그들만 제거하면 이 싸움은 끝난 것이나 마찬가지인 것이다.

좌소천이 몸을 날리자 도유관과 공손양을 비롯한 직속무사들이 그 뒤를 받쳤다.

패천오대의 무사들도 끓는 피를 식히기 위해 앞으로 달렸다.

전마성 응성 지부의 무사들은 좌소천을 위시한 패천오대가 달려들자 자신들도 모르게 좌우로 쫙 갈라졌다.

"피하지 말고 막아!"

"으악!"

"죽여……. 커억!"

개중 간간이 막아선 자들이 있었지만, 그들은 두어 번 도검을 휘두르기도 전에 피를 뿌리며 쓰러져 버렸다.

퍽!

도유관의 은빛도끼가 막아서는 자의 이마를 찍고,

스걱!

공손양의 붉은 검이 마주쳐 오는 자의 심장을 가르고 지나갔다.

쾅!

적의 가슴에 일권을 내지른 이자광이 크게 소리쳤다.

"대항하지 않는 자는 살려준다!"

무인지경!

사기가 충천한 패천오대는 모여 있는 전마성 응성 지부의 무사들을 일직선으로 가르며 길을 뚫었다.

수백의 무사가 있었으나, 사기가 떨어진 응성 지부의 무사들은 결코 패천오대의 앞을 가로막지 못했다.

'이제 끝낼 때가 되었군.'

좌소천은 땅을 박차고는 곧장 십여 장 떨어진 곳의 황문을 덮쳤다.

"오냐, 이놈! 죽을 자리를 찾아오는구나!"

황문이 소리치며 폭이 좁은 검을 휘둘렀다.

그는 조금 전의 상황을 보지 못했다.

하기에 새파랗게 젊은 좌소천이 자신을 향해 달려드는 것이 가소롭기만 했다.

'미친놈, 감히 내가 누군 줄 알고!'

대문파의 장로들이라 하더라도 자신 앞에서는 한 수 굽히고 들어간다.

하물며 이름도 알려지지 않은 애송이 따위는 눈에 차지도 않았다.

살소를 머금은 그가 소리쳤다.

"건방진 새끼, 내 네놈을 다섯 토막 내서 죽여주마!"

하지만 많은 수가 도살에 가까운 장면을 목도한 터다.

그들은 좌소천이 날아들자 자신도 모르게 뒤로 주춤거리며 물러섰다.

찰나였다!

허공이 길게 갈라지며 황문을 향해 검은 선 한줄기가 떨어져 내렸다.

막 좌소천을 향해 검을 들어 올린 황문의 눈이 커졌다.

앞이 캄캄해지더니 거대한 칼이 일도양단의 기세로 떨어져 내린다.

'뭐, 뭐야?!'

놀랄 틈도 없었다.

그는 무의식중에 검을 들어 올려 떨어지는 칼을 막았다.

쩡!

그의 가느다란 검이 부러질 듯 휘어지는가 싶더니, 옆으로 미끄러지며 어깨를 가르고 지나간다.

"크윽!"

그 충격에 뒤로 일 장이나 튕겨진 황문을 향해 좌소천의 두 번째 도세가 밀려갔다.

"허억!"

"지부장님을 구해! 놈을 막아!"

뒤늦게 주변의 무사들이 황문의 앞을 가로막으며 좌소천의 도세 속으로 뛰어들었다.

그러나 좌소천의 도세는 그들이 막을 수 있는 것이 아니었다.

"으악!"

"커어억!"

눈 깜짝할 사이에 십여 명이 대항도 하지 못하고서 피를 뿌렸다.

뒤이어 도유관과 공손양마저 가세하자 도살에 가까운 상황이 벌어졌다.

보다 못한 우적생이 황문을 구하기 위해 몸을 날렸다.

"이놈! 여기도 있다!"

좌소천의 무진도가 옆으로 꺾어지며 우적생의 검을 후려쳤다.

쾅!

굉음이 일며 우적생의 몸이 뒤로 튕겨졌다.

도유관이 피화살을 뿜어내며 튕겨진 우적생을 향해 은빛도끼를 휘둘렀다.

"커헉!"

은빛 벼락이 우적생의 목을 반쯤 찍어내고 다른 먹이를 향해 돌아섰다.

우적생을 튕겨낸 좌소천은 그 반동을 이용해 황문의 코앞까지 날아갔다.

대경한 황문이 피로 물든 몸을 뒤로 빼며 검을 휘두른다.

쩡! 쩌저저정!

다섯 번의 칼질에 황문의 가느다란 검이 찢어진 손아귀에서 튕겨진다.

콰직!

좌소천은 좌수를 번개같이 뻗어 비틀거리며 물러서는 황문의 목을 움켜쥐었다.

"웅성 지부는 제천신궁이 접수한다! 인정하는가?!"

일갈이 터져 나왔다.

그리 크지 않은 목소리다. 그러나 내력이 실린 목소리다.

좌소천의 목소리는 드넓은 연무장의 구석구석까지 울려 퍼졌다.

순식간에 병장기 부딪치던 소리가 반으로 줄었다.

이자광이 또 소리쳤다.

"황문도 잡혔다! 대항하지 않는 자는 제천신궁의 이름을 걸고 살려준다! 무기를 내려놓아라!"

마치 그것이 절대적인 임무라도 되는 것처럼.

그리고 사실이 그랬다. 좌소천이 그에게 틈나는 대로 그 말을 외치라 했으니까.

우적생이 죽고 황문이 사로잡혔다. 중간 간부들조차 대부분이 피로 물든 채 쓰러진 상황.

말단 무사들로서는 죽음을 택할 이유가 없었다.

쨍강, 툭! 투두둑!

사방에서 병장기 떨어지는 소리가 들리기 시작했다.

처음에는 십여 명이, 그러더니 잠깐 사이 백여 명이 무기를 던졌다.

시간이 흐르자 눈치를 보던 자들도 무기를 내려놓았다.

얼굴이 벌겋게 달아오른 이자광이 그들을 향해 외쳤다.

"모두 무릎을 꿇어라!"

마침내 전마성의 동부 최전선 웅성 지부가 함락되었다.

좌소천이 정문을 통해 들어선 지 반 시진 만이었다.

웅성 지부의 무사 중 죽은 자는 모두 일백오십. 이백여 명이 일부러 터놓은 서쪽으로 도망치고, 이백여 명은 무기를 던진 채 투항했다.

반면에 북향의 피해는 사망 열둘에 부상자 오륙십.

완벽한 승리였다.

"투항자 중 제천신궁에 들겠다고 맹세한 자는 모두 백오십삼 명, 그들에게는 각자의 방에 들어가 기다리라고 하고, 아직 확답을 하지 않은 자들은 혈도를 제압해 뇌옥에 가두어놨습니다, 향주!"

이자광이 들어와 상황을 보고했다.

장내에 모여 있던 사람들은 일제히 좌소천을 바라보았다.

그들 중 이번 일이 이렇게 간단하게 끝날 거라 생각한 사람은 하나도 없었다.

효창 지부를 떠나기 전, 공손양에게서 계획을 들었을 때에도 성공 가능성을 반도 보지 않았다.

한 시진 만에 응성 지부를 함락시키겠다니, 그게 말이 되는가 말이다.

한데 한 시진도 아니고, 반 시진 만에 응성 지부를 접수했다. 그것도 피해라 할 것도 없을 정도의 미미한 피해만 입은 채.

거기에는 좌소천의 가공할 무위가 절대적인 작용을 했다.

그걸 모르는 사람은 아무도 없었다.

좌소천 한 사람에 의해 황문과 우적생을 비롯해 사십여 명의 중간 간부가 죽거나 부상을 당했으니까.

그것은 가히 공포였다.

응성 지부의 무사들은 물론 북향의 무사들에게까지도.

멋모르고 좌소천에게 덤볐던 사람들은 몸이 뻣뻣하게 굳은 채 좌소천의 눈치만 봤다.

보고를 올린 이자광이 의자에 앉으며 물었다.

"저… 향주, 그런데 왜 서쪽을 터놓고 놈들을 도망가게 한 것입니까? 그놈들까지 처리했으면 더 큰 공을 세우셨을 텐데요?"

공손양이 대신 대답했다.

"자광, 쥐도 막다른 골목에 몰리면 덤벼드는 법이다. 굳이 중요하지도 않은 자들을 잡기 위해 피해를 볼 수는 없는 일 아니냐? 향주는 북향 무사들의 피해를 줄이기 위해서 더 큰 공을 세울 기회를 사심없이 버리신 것이다."

"아!"

이자광이 감탄하며 좌소천을 존경의 눈으로 바라보았다.

그때 포규상이 머뭇거리며 물었다.

"한데 정말로 저들을 모두 받아들일 거요? 너무 위험한 생각이 아닌가 하오만."

"위험할 것은 없소. 대항하면 죽음뿐이란 것을 저들도 잘 아니까."

"그래도……."

"한 가지 더. 그에 대한 소식이 적들의 귀에 들어가면 어떤 반응이 나올 것 같소?"

반도(叛徒). 전마성에선 제천신궁에 달라붙은 자들을 그리 규정할 것이 분명했다.

"일개 말단 무사들의 반란을 걱정할 필요는 없소."

좌소천은 딱 잘라 말하고 공손양을 바라보았다.

공손양이 자리에서 일어났다.

"우리는 오늘 이곳에서 쉬고 내일 아침에 움직일 겁니다."

사람들이 의아한 표정으로 공손양을 응시했다.

급박하게 응성을 칠 때는 언제고, 천문이 백오십 리밖에 남지 않은 이곳에서 하루를 쉰단 말인가?

포규상이 다시 의아한 표정을 지었다.

"그러면 저들이 만반의 준비를 할 텐데, 피해가 커지지 않겠소?"

"천문은 응성에 비해 반이 조금 넘는 정도의 힘을 가진 지부지요. 설령 형주에서 무사들을 파견한다고 해도 갑작스럽게 대대적인 지원은 할 수는 없을 겁니다."

좌소천이 한마디 거들었다.

"오늘 저녁이면 황파에서 지원군이 올 것이오. 게다가 하루를 쉬면 저들이 강해지는 것만큼 우리의 힘도 강해질 거요."

물론 꼭 그 이유만은 아니다. 시간 차이. 그것이 필요했다. 혁련호승에게는 안된 이야기지만.

어쨌든 좌소천이 결정을 내리듯 한마디 하자 포규상도 고개를 끄덕이고 입을 닫았다.

그제야 좌소천이 공손양에게 명을 내렸다.

"한천 지부에 이곳의 소식을 전하시오. 남향의 건투를 빈다는 말도 함께."

그 소식에 혁련호승이 어떤 반응을 보일까?

좌소천의 말뜻을 알기에 공손양의 입꼬리가 슬며시 말렸다.

"예, 향주."

* * *

미시 무렵, 한천 지부에 응성의 함락 소식이 전해졌다.

그 소식이 전해지자 혁련호승의 가슴에 불길이 타올랐다.

반 시진 만에 응성을 접수했다고 한다.

더구나 별 피해도 없이 완벽하게 승리했다지를 않은가!

그는 미친 듯이 서둘렀다.

좌소천에게 지고 들어간다는 생각에 쉬고 싶은 마음조차 들지 않았다.

그날 오후, 한천 지부에서 백 명의 무사를 지원받은 그는 남향을 이끌고 선도 지부로 달려갔다.

조용익은 입이 튀어나왔지만, 혁련호승의 서슬에 한마디도 하지 못했다.

결국 석양에 서쪽 하늘이 붉게 물들 무렵, 전마성 선도 지부에서 피비린내 나는 싸움이 벌어졌다.

싸움은 세 시진에 걸쳐 이어졌다. 그리고 근 사백여 명의 사상자를 낸 채 해시 무렵이 되어서야 끝이 났다.

전마성 선도 지부 사백여 무사 중 삼백여 명이 죽거나 중상을 입었다.

혁련호승이 이끄는 남향의 무사들 역시 한천 지부의 무사 칠십여 명을 비롯해, 제천단의 무사 삼십여 명이 죽거나 크게 다쳤다. 또한 무천단의 고수들도 세 명이나 큰 부상을 당했다.

와중에도 혁련호승은 승리를 만끽하며 선도 지부의 여인들 중 미색이 뛰어난 여인들을 골라 앉히고 잔치를 열었다.

조용익은 이를 갈며 몸이 좋지 않다는 핑계를 대고 자리를 떠버렸다.

'개자식, 수하들이 백 명이나 죽었는데, 무슨 잔치!'

4

황파에서 온 지원군은 모두 일백다섯이었다.

그들 중에는 진짜 고수라 할 수 있는 자도 열 명이나 되었다.

특히 그들을 이끌고 온 추설객 단청호는 절정의 경지가 완숙함에 이른 진정한 고수였다.

그는 호북 총지부인 황파 지부에서도 세 손가락 안에 드는 고수로, 그가 이번 일을 맡게 된 것은 우연한 일이었다.

본래는 그가 아닌 단혼검 엽풍이 북향 지원대를 이끌 계획이었는데, 그가 갑자기 몸이 좋지 않아 단청호가 오게 된 것이다.

"오시느라 수고들 하셨습니다."

단청호는 인사를 하는 좌소천을 놀란 눈으로 바라보았다.

효창에서 곧바로 응성을 치기 위해 움직일 거란 말을 들었을 때만 해도 어이가 없었다.

철부지 어린놈이 객기를 부린다 생각했다.

그러다 효감을 지날 때 응성의 함락 소식을 들었다.

사실 그때 역시 좌소천이 상당한 피해를 입고 응성을 쳤을 거라 생각했다.

한데 소식을 전한 자가 말했다. 그 피해가 수십 명에 불과한데다, 그중 죽은 사람은 열 명이 조금 넘는다고.

그는 그 말을 듣고는 입을 떡 벌렸다.

함께 황파를 떠나온 다른 사람들 역시 말도 안 되는 소리라고 코웃음쳤다.

거짓말도 정도껏 해야지, 십여 명의 죽음으로 어떻게 응성을 함락시킨단 말인가!

하지만 직접 와서 본 응성 지부는 언제 이곳이 전마성의 지부였는지 의심스러울 정도로 완벽한 제천신궁의 지부가 되어 있었다.

"오면서 말은 들었네. 정말 믿기지 않는 일이군."

"아침 안개가 저희를 도와준 덕이지요."

어찌 그것으로 모든 것이 설명될까.

단청호 옆에 서 있던 자가 헛기침을 하며 말했다.

"좌우간 이제 너무 무리하게 일하지 말게나."

단청호와 함께 황파 지부의 지원군을 이끌고 온 적혈검 평완동이라는 자였다. 그는 사십대 중반의 나이였는데, 아마 단청호가 따라오지 않았다면 지원군을 지휘했을 고수였다.

좌소천은 그의 말에 조용히 웃었다.

"무리하게 일을 진행시킨 것은 없습니다."

"허어, 글쎄 우리 말을 들으라니까, 여기 단 대협도 오셨으니 천문의 일은 우리에게 맡기게."

공손양이 평완동을 바라보았다.

"무슨 말씀이신지. 북향의 지휘권은 향주께 있습니다. 죄송하지만, 단 대협도 향주의 지휘를 받아야 할 것입니다."

평완동의 표정이 일그러졌다.

"뭐라? 건방지게 감히! 우리는 지원을 하러 왔지 명을 받으러 온 것이 아니란 걸 모르나?"

"지원대 역시 북향 소속으로 움직일 것이 아닙니까?"

"누가 그걸 모르나? 다만 이제부터 지휘는 단 대협께서 하실 거라는 거네."

"그것은 귀하가 결정할 사항이 아닙니다. 저희 향주께서 결정하실 사항이지요."

"흥! 꽤나 시건방지군. 그래, 향주! 자네 생각은 어떠한가? 단 대협이라면 북향을 충분히 이끌 수 있다 생각하네만."

평완동이 좌소천을 바라보고 눈에 힘을 주었다.

하지만 좌소천은 그를 바라보지도 않고 단청호에게 물었다.

"어떻게 생각하십니까?"

단청호가 어색한 표정으로 되물었다.

"자네 생각은 어떠한가?"

좌소천이 조용히 웃었다.

"당연히 말도 안 되는 소리지요"

평완동이 발끈해서 소리쳤다.

"상관이나 수하나 시건방진 태도가 하나같이 똑같군!"

좌소천이 그를 향해 눈을 돌렸다.

"명을 받기 싫으면 그냥 가시오. 절대 뭐라고 하지 않을 테니."

"이 건방진 놈이! 북향의 향주 자리에 올라가 있으니 눈에 보이는 것이 없느냐?"

그때 도유관이 어슬렁거리며 앞으로 나섰다.

"거, 어지간하면 상황을 좀 파악하고 나서시구려. 꼭 그렇게 억지를 부려서야 쓰겠소?"

"네놈은 또 누구냐?"

"도유관이라 하오."

"도유관?"

고개를 갸웃거리던 평완동의 눈이 점점 커졌다.

"혈심부 도유관?"

"향주께선 사람이 좋아 그냥 넘어갈지 모르지만, 나는 성질이 더러워서 하극상을 그냥 넘어가지 못하오. 부디 내 도끼에 아군의 피가 묻히지 않기만을 바라겠소."

평완동이 도유관을 노려보며 입술을 씰룩였다.

좌소천이 손을 들어 도유관을 뒤로 물렸다.

"평 대협, 명령 하나에 수백 명의 목숨이 오가는 일이오. 원치 않는다면 그냥 돌아가시오."

"그냥 돌아가라고? 그걸 말이라고 하나?"

"그게 싫으면 내 명령에 따르시오. 거기에는 누구도 예외가 없소. 단 대협 역시."

평완동이 힐끔 단청호를 바라보았다.

단청호가 굳은 표정으로 좌소천을 응시했다.

"자네 명을 받기 싫으면 떠나라? 그만큼 자신있다는 말인가?"

"자신이 있고 없고의 문제가 아니오. 전시나 마찬가지 상황이오. 명이 이행되지 않으면 수많은 사람이 죽는 일이란 말이외다. 나는, 명을 거부하는 자는 즉결로 처리할 것이오. 그게 누구든. 그러니 선택은 단 대협이 알아서 하시오."

좌소천은 할 말만 하고 공손양을 불렀다.

"공손 형, 단 대협을 쉴 곳으로 안내해 드리시오."

"예, 향주!"

하지만 단청호는 좌소천에게서 눈을 떼지 않았다.

"즉결이라 했나? 그게 누구든? 아주 대단한 자신감이군."

좌소천도 단청호를 직시했다.

"살아온 세월은 얼마 되지 않습니다만, 헛소리를 한 적은 한 번도 없지요. 믿어도 될 겁니다."

순간, 눈이 마주친 단청호는 나락으로 떨어지는 기분에 등골이 저릿했다.

그때 또 도유관이 지나가듯이 말했다.

"황문은 단 일 초에 어깨를 잘렸는데, 단 대협은 향주의 도를 얼마나 버틸지 모르겠군."

단청호의 눈빛이 거세게 흔들렸다.

철사비검 황문. 그는 자신과 거의 차이가 나지 않는 무위를 지닌 자다. 한데 그가 단 일 초에 어깨를 잘렸다니.

믿을 수 없는 말이다. 그런데 또 믿지 않을 수 없는 것이, 도유관이 곧 탄로날 거짓말을 할 이유가 없다는 것이다.

'저놈이 정말 황문의 어깨를 일 초에 갈랐단 말인가? 대체 저놈이 누군데……?'

덜컹!

갑자기 문이 열린 것은 그때였다. 이자광이 어색한 표정으로 고개를 들이밀었다.

"저, 향주. 손님들이 찾아오셨습니다."

하지만 그가 누구라고 설명하기도 전에 이자광이 누구에겐가 떠밀려 들어왔다.

"비켜, 이 왕곰 같은 놈아!"

동시에 얼굴이 동그란 동천옹이 실실 웃으며 안으로 들어왔다.

그리고 뒤이어 등소패와 위지승정이 어색한 웃음을 지으며 따라 들어왔다.

좌소천은 어이가 없어 고개를 설레설레 저었다.

대체 저분들이 왜 여기까지 온 것일까?

"어떻게 된 일입니까, 어르신?"

동천옹이 아무것도 아니라는 듯 대답했다.

"하, 하! 그냥 바람 좀 쐬려고 나왔는데, 어쩌다 보니 여기까지 왔지 뭐냐."

등소패도 어물거리며 핑계를 댔다.

"나는 그냥 죽기 전에 장강에 사는 조카들이나 보려고 나왔지 뭐."

위지승정은 슬며시 고개를 돌려 두 노인을 바라보았다.

"두 노인네만 보내놓고 안심이 되어야지."

한데 그때, 위지승정이 단청호를 알아보았다.

"이게 누군가? 자네, 단청호가 아닌가?"

오랜만에 아랫사람을 봐서 무지 반갑다는 말투였다.

단청호는 휘둥그레진 눈으로 위지승정을 쳐다보았다.

"호, 혹시, 검왕 위지 선배님이 아니신지요?"

"허허허, 반갑구먼. 그래, 제천신궁에 들어왔다는 말을 듣긴 했네만, 이곳까지 어인 일인가?"

단청호가 급급히 고개를 숙이며 답했다.

"황파에서 지원군을 이끌고 왔습니다."

등소패가 위지승정과 단청호를 번갈아 돌아다보았다.

"아는 사이야?"

"예, 등 선배. 이십 년 전쯤에 몇 번 만난 적이 있습니다."

"호오, 그래?"

단청호는 기절할 듯이 놀라 등소패를 바라보았다.

검왕이 깍듯이 선배 대접을 할 사람이 천하에 얼마나 될까.

'대체 저 노인이 누군데……?'

그때 동천옹이 손을 저었다.

"위지 꼬마야, 애들 좀 쫓아내라. 내 저 아이와 이야기 좀 나눠야겠다."

"예, 어르신."

순간 단청호는 다리에 힘이 풀렸다.

세상에, 검왕을 꼬마라 부르는 사람이 있다니!

하지만 그는 그래도 나았다.

단청호의 입에서 검왕이라는 말이 나오는 순간부터 평완동은 입이 달라붙어 열리지가 않았다.

그러다 검왕을 '꼬마' 라 부르고, 검왕이 순순히 어르신이라 부르며 고개를 숙이는 순간에는 오줌을 지릴 뻔했다.

위지승정이 고개를 돌리자 단청호가 먼저 고개를 숙였다.

"저희들은 이만 나가보겠습니다, 노선배."

"그래주겠나?"

"그럼, 편히 쉬십시오."

"혹시 몰라 말하는데, 우리에 대해선 아무에게도 알리지 말게."

"예? 예, 알겠습니다."

단청호와 평완동은 억지로 발을 떼어 방을 나갔다.

그들이 나가고 방문이 막 닫히려 할 때 좌소천이 동천옹에게 물었다.

"동천옹 어르신, 어르신께서 여기에 오신 것을 궁주께서도 아십니까?"

"큥, 그냥 바람 좀 쐬러 나왔다니까?"

밖으로 나간 단청호는 하마터면 억! 소리를 내지를 뻔했다.

'도, 도, 동천옹? 그럼… 동천자?! 맙소사!'

세 노인이 자리에 앉자 도유관과 공손양이 깊숙이 허리를 숙여 인사를 하고는 밖으로 나갔다.

두 사람이 나가는 모습을 바라보던 동천옹이 밝게 웃었다.

"햐아, 저놈들도 제법인데? 둘 다 한가락 하겠는걸?"

"그리 보셨습니까?"

"도끼를 감추고 있는 놈도 그렇고, 저 이화산장의 아이도 조금만 더 크면 굉장하겠어."

단숨에 두 사람의 본질을 꿰뚫어 보는 동천옹이다.

좌소천은 새삼 동천옹의 혜안에 놀라움을 금치 못했다.

"그리 말씀하시니 안심이군요. 제 목숨을 맡길 사람들이니 말입니다."

"클클, 아무리 그래도 너만은 못해. 하늘이 무슨 일을 벌이려고 너 같은 놈을 세상에 내놨는지 모르겠단 말이야."

웃는 동천옹의 눈이 가늘어진다.

맑은 웃음 속에서 신광이 번뜩인다.

마치 자신의 속이 다 내보이는 듯하다.

좌소천은 슬그머니 고개를 돌려 창문을 바라보았다.

"혹시 같이 오신 분이 또 계시지 않습니까?"

등소패와 위지승정의 입가에 웃음이 걸린다.

누군지 알고 있는 눈치다.

"글쎄다. 밤이슬 맞는 걸 즐기는 늙은이가 하나 있는 것은 안다만……. 설마 여기까지 따라올 줄은 생각도 못했다. 아마 그냥은 나오지 않을 것이고, 흠… 네 도가 그 늙은이를 나오게 할 수 있을지 모르겠구나."

동천옹이 고개도 돌리지 않고, 밖에 누가 있다는 것을 아는 것처럼 말했다. 그러면서 장난기 가득한 눈으로 좌소천의 도를 바라보았다.

좌소천은 그것이 마치 자신의 도를 한번 보고 싶다는 것처럼 느껴졌다.

망설임도 잠시였다.

보고 싶다면 보여줘서 나쁠 것도 없을 것이었다.

좌소천의 우수가 무진도를 잡아갔다.

순간이었다.

스윽!

소리없는 묵빛 섬광이 창문을 갈랐다.

아무런 기세도 느껴지지 않는 가운데 뻗어나가는 검은 선 한줄기!

등소패도, 위지승정도 눈을 홉떴다.

심지어 동천옹조차 눈이 휘둥그레져서 창문을 바라보았다.

순간 창문이 미미하게 열리는가 싶더니 그림자 하나가 서서히 모습을 드러냈다.

검은 안개에 감싸여 얼굴조차 확연히 보이지 않는 흑의노인이었다.

흑의노인은 나타나자마자 화풀이라도 하려는 듯 동천옹을 향해 카랑카랑한 말투로 쏘아붙였다.

"돼먹지 못한 늙은이 같으니라고. 뭐? 밤이슬 맞는 걸 즐겨? 내가 도둑인 줄 아나?"

좌소천이 해연히 놀란 표정을 지었다.

동천옹에게 '돼먹지 못한 늙은이'라고 말할 사람이 하늘 아래 몇이나 될까?

"사람 목숨 도둑질하는 놈이 도둑놈 아니면 뭐냐?"

"흥! 고매한 살행을 감히 도둑질에 비교하다니. 늙은이가 이제 미쳐 가는구나."

살행?

그 말에 좌소천은 언뜻 한 사람을 떠올렸다.

동천웅과 같은 연배, 자신조차 감지하기 어려운 신법, 안개처럼 흔들려 제대로 볼 수 없는 얼굴. 그리고 살행을 고매하게 여기는 사람.

'혹시… 흑살신 무영자?'

"왜 따라왔냐?"

"늙은이들이 작당해서 몰래 담을 넘기에 어디를 가나 궁금해서 따라왔다."

"헹, 그게 아니라 우리끼리 어디 가서 재미 보는 줄 알고 따라왔겠지."

찔끔한 흑의노인이 코웃음을 쳤다.

"흥! 내가 그렇게 할 일 없는 사람인 줄 아나? 나도 겸사겸사 사문의 아이들이 잘 지내는지 알아볼 겸 나왔다고."

그러고는 좌소천을 노려보았다.

자신의 종적을 눈치 챈 것만도 놀라운데, 그것은 둘째 문제였다.

도의 기운이 다가오는 순간, 무영자는 가슴이 섬뜩해서 하마터면 체면 불구하고 적이 아니라며 소리칠 뻔했다.

그리고 단 한 번의 칼질에 자신의 옷이 잘렸다. 보이지 않게 살짝 감추긴 했지만.

'젠장, 뭐 저런 꼬마가 다 있어?'

그때 좌소천이 허리를 숙였다.

"좌소천이 삼가 무영자 어르신을 뵙습니다."

무영자가 자신도 모르게 움찔했다.

"커엄, 그래도 어른을 알아보는 눈은 있군."

속으로는 '네가 감히 내게 도를 휘둘러!' 하고 윽박지르고 싶었다. 하지만 그래 봐야 자신의 꼴만 우습게 될 뿐이란 걸 그 자신도 잘 알았다.

무영자는 입만 벙긋거리다가 말을 돌렸다.

"그 칼질, 뭐라는 것이냐?"

"무진(無瞋)이라 이름 붙였습니다."

네 노인이 눈을 가늘게 뜨고 좌소천을 노려보았다.

단순한 도법의 이름을 말한 것과는 뜻이 달랐다.

이름을 붙였단다. 자신이 만들었다는 말.

세상에! 뭐 저런 게 다 있어?!

네 노인이 그런 눈으로 괴물 바라보듯 노려보자 좌소천이 급히 변명처럼 말했다.

"원래 저를 구해준 고인께서 전해준 것을 제가 알고 있던 것에 맞게 바꾼 것뿐입니다. 살기가 너무 짙어서……."

그거나 저거나!

네 노인은 입맛을 다시며 눈을 돌렸다.

—흐흐흐, 저 괴물의 스승이 나라고.

—허허허, 역시 내가 보긴 잘 봤어.

등소패와 위지승정은 그런 마음이었고,

—조금만 빨리 만났으면…….

헌당과 무영자는 그런 마음에 안타까움을 떨치지 못했다.

그때 좌소천이 넌지시 물었다.

"궁으로 돌아가지 않으실 겁니까?"

동천옹이 콧소리를 내며 구시렁거렸다.

"흥, 가면 뭐 하누. 늙은이들끼리 잡담이나 나누면서 죽을 날만 기다려야 하는데."

등소패는 찻잔만 돌리고, 위지승정은 근엄한 자세를 유지한 채 빈 찻잔을 들어 입으로 가져갔다.

무영자가 입술을 씰룩이더니 툭 던지듯이 말했다.

"혼자 돌아가면 혁련 꼬마한테 나만 욕먹을 텐데, 내가 미쳤다고 혼자 가냐?"

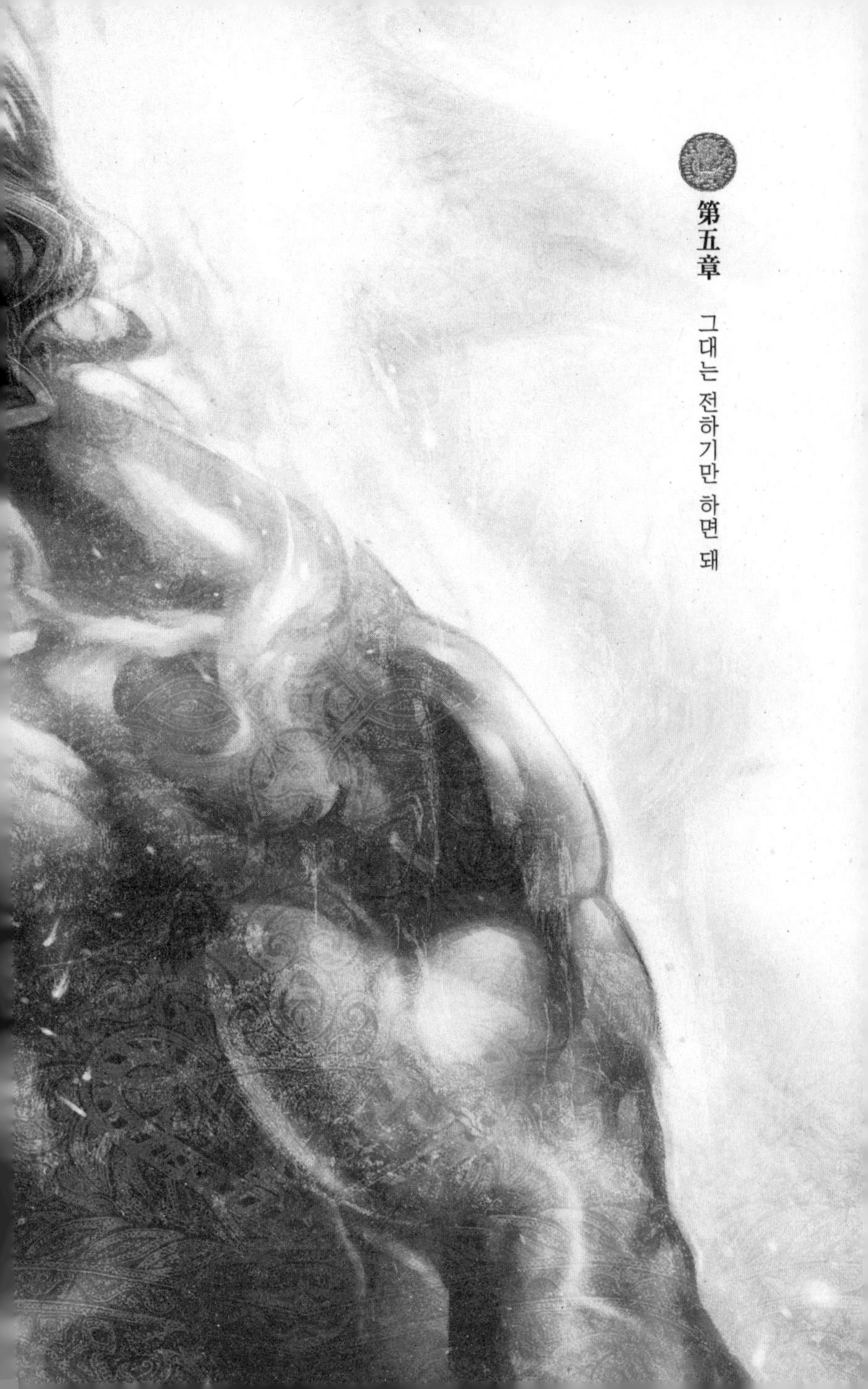

第五章 그대는 전하기만 하면 돼

절대천왕
絶對天王

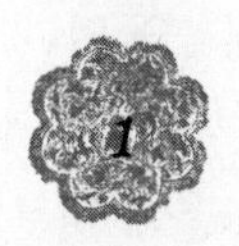

가슴에 걸친 흑염으로 인해 각진 얼굴이 더욱 강맹하게 보인다.

철혈마제(鐵血魔帝) 사도철군.

천하사패 중 하나, 전마성의 주인.

그는 아침이 밝기도 전에 들려온 소식을 듣고 대노해 침상을 박차고 대전마전으로 나갔다.

"뭐야?! 웅성에 이어 선도 지부까지 넘어가?!"

전마성이 발칵 뒤집혔다.

사도철군의 노성이 대전마전을 뒤흔들었다.

"혁련무천! 이 무식한 놈! 끝내 붙어보자 이거지!"

정한거로 인해 잠시 제천신궁의 야욕에서 눈을 뗀 것이 실수라면 실수였다.

하나 아무리 그렇다 해도 이렇게 전격적으로 치고 들어올 줄은 생각도 못했다.

"결과는?!"

전혈각주 한무귀가 고개를 들었다.

"웅성에선 황문과 우적생이 백오십여 명의 수하와 함께 죽고, 이백여 명은 그곳을 탈출해 천문 지부로 피신했다 하옵니다. 또한 선도 지부에선 삼백여 명의 수하가 지부장인 오장서와 함께 분사했사오며……."

"놈들은?! 놈들의 피해는 어떠한가?"

보고를 듣는 사이 사도철군의 목소리가 조금씩 가라앉았다.

그러나 차갑기는 북풍한설보다 더했다.

"놈들은 북향과 남향으로 나누어져 웅성과 선도를 쳤사온데, 웅성 지부를 친 북향은 거의 피해가 없다고 합니다만, 선도를 친 남향은 백여 명의 사상자가 났다고 하옵니다."

사도철군의 미간이 찌푸려졌다.

웅성 지부의 무력은 선도 지부에 비할 바가 아니었다.

선도 지부는 천문과 잠강 지부가 바로 뒤를 받치고 있지만, 웅성 지부는 외따로 떨어져 있어 자체적으로 적을 상대할 수 있는 무력을 갖추어놓았던 것이다.

그곳에는 일류고수만도 오십여 명이 넘었다.

숫자상으로는 백여 명밖에 차이가 나지 않았지만, 실질적인 무력으로는 두 배에 가까운 차이였다.

비록 아무런 준비도 없이 적을 맞이했다지만, 적에게 아무런 타격을 주지 못했다는 것은 이해할 수 없는 일이었다.

게다가 이백 명이 싸우지도 않고 후퇴하고, 나머지 백오십여 명은 순순히 투항했다고 한다.

어찌 그런 일이 있을 수 있단 말인가!

"남향과 북향의 향주라는 놈들은 누군가?"

한무귀가 급히 보고를 올렸다.

"남향은 혁련무천의 둘째 자식인 혁련호승이란 자옵고, 북향의 향주는 천소라는 자이온데……."

그가 말을 길게 끌자 사도철군의 미간에 파인 골이 깊어졌다.

"말해봐라! 왜 말을 하다 마느냐?"

"속하도 믿을 수 없는 말을 들어서 그렇사옵니다."

"믿을 수 없는 말?"

"북향의 향주라는 자에게 황문이 십여 초도 안 돼 잡히고, 우적생이 일도에 튕겨져 피화살을 뿜었다고 하는데다가, 응성지부의 중견 간부 수십 명이 그자의 칼을 반 각도 막아내지 못하고 죽었다는 보고인지라……."

사도철군의 표정이 침중하게 굳었다.

그 정도 무위라면 제천신궁을 통틀어도 열 명 내외다. 원로원에 처박힌 장로들을 모두 합한다 해도 스무 명 정도.

그들 중 이번 일에 투입된 자들이 몇 명일지는 몰라도, 그들이 직접 나왔다면 일이 더 심각하게 흐를 것이었다.

"제천신궁의 장로들이나 사단의 단주 중 누가 직접 나왔나 보군. 아니지, 그들 중 천소라는 이름을 가진 자는 없는데……?"

"그게 아니옵고… 이제 이십대 중반도 안 된 젊은 놈이라 하옵니다."

"이십대?"

굳었던 사도철군의 표정이 서서히 일그러졌다.

"속하도 워낙 믿을 수 없어서 보고를 미루었던 것이옵니다. 아마도 다급히 보고를 올리느라 확인되지도 않은 정보를 올린 것이 아닌가 하옵니다."

이십대의 나이에 그 정도 무위를 지닌 자가 없지는 않았다.

당장 자신의 큰아들만 해도 그 정도 무위를 발휘할 수 있을 테니까.

그러나 천소라는 이름은 처음 들어보는 이름이었다.

둘 중 하나였다.

보고가 잘못되었든지, 새로운 젊은 고수가 나타난 것이든지.

여하튼 당장 중요한 것은 그것이 아니었다. 정말 그런 고수가 있다면 그만한 고수를 보내면 되는 일이니까.

사도철군은 한무귀의 보고를 뒤로하고 즉시 명령을 내렸다. 그의 눈에서 살광이 맴돌았다.

"선도 지부를 친 놈이 혁련무천의 아들이라 했지?"

"예, 성주! 놈이 제천단과 무천단을 이끌고 왔습니다!"

"좋아, 일단은 지원군을 잠강에 집중 투입해라. 마종각과 혈전각에서 사람을 뽑아서 보내! 놈들을 모조리 잠강에서 죽여! 선도에서 죽은 삼백 수하들의 한을 갚아주란 말이다!"

"예, 성주! 하오면 천문은……?"

사도철군이 냉소를 지었다.

"천문으로는 진성이와 종 호법을 보낼 것이다."

2

바람이 제법 거세게 분다.

눅눅한 바람이다.

"비가 올지 모르겠군."

동천옹이 고개를 들고 하늘을 보더니 중얼거린다.

아직은 구름 하나 없는 하늘이다.

그러나 백 년 가까이 살아온 동천옹의 말을 좌소천은 무시하지 않았다.

"길을 서둘러야겠군요."

천문까지는 백오십 리. 그리 멀지 않은 길이다. 그러나 중간에 작은 수로들이 많은데다가 비가 오면 멀쩡한 길도 뻘처럼 변해 북쪽으로 빙 돌아가야 할지 몰랐다.

그렇게 좌소천이 천문으로 향할 즈음, 악양에선 구포봉이 수하가 올린 보고에 환하게 웃었다.

제천신궁이 전마성의 동부 지부 두 곳을 쳤음. 남향은 혁련호승이 향주가 되어 선도 지부를 차지했으며, 북향은 천소라는 신진 고수가 향주로 임명되어 응성 지부를 접수했음.

그가 웃는 이유는 천소라는 이름 때문이었다.

자신이 지어준 가명을 어찌 모를까.

그는 서신을 내려놓고 의자에 깊숙이 등을 묻었다.

단순히 혁련무천의 명에 의해 움직인 것일 수도 있었다.

그러나 아무리 혁련무천의 명이 있었다 해도 나름의 생각이 있어 움직인 것일 터였다.

"공소와 장하경을 불러라."

구포봉이 방문에 대고 말한 지 얼마 되지 않아 두 사람이 방으로 들어왔다.

"부르셨습니까, 방주?"

구포봉이 손을 들어 앞을 가리키고는 두 사람을 향해 입을 열었다.

"좌 공자가 응성에 있다."

장하경이 눈을 크게 뜨고 당장이라도 달려갈 듯이 물었다.

"정말입니까?"

"제천신궁이 정한거의 혈겁을 이용해서 서벌을 진행한 것 같다. 남쪽은 혁련호승이 맡고, 북쪽은 좌 공자가 맡은 것 같은데, 아마 최종 목적지는 저기, 천문일 가능성이 크다."

두 사람의 눈이 벽을 향했다.

그곳에는 호남과 호북, 강서, 하남 일대의 지도가 세밀히 그려져 있었다.

"제천신궁으로선 잠강과 천문만 차지하면 전마성의 바로 코밑까지 차지하게 되는 셈이니 놓칠 수 없는 곳이지."

"다른 연락은 없었습니까?"

"아직 때가 아니라 생각하고 연락을 자제하는 것 같다. 하나 그렇다고 해서 가만있을 수는 없는 일, 일단 좌 공자와 연락을 취해볼 생각이다. 이곳의 상황도 전해야 하니까."

장하경이 재빨리 나섰다.

"그럼 제가 가겠습니다."

구포봉이 피식 웃었다.

"그러잖아도 자네를 보낼 생각이었어. 단, 가기 전에 인피면구를 꼭 써야 하네. 자네 얼굴은 너무 표가 나거든."

인피면구가 아니라 얼굴을 깎아내야 한다고 해도 그러려니 할 장하경이었다.

"까짓것 쓰죠, 뭐."

3

천문을 삼십 리 남기고 석하에서 걸음을 멈추었다.

전마성 천문 지부에선 제천신궁이 쳐들어온다는 것을 알 것인데도 별다른 반응을 보이지 않는다.

천문에서 기다리고 있다는 말이다.

좌소천은 육백에 가까운 북향의 총인원 중 백 명을 엄선했다.

적들은 만반의 준비를 하고서 기다리고 있을 터. 숫자로 밀어붙이는 정면 대결은 그만큼 피해만 커질 뿐이었다.

몇몇이 우려를 하며 반대했다.

적의 지원군으로 어떤 자들이 왔는지도 모르는데, 백 명만 간다는 것은 너무 무모하다는 것이 주 의견이었다.

그러나 나머지 무사들 역시 시차를 둔 채 좌우에서 공격할 거라는 공손양의 말에 더 이상 토를 달지 않았다.

"일이 잘못되면 향주가 책임을 져야 할 거요."

평완동이 끝까지 투덜거리자, 좌소천이 한마디로 그의 입을 닫아버렸다.

"명을 따르지 않는 자는 즉결로 처리할 거외다. 명심하시오."

점심 무렵.

전마성 천문 지부인 동호장(東湖莊)이 보이자 백 명의 정예가 좌소천을 선두로 해서 앞으로 나아갔다.

동천옹을 비롯한 네 명의 노인은 멀찌감치 떨어져서 한가하게 따라오는 중이었다.

좌소천은 그들에게 이번 싸움의 전면에는 나서지 말라고 했다. 소문이 나고, 혁련무천의 귀에 들어가 봐야 좋을 것이 없다는 것을 알기 때문이다.

더구나 네 노인이 천문 지부에 있다는 것을 전마성에서 알게 되면 잠강보다 천문을 더 위험하게 볼지도 몰랐다.

그러면 자신의 계획이 어긋난다.

나중에 알게 될지는 몰라도, 시간을 벌면 그만큼 이득이었다.

한데 동천옹이 말했다.

"복면 쓰고 가지 뭐. 그럼 알 수 없을 것 아냐?"

빤히 쳐다보는 네 노인을 보고 좌소천은 별수없이 생각을 조금 바꿨다.

"그럼 동쪽과 북쪽의 공격을 도와주십시오. 복면은 꼭 쓰시고 말입니다."

그 말에 무영자가 반문했다.

"나도 써야 하나? 내 얼굴은 흑살기 때문에 사람들이 못 알아볼 텐데."

오히려 그 흑살기 때문에 무영자의 정체를 알아볼지도 몰랐다.

"그래도 쓰세요."

"끄응. 그것참……."

따라갈 것인지 말 것인지 한참 갈등을 했지만, 무영자도 흑살기를 완성한 이후 쓰지 않았던 복면을 오십 년 만에 쓰기로 했다.

그러자 동천옹이 아이처럼 좋아했다.

"클클클, 무영자가 복면 쓰면 정말 재미있겠는데?"

한편 동호장에선 백여 명이 장원 밖으로 나와 좌소천 일행이 다가오는 것을 지켜보았다.

다가오는 사람이 백 명 정도밖에 되지 않는다는 걸 알고 자신들도 그 정도만 나온 것이었다.

"이봐, 지부장. 적의 숫자가 오백 정도라 들었는데, 왜 저들밖에 없지?"

맨 앞에 서서 다가오는 북향의 무사들을 바라보던 대머리노인이 고개를 갸웃거렸다.

곁에 서 있던 중년 무사, 천문 지부장 무정검 염혁이 공손히 대답했다.

"보고에 의하면, 저들은 삼십 리 지점부터 백 명만 따로 떨어져서 오고 있다 합니다. 아마 다른 자들은 조금 늦게 올 것 같습니다."

그 뒤에 철탑처럼 서 있던 청년이 묵직한 저음으로 한마디 내뱉었다.

"다른 곳으로 공격하겠다는 것이겠지요. 걱정할 것 없습니다. 오면 오는 대로 부수면 되지 않겠습니까?"

"말대로 되면야 쉽지. 하지만 저렇게 올 때는 그만한 자신감이 있을 것이 아니겠나? 나는 솔직히 말해서 저놈들이 백 명밖에 안 되어서 더 걱정이네."

옆에 서 있던 다른 두 중년인이 볼멘소리로 한마디씩 했다.

"종 호법님, 이거저거 잴 것 없이 쓸어버립시다."

"맡겨만 주시면 제가 깨끗이 정리하겠습니다."

대머리노인이 두 사람을 바라보았다.

"죽고 싶으면 뭔 짓을 못하겠냐? 쯔쯔쯔……."

그사이 좌소천 일행이 백 장 앞까지 다가왔다.

선두에 서서 걷던 좌소천의 눈이 동호장 정문을 향했다.

가운데 우뚝 서 있는 노인에게서 대단한 기운이 느껴진다.

"헛! 원공마도(圓功魔道) 종후전이?!"

그를 보더니 경악성을 내지르는 단청호다.

좌소천의 깊게 가라앉은 눈이 대머리노인을 직시했다.

"원공마도라면 전마성의 팔대호법 중 하나라는 자 아니오?"

"그렇다네. 저자까지 왔다니, 전마성이 단단히 각오를 한 모양이군."

단청호의 표정이 딱딱하게 굳었다.

원공마도라면 그 자신조차 감당하기 힘든 고수다.

만일 뒤에서 따라오고 있는 노인들만 아니라면, 단청호는 이번 일을 다시 검토해 보자고 했을지도 몰랐다.

하지만 좌소천은 종후전도 그렇지만, 다른 자에게 더 신경이 쓰였다.

종후전 뒤에 철탑처럼 서 있는 청년. 이제 이십대 중후반 정도로 보이는 자의 머리가 종후전의 머리 위로 올라와 있다.

그에게서 느껴지는 기운이 종후전 못지않다.

또한 그 옆에 있는 통일된 복장의 이십여 중견 무사. 그들 역시 일류무사들이었다.

"종후전 옆에 있는 자가 누군지 아십니까?"

단청호가 중얼거렸다.

"엇? 저놈은 영락없이 사도철군을 닮았구먼. 아! 사도철군의 셋째 아들이 그를 쏙 빼닮았다고 하던데……."

좌소천의 눈에 고요한 웃음이 번졌다.

전마성에서 누군가가 나올 거라 생각을 했는데, 뜻밖에도 사도철군의 아들이 나온 것 같다.

팔대호법 중 하나와 성주의 아들.

'재수가 좋군. 저자를 두들겨 패다 보면 사도철군에 대해서도 조금은 알 수 있겠어.'

아마 사도진성이 좌소천의 생각을 알았다면 심장에서 불길이 솟았을 것이었다.

거리가 이십 장으로 가까워지자 좌소천이 걸음을 멈췄다.

그러자 목소리 큰 이자광이 앞으로 나섰다.

역시나 좌소천에게서 받은 명령을 시행하기 위해서였다.

"우리는 숫자로 밀어붙일 생각이 없다! 정정당당히 싸우자!"

누가 뭐라 했나? 천문 지부 사람들이 어이없다는 표정으로 이자광을 노려보았다.

이자광은 꿋꿋이 자신의 할 말만 했다.

"덤빌 놈 다 나와!"

그 말에 십여 명이 앞으로 나섰다.

"내가 저놈의 주둥이를 찢어버릴 것이다!"

"건방진 놈이! 덩치 크면 다야? 너 이리 와!"

"비켜, 저 곰은 내 거야!"

"우하하하! 가죽은 내가 벗겨주마!"

대머리노인, 원공마수 종후전은 그들이 나서는 것을 말리지 않았다.

그들이 죽는 것은 조금도 아깝지 않았다.

웅성 지부를 반 시진 만에 무너뜨린 자들이다. 적들이 얼마나 강한지 그것이 더 중요했다.

한데 단 세 사람이 나선다.

둘은 이제 삼십이 안 되어 보이는 자들이고, 한 사람만 사십 중반의 중년인이다.

종후전은 싸늘한 안광을 빛내며 그들을 바라보았다.

'하긴 기세를 꺾는 것도 괜찮겠지.'

도유관과 공손양이 앞으로 나설 뿐, 다른 사람은 움직이지를 않는다.

평완동은 이를 지그시 깨물었다.

좌소천의 '당신이 나서보겠소?' 그 한마디에 검을 뽑고 나서긴 했다.

한데 괜히 나섰다는 생각이 들었다.

상대는 십여 명이다. 물론 자신보다 약한 자들이기는 하다.

그렇다 해도 수적인 차이가 너무 크다.

혈심부 도유관. 이화산장의 공손양.

말로만 들은 저들이 얼마나 활약을 할지 몰라도 걱정이 되지 않을 수가 없다.

그가 잠시 머뭇거린 사이, 도유관이 중간에서 멈추지 않고 오히려 걸음을 빨리한다.

'엇?'

흠칫할 때다. 공손양이 땅을 박차고 달려간다.

'제기랄!'

평완동도 땅을 박찼다.

어느새 그의 손에 검이 들렸다.

마치 전염이 된 듯했다.

쉬각!

도유관의 도끼가 먼저 허공을 갈랐다.

이어서 공손양의 검이 붉은 기를 토해냈다.

쒸아앙!

"컥!"

"으헉!"

순식간에 두 명이 피를 튀기며 무너져 내렸다.

대경한 천문 지부의 무사들이 도유관과 공손양을 향해 고개를 돌린다. 그사이 평완동도 자신이 노린 자의 어깨를 꿰뚫었다.

본격적인 싸움은 그때부터였다.

마치 세 마리의 혈랑이 양 떼 사이를 누비는 듯했다.

도유관의 은빛도끼가 번쩍일 때마다 피가 튀고 뼈가 갈라진다.

공손양은 붉은 기를 토해내는 검을 휘두르며 춤을 춘다.

평완동도 두 사람 못지않게 날카로운 검을 찔러대며 미친 듯이 도검 사이를 누볐다.

상대의 검이, 도가 몸을 스쳐 가며 피가 스며 나오는데도 아픔조차 느낄 틈이 없었다.

아마 그의 평생 중 가장 치열한 싸움이 될 것 같았다.

그러나 후회하기에는 이미 늦은 상황이었다.

'제기랄! 괜히 나섰어!'

그때 천문 지부의 무사들 사이에서 세 명의 중년인이 천천히 걸음을 옮겼다.

사도진성이 본성에서 데리고 온 스무 명의 진마각 고수 중 셋이었다.

좌소천은 그들이 나오는 걸 보면서도 다른 사람이 나가는 것을 막았다.

'기선을 제압한다. 그 후… 단숨에 쓸어버린다.'

도유관과 공손양이 셋을 감당하지 못한다면 생각할 수 없는 방법이었다.

하지만 지금 나온 세 사람으로는 도유관과 공손양을 막을 수 없다. 결국 더 많은 사람들이 나올 수밖에 없는 상황이 만들어질 것이었다.

잠깐 사이 네 명이 더 무너지고, 천문 지부의 무사 중 남은 사람은 넷밖에 남지 않았다.

그제야 두려움을 느낀 그들이 뒤로 물러서는가 싶더니, 나중에 나온 세 명의 중년인이 그들 대신 도유관과 공손양, 평완동을 향해 짓쳐들었다.

"하앗!"

"죽어!"

찰나간! 도유관의 도끼와 공손양의 검에서 뿜어지는 기운이 더욱 강해졌다.

생각지도 못한 강함에 달려들던 세 명의 중년인이 대경했다.

번쩍!

도유관의 은빛도끼가 찬란한 은빛 섬광을 뿜어내며 상대의 검과 몸뚱이를 동시에 내려쳤다.

두 줄기 벼락이 떨어져 내린다.

콰!

검이 튕겨지고,

퍽!

이마가 갈라졌다!

화르륵!

공손양의 붉은 검이 시뻘건 불길을 쏟아내며 낭아도를 휘두르는 중년인을 덮쳤다.

"혈심부 도유관이다!"

"이화신검!"

천문 지부의 무사들이 두 사람의 무공을 알아보고 대경해 외쳤다.

"혈심부는 뒤가 약하다! 뒤를 쳐!"

누군가가 도유관의 약점을 지적하며 악다구니를 질러댄다.

그에 부응하듯 공손양을 상대하던 자 하나가 홱 몸을 돌리며 도유관의 등을 공격했다.

바로 그 순간이었다.

도유관의 신형이 옆으로 두 자가량 미끄러지며 거짓말처럼 돌아서고, 은빛 번개가 태양빛을 받아 번쩍였다.

쩍!

도유관은 도끼로 적의 이마를 가르고는 다시 돌아섰다.

그야말로 눈을 깜짝이기도 전에 벌어진 일이었다.

"흥! 어림없는 짓! 이제 누구도 내 뒤를 치지 못한다!"

코웃음치는 도유관의 눈에서 살광이 활활 타올랐다.

커다란 체구의 청년, 사도진성이 더 참지 못하고 소리쳤다.

"모두 나가서 놈들을 죽여!"

기다렸다는 듯 진마각의 무사 십여 명이 번개처럼 튀어나갔다.

종후전은 그들이 날아가는 것을 보며 옆구리의 만월도를 거머쥐었다.

그때 전면에 서 있던 나이 어린 청년이 앞으로 나서는 게 보였다.

'흐음, 우려할 만한 놈은 보이지 않는 것 같은데…….'

내심 여유만만해진 종후전이 옆구리에 걸린 만월도의 도병에서 힘을 뺄 때다.

"아, 안 됩니다! 모두 돌아오라고 하십시오!"

뒤쪽에서 다급한 목소리가 터져 나왔다.

정문 쪽에 서 있던 무사들 중 몇이 아우성을 치며 소리치는 것이었다.

"그가 바로 북향의 향주입니다!"

종후전의 눈이 가늘어졌다.

'북향의 향주? 그럼 저 어린놈이 그 소문의 주인공?'

사도진성도 온몸에 철혈마공을 퍼뜨리며 좌소천을 노려보았다.

'저놈이 바로 그놈이란 말이지?'

하지만 이미 십여 명의 일류고수가 나간 터였다.

잠시 지켜보며 소문의 주인공 실력이 어떤가 보는 것도 그리 나쁘지 않을 것 같았다.

머뭇거림은 잠깐이었다.

그 순간, 좌소천이 한 걸음에 십여 장을 미끄러졌다.

순식간에 도유관과 공손양의 곁을 스쳐 지나가는 좌소천이다.

찰나였다!

쉬아악!

살랑거리던 바람이 갈라지며 시커먼 선이 쭉 허공에 그어졌다.

쩌저정!

"컥!"

"허억!"

단말마가 거의 동시에 울렸다.

네 명의 무사가 달려가던 그대로 서너 걸음을 더 가더니 그대로 꼬꾸라진다.

순간, 좌소천의 신형이 좌우로 흔들리고, 묵광이 회오리처럼 말리며 좌우를 휘감았다.

서걱! 취릭!

세 사람이 목을 감싸며 눈을 멍하니 뜬 채 뒤로 넘어간다.

그제야 달려들려던 여섯 명의 무사가 급급히 뒤로 몸을 뺐다.

하지만 좌소천은 일말의 망설임도 없이 그들을 덮쳤다.

"오, 오지 마!"

공포에 질린 목소리가 터져 나왔다.

쾅!

검이 부서지며 이마가 쪼개진다.

묵선이 그어지는 곳에서 피가 솟는다.

반쯤 베어진 목이 뒤로 꺾이며 치솟는 피분수!

예상치도 못했던 광경에 양편이 모두 몸이 굳어버렸다.

그것은 도살, 그 이상도 그 이하도 아니었다.

"멈춰!"

"이놈!"

결국 종후전과 사도진성이 동시에 몸을 날렸다.

바로 그때였다!

그게 신호라도 되는 듯, 뒤쪽에서 바라만 보고 있던 북향의 무사들이 일제히 몸을 날렸다.

열한 명을 단숨에 쓰러뜨린 좌소천은 날아드는 종후전과 사도진성을 무심한 눈으로 바라보았다.

그는 천천히 무진도를 옆으로 눕혔다.

상대는 전마성의 호법과 성주의 아들이다.

둘 다 절정의 경지에 이른 고수들.

좌소천은 옆으로 눕힌 도를 그대로 휘둘러 허공을 횡으로 갈랐다.

"으헛!"

종후전이 대경하며 만월도를 열십자로 휘둘렀다.

쩌어엉!

날아들던 종후전의 몸이 허공으로 튕겨졌다.

빙글, 몸을 돌린 좌소천의 무진도가 이번에는 사도진성을 향해 수직으로 떨어져 내렸다.

콰앙!

"크으윽!"

땅이 깊게 파이며 사도진성의 몸이 이 장을 미끄러졌다.

좌소천은 여전한 표정으로 그를 주시했다.

그때 그의 좌우로 삼 장의 거리를 둔 채 북향의 무사들이 스쳐 간다.

단청호와 황파 지부의 고수들, 포규상과 모이산이 이끄는 패천단의 무사들. 그리고 벽화웅을 비롯한 효창 지부와 운몽 지부의 지원 무사들.

사기충천해서 달려가는 그들의 기세가 가히 해일과도 같다.

좌소천은 그들의 뒷모습을 보며 사도진성과 종후전을 향해 다가갔다.

접전이 벌어진 상황.

상대편의 주요 무사 삼십여 명이 단숨에 쓰러지자 안쪽에서 백여 명이 쏟아져 나왔다.

그럼에도 두 사람은 꿈쩍도 않고 자신만 노려본다.

종후전의 가늘어진 눈에서 살광이 뻗쳤다.

"너 같은 놈이 있을 줄은 꿈에도 몰랐구나."

"세상이 넓다는 것을 몰랐다는 말이 아니겠소?"

사도진성이 이를 갈았다.

"나를 무너뜨리기는 쉽지 않을 것이다."

"글쎄……."

휘이잉!

바람이 불더니 세 사람 사이에서 먼지가 휘돌았다.

찰나, 기회라 생각한 사도진성이 먼저 몸을 날렸다.

앞으로 뻗은 커다란 장검에서 시퍼런 기운이 넘실거리더니 두 자가량 쭉 뻗친다.

수라가 이를 드러낸 채 달려드는 듯하다.

절정에 경지에 이른 검강의 기운!

순간 좌소천이 내려져 있던 무진도를 사선으로 그어 올렸다.

쩡!

시퍼런 기운이 산산이 부서지고, 무진도의 힘을 이기지 못한 사도진성이 이를 악문 채 뒤로 세 걸음을 물러선다.

동시에 한 발 앞으로 내딛은 좌소천이 무진도를 뻗었다.

쩍!

두 사람 사이 이 장 거리가 묵선으로 이어졌다.

대경한 사도진성이 검을 들어 올렸다.

거의 본능적인 움직임!

쾅!

도검이 정면으로 부딪치고, 그 충격에 뒤로 주르륵 물러서는 사도진성이다.

좌소천은 사도진성이 중심을 잡을 새도 없이 그를 향해 쇄도했다.

찰나간에 간격이 다섯 자로 줄어들었다.

눈을 부릅뜬 사도진성이 물러서는 와중에도 검을 내려쳤다.

"이잇!"

그때 기회만 노리고 있던 종후전이 만월도를 휘두르며 좌측을 쳐왔다.

쾅!

떨어지는 검을 무진도로 받아넘긴 좌소천은 좌수를 비틀어 앞으로 내쳤다.

쩌정!

종후전의 만월도가 옆으로 밀려나는가 싶더니, 권세의 결을 가르며 하얀 이빨을 드러냈다.

"이놈! 죽어라!"

좌소천은 좌수를 홱 뒤집고는 자신의 팔을 타오르려는 만월도의 도신을 중지와 검지로 찍었다.

땅!

만월도가 한 자가량 밀려난다.

대경한 종후전이 뒤로 물러서면서 만월도로 허공을 그어댔다.

시퍼런 도의 그림자가 그물처럼 펼쳐진다.

순간 좌소천의 무진도가 벼락이 되어 떨어져 내렸다.

쩌저적!

그물이 갈기갈기 찢어지며 터져 나간다.

종후전은 찰나간에 십여 번의 칼질을 하고서야 겨우 벼락의 충격을 해소하고는 일그러진 얼굴로 급급히 물러섰다.

그러나 그것이 끝이 아니었다.

그림자처럼 따라붙은 좌소천이 마치 도를 봉처럼 휘돌려 만월도를 걷어내더니, 텅 빈 종후전의 가슴에 일권을 내지른다.

"헛!"

종후전은 헛바람을 집어삼키며 좌수를 내밀어 가슴으로 밀려드는 좌소천의 권을 막아냈다.

쾅!

"흐읍!"

손목이 부러져 나가는 고통!

하얗게 탈색된 종후전의 얼굴이 참담하게 일그러졌다.

하지만 좌소천은 멈추지 않고 세 번의 주먹을 더 뻗었다.

다섯 자의 거리를 둔 채 세 줄기 번개가 작렬했다.

콰광!

"커헉!"

더는 견디지 못하고 일 장 뒤로 튕겨지는 종후전이다.

"여기도 있다!"

그사이, 전 공력을 다 끌어올린 사도진성이 혼신을 다한 일검을 내려쳤다.

시퍼런 강기가 쭉 뻗어 여섯 자에 이르는 거검이 이 장 허공에서 떨어진다.

"조심하시오, 향주!"

저만치서 공손양의 대경한 목소리가 들려온다.

한데도 좌소천은 떨어져 내리는 거검을 무심하게 쳐다보고는 무진도를 가만히 뻗었다.

마치 승허암 아래쪽 절벽에 새겨진 첫 번째 그림처럼.

순간! 회심의 일검을 펼친 사도진성은 앞이 아득해지는 기분에 숨을 멈췄다.

앞이 갑자기 캄캄해졌다.

보이는 건 오직 한 자루 시커먼 도뿐!

퍽!

둔탁한 소리. 먹먹한 가슴.

눈앞이 노래지면서 사도진성의 뇌리가 하얗게 변했다.

'어, 어떻게 이런…….'

그 시각.

오백에 가까운 북향의 무인들이 천문 지부의 동쪽과 북쪽의 담장을 넘어갔다.

처음에는 나머지 삼면에 대해 철저한 경비를 서고 있던 천문 지부의 무사들이었다.

그러나 정문의 상황이 급변하자 경비는 나중 문제가 되어버렸다.

그들은 정문 쪽으로 다가가며 언제라도 정문으로 뛰쳐나갈 준비를 한 채 상황을 주시했다.

북향의 무사들이 동쪽과 북쪽 담장을 넘었을 때에는 그들이 자신들의 위치를 벗어나 정문 쪽으로 몰려 있을 즈음이었다.

"동쪽에 적이다!"

"적이 북쪽으로 들어왔다!"

담을 넘은 오백의 무사는 두 겹으로 인간 담을 형성한 채 무기를 앞으로 뻗고 천천히 전진했다.

마치 군병들이 창을 앞으로 뻗고 진격하는 것처럼!

그들에게서 일시에 뿜어져 나오는 기세가 천문 지부 무사들을 짓눌렀다.

담장 근처에 남아 있던 백여 명이 그들에게 달려들었지만, 몇 초가 지나기도 전에 그들의 피가 주위를 적셨다.

비릿한 혈향! 꿈틀거리며 죽어가는 무사들!

"씨발! 뭐 이딴 싸움이 있어?"

"조또, 무작정 덤빌 수도 없고……."

불평을 쏟아내면서도 뒤로 물러서지 않을 수 없다.

사기충천한 북향 무사들의 기세가 살을 저미며 스며드는 듯하다.

묘한 대치가 이어지며 천문 지부의 무사들이 연무장 쪽으로 밀렸다.

쾅!

그때 정문이 부서지며 북향의 무사들이 들어섰다.

천문 지부 무사들의 사기가 바닥까지 떨어졌다.

제천신궁 북향의 무사들이 들어섰다는 것은 곧 정문 앞에 나갔던 고수들이 패배했다는 말이 아닌가 말이다.

"막아! 여기서 밀릴 수는 없다! 모두 죽음으로써 놈들을 막아라!"

일부 중견 간부들이 악다구니를 쓰며 수하들을 독려했다.

그제야 이를 악문 천문 지부의 무사들이 포위망을 향해 달려들었다.

그러나 전세는 이미 되돌아올 수 없는 강을 건넌 후였다.

더구나 맨 나중에 어슬렁거리며 나타난 네 명의 복면인은 그들에게서 아예 싸우고 싶은 생각조차 빼앗아가 버렸다.

겨우 생긴 틈으로 빠져나가는 사람들을 장난처럼 잡아 던진다.

주먹을 빙빙 돌리는 것 같은데 무사들이 힘없이 꼬꾸라진다.

나뭇가지로 허공을 콕콕 찍을 뿐인데 빳빳이 굳어서 픽픽 쓰러진다.

그래도 세 복면인은 나았다.

그들에게는 덤비지 않고 도망갈 수라도 있으니까.

하지만 시커먼 장포에 시커먼 복면을 쓴 자는 안개처럼 움직이면서 도망조차 못 가게 한다.

천문 지부의 무사들에게 네 복면인은 사람처럼 보이지도 않았다.

"저, 저 괴물들은 또 뭐야?"

"아, 지미! 뭐 이런 개떡 같은 싸움이 다 있어!"

그나마 서쪽에 있던 자들은 상황을 눈치 채고 재빨리 장원을 빠져나갔다. 대부분이 웅성 지부에서 서쪽 담장을 넘어 탈출한 무사들이었다.

그러던 어느 순간, 지붕 위에서 커다란 목소리가 울렸다. 역시나 목소리 큰 이자광의 고함에 가까운 외침이다.

"대항하지 않는 자는 살려줄 것이다! 무기를 버리고 무릎을 꿇어라!"

왠지 즐기는 것처럼 들리는 목소리였다.

눈을 뜬 사도진성은 벌떡 몸을 일으켰다.

몸에 기운은 없었지만, 움직이는 데 큰 지장은 없는 상태였다.

'고, 공력이……! 크윽!'

사도진성은 참담하게 일그러진 얼굴로 앞을 노려보았다.

고요히 앉아 있는 청년이 보였다. 자신을 무너뜨린 자.

머리 위로 질끈 묶은 머리카락을 어깨 위로 흘러내린 채 앉아 있는 그의 눈은, 마치 흑오석을 조각해서 박아 넣은 듯 무심하기만 하다.

"네놈은 누구냐?"

사도진성이 으르렁거렸다.

좌소천의 입이 천천히 열렸다.

"천소라고 알면 돼."

"알면 돼? 본이름이 아니라는 말인가?"

"좋을 대로 생각하도록."

사도진성이 이를 지그시 물고는 잇새로 한마디를 씹어뱉었다.

"죽여라!"

"죽일 사람을 지금까지 살려놓았겠나?"

"내 입에서 어떤 정보도 얻을 수 없을 것이다, 이놈!"

"누가 그대에게 정보를 달라고 했나?"

사도진성이 이글거리는 눈빛으로 좌소천을 잡아먹을 듯이 쳐다보았다.

"네놈이 지금 나를 놀리겠다는 것이냐?"

"한 시진 만에 정신을 차린 사람치고는 기가 여전하군."

"죽일 놈, 곧 본 성에서 이곳을 치기 위해 수많은 고수들이 몰려올 것이다!"

"그거야 당신 생각이지. 지금 전마성은 잠강을 지키기도 버거울걸?"

사도진성이 코웃음치며 냉랭히 소리쳤다.

"흥! 웃기는 소리! 혁련호승은 그곳에서 죽을 것이다!"

좌소천이 조용히 웃었다.

사도철군을 빼닮았다는 사도진성이다.

사도진성을 보는 것만으로도 사도철군의 성격을 알 것 같았다.

"잠강의 코앞에 전마성이 있다는 것을 알고도 궁주가 아들을 사지로 내몰았을 거라 생각하나?"

사도진성의 눈썹이 꿈틀거리며 송충이처럼 휘어졌다.

"무슨… 말이냐?"

"당신은 제천무제를 너무나 모르는군."

"……."

"그는 철저한 사람이야. 하나에서 열까지 확신이 서지 않으면 쉽게 움직이지 않지."

사도진성의 눈빛이 묘하게 변했다.

"너는……."

좌소천이 사도진성의 말을 끊고 고저없이 나직한 음성으로 말을 이었다.

“그는 의혹이 있으면 오 년, 십 년을 기다려서라도 풀고 나서 움직이는 사람이야. 그걸 모른다면, 수하들의 죽음에 분노해서 좀 더 큰 것을 보지 못한다면 전마성은 해가 가기도 전에 무너질 수밖에 없어.”

전마성이 무너진다고?

“감히 그따위 망발을 하다니!”

사도진성은 발끈한 표정으로 좌소천의 눈을 직시했다.

눈이 마주친 순간, 그는 머리끝에서 발끝까지 온몸이 식는 기분이 들었다.

너무 고요해서 무저의 늪처럼 보이는 눈이다.

뭔가 욕을 퍼붓고 싶은데 입이 떨어지지 않는다.

한데 그 와중에도 이상한 기분이 들었다.

왜 저자는 제천무제 혁련무천을 남처럼 부르는 것일까?

거기다 말뜻도 구부러진 가시처럼 마음 한구석에 걸린다.

좀 더 큰 것을 보라고?

“대체… 너는 무슨 의미로 그런 말을 하는 것이냐?”

사도진성의 목소리가 자신도 모르게 낮아졌다.

그제야 좌소천이 무심한 목소리로 사도진성을 짓눌렀다.

“며칠만 기다려. 종후전과 함께 풀어줄 테니까. 물론 공력까지 다 되돌려주지.”

움찔한 사도진성이 눈을 치켜떴다.

“종 호법도 살아 계시단 말이냐?”

"이전처럼 무공을 펼치기는 힘들 테지만, 그래도 사는 데 지장은 없으니 다행으로 알아."

입술을 질겅거리던 사도진성이 억지로 입을 벌렸다.

"대… 가는?"

"없어."

좌소천은 짧게 대답하고 자리에서 일어섰다.

'그대는 돌아가서 내 말을 사도철군에게 전하기만 하면 돼. 무슨 뜻으로 한 말인지, 판단은 그가 할 테니까.'

그러고는 빤히 자신을 바라보는 사도진성을 뒤로한 채 돌아섰다.

사도진성이 안간힘을 써서 소리쳤다.

"이, 이봐! 네 진짜 이름은 뭐지?!"

좌소천이 방문을 향하며 나직이 대답했다.

"좌소천."

덜컹!

방문이 열리자 사도진성이 다급히 한 가지를 더 물었다.

"부탁이다! 네가 나를 제압한 도법의 이름을 알려다오!"

텅!

방문이 닫히는 소리와 함께 좌소천의 목소리가 흩어졌다.

"무애일정(无涯一靜)."

* * *

전마성 천문 지부의 지부장이었던 염혁의 집무실에 이십여 명이 들어앉았다.

두 시진 전과 다른 점이라면, 전마성의 중견 고수들이 제천신궁의 사람들로 바뀌었다는 것이었다.

"굳이 그 두 사람을 풀어줄 필요가 있겠나? 단전이 다친 종후전이야 그렇다 해도 사도진성은 인질로 충분할 텐데?"

사도진성을 사흘 후 풀어주겠다고 했다. 그랬더니 단청호가 눈살을 찌푸리며 반대한다는 듯 말한다.

좌소천이 자신의 생각을 말했다.

"사도철군의 분노가 가라앉을 때를 사흘로 잡았지요. 그는 분노가 가라앉으면 아들의 죽음과 빼앗긴 지부의 무게를 저울질할 겁니다."

잠시 말을 끊은 좌소천이 단청호를 바라보았다.

그러나 눈만 그리 향해 있을 뿐, 그는 모든 사람들이 들으라는 투로 말했다.

"그는… 아들을 포기할 겁니다. 그리고 전마성의 무사들에게 자신이 아들을 포기해야만 하는 이유를 절절히 설명할 것입니다. 그리고 결국, 정한거가 무슨 짓을 저지르든 일단 잠강과 천문을 먼저 탈환하려고 달려오겠지요."

"철혈마제가 아무리 단순한 성격을 지녔다고 해도 무조건 그리할 거라는 확신은 없지 않은가?"

"그에게는 아들이 둘이나 더 있습니다. 하나 천문과 잠강을 제천신궁에 빼앗기면, 여차할 경우 자신의 가족 모두를 잃을

지 모르지요."

단청호가 눈을 치켜떴다.

"그럼 어떻게 되든 그가 공격할 거라는 말이 아닌가?"

"사도진성이 돌아가면 사도철군은 잠시 망설일 겁니다. 그리고 한 번 더 생각하겠지요. 쳐야 하나, 말아야 하나."

좌소천이 공손양을 바라보았다.

"공손 형, 그가 어떤 선택을 할 거라 생각하십니까?"

공손양이 조금도 머뭇거리지 않고 대답했다.

"사도철군은 공격을 보류할 수밖에 없을 것입니다."

"이유는?"

"그가 빚지고는 못사는 성격이기 때문이지요."

"예상되는 기간은?"

"한 달 정도로 생각됩니다."

그 이유 말고도 한 가지 이유가 더 있다.

그러나 그것까지 단청호에게 말할 필요는 없었다.

"닷새 안에 분노한 무사들의 공격을 받느냐, 한 달 후에 분노가 가라앉은 무사들의 공격을 받느냐. 단 대협은 어느 것을 택하시겠습니까?"

"으음……."

단청호가 침음성을 발하며 입을 꾹 다물었다.

어렵게 생각할 것도 없었다.

분노한 자들과 분노가 가라앉은 자들. 똑같은 자들이 온다 해도 상대하는 입장에서 배는 힘든 싸움이 될 터였다.

빈틈만 보이면 한마디 하려던 다른 사람들도 아무 소리도 못한 채 눈치만 봤다.

좌소천이 마지막 일침을 놓았다.

"천문 지부를 뺏고 끝나는 일이라면 상관없는 일입니다. 그러나 우리는 전마성의 역공까지 신경을 써야 합니다. 더 이상의 의견 대립은 아무런 도움도 되지 않는다는 점 명심해 주시기 바랍니다."

그러고는 사인학과 종리명한을 바라보았다.

"투항한 자들은 어떻게 처리했소?"

4

전마성에선 마종각과 혈전각의 무사 이백과 전마성 최강의 싸움꾼들인 이십팔전마 중 다섯이, 호법인 월영신마를 따라 은밀히 움직였다.

혁련호승이 이끄는 남향이 잠강에서 칠십 리 떨어진 모장(毛場)에 다다랐을 즈음에는 그들이 모두 합류한 후였다.

혁련호승은 제천단과 무천단, 황파에서 도착한 지원군과 한천 지부의 무사 등 총 오백을 이끌고 모장에서 전초대가 잠강의 정보를 가지고 돌아오기를 기다렸다.

"천문에서의 소식은?"

혁련호승은 잠강의 싸움보다 천문의 소식에 더 신경을 썼다.

"아직 없습니다, 향주."

그게 불만인 조용익이 퉁퉁거리는 목소리로 대답했다.

"본성의 후속대에서도 소식이 없소?"

"예상대로라면 오늘 신시쯤 합류할 걸로 예상됩니다만, 아직은 아무 소식도 없습니다."

그제야 혁련호승이 미간을 찌푸렸다.

선도 지부야 제천단과 무천단만으로도 충분했지만, 잠강 지부는 선도 지부와 달랐다.

황파 지부에서 달려온 이백의 무사가 합류했다 해도 잠강을 친다는 것은 무리일 수밖에 없었다.

그럼에도 그가 자신만만하게 잠강으로 향한 것에는 이유가 있었다.

잠강과 천문 지부를 치면 전마성의 대대적인 반격이 있을 게 분명한 일. 그들을 막고 설립된 지부를 지키기 위해선 그만한 무력이 뒤따라와야 한다.

그들이 곧 올 것이었다.

그것도 천문 지부로 가는 사람들과는 비교도 안 될 강자들이.

다만 문제는, 혁련호승이 좌소천에게 지지 않기 위해 너무 서둘렀다는 것이다.

"좋아, 일단 쉬도록 해. 후속대가 오면 곧바로 친다!"

혁련호승이 짜증을 내며 명령을 내리고 임시 거처로 정한 객잔 중 하나로 들어갔다.

그즈음, 제천신궁의 후속대는 선도 지부를 출발해서 정신없이 달려오고 있었다.

하지만 달려오는 자들은 그들만이 아니었다.

잠강 지부에서도 전마성의 무사들이 다섯 갈래로 나뉘어서 이를 갈며 달려오고 있었다.

누가 먼저 올지, 그것은 도착했을 때나 알 수 있을 터였다.

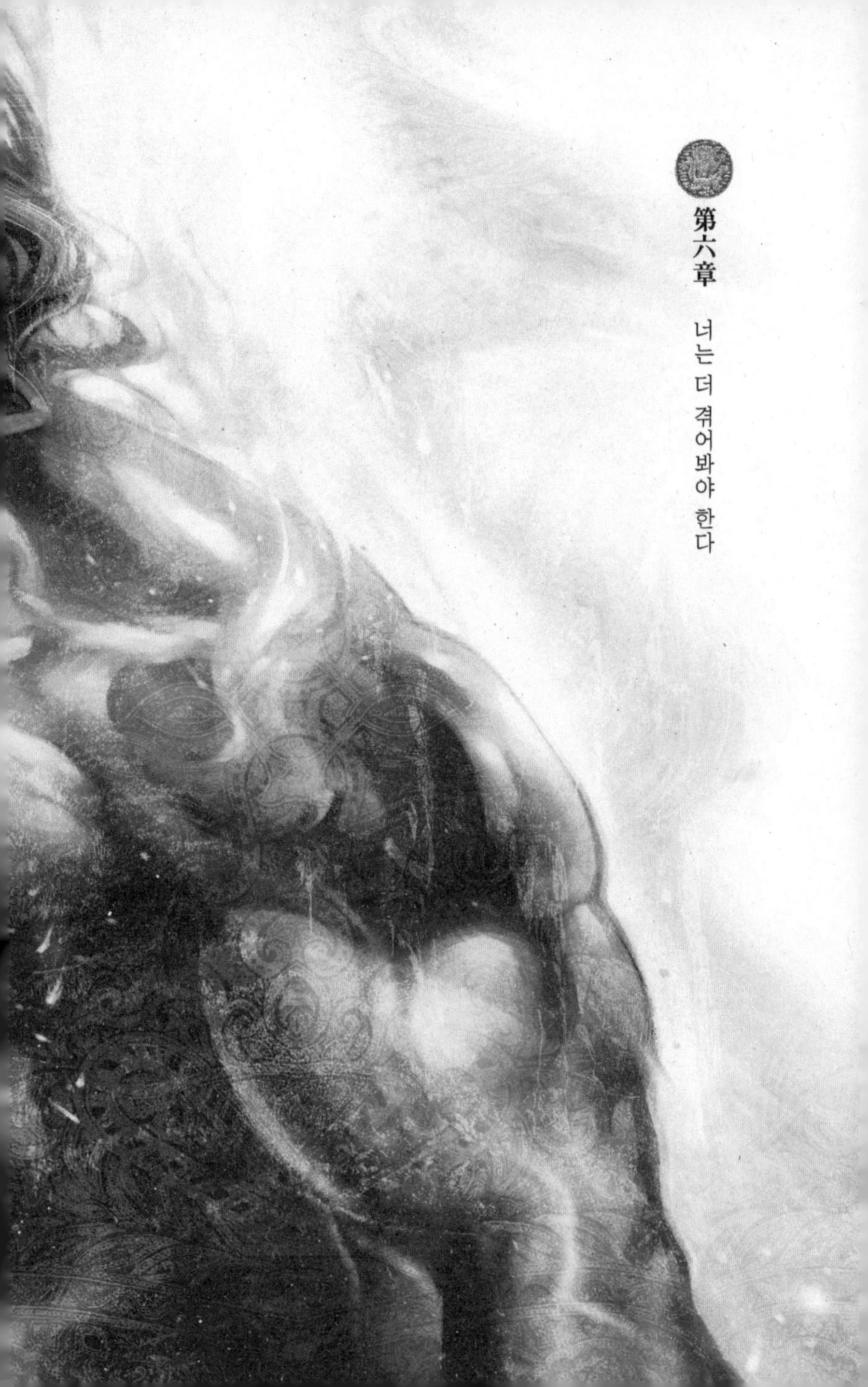

第六章 너는 더 겪어봐야 한다

절대
천왕
絶對天王

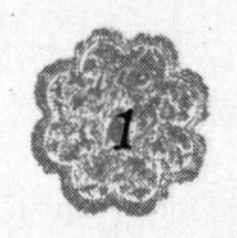

도대체 어떻게 올라갔을까.

눈처럼 하얀 마차가 가파른 절벽 위에 멈춰 서 있다.

"저기서 신녀를 구했다오."

노파의 목소리가 아련히 들리는 계곡의 급물살 소리와 섞여 들린다.

그때 백색 마차의 주렴이 걷혔다.

하얀 면사를 쓴 신녀가 고개를 내밀더니 한탄곡을 내려다보았다.

까마득한 저 아래쪽에 툭 튀어나온 곳이 가물가물하다.

그곳을 바라보는 신녀의 눈빛이 모호한 빛을 띠었다.

하지만 그도 잠시, 그녀의 눈빛이 기공 하나 없는 얼음마냥

투명해졌다.

"맞아요. 나는 저 위에 있었어요."

한령파파가 담담히 아래를 내려다보며 말했다.

"한 사람이 같이 떨어지면서 신녀를 그곳에 던졌다오. 손이 찢어지는데도 검으로 절벽을 찍으면서 속도를 늦추고 말이오."

극히 짧은 순간이나마 신녀의 눈빛이 흔들렸다.

"그가 누군지 아나요?"

한령파파가 슬며시 절벽 너머로 고개를 돌렸다.

사 년 전, 십이정한녀 중 하나를 시켜 그 일에 대한 것을 조사했다. 그리고 석 달 만에 당시 한탄곡에서 일어났던 일에 대한 내막을 들었다.

내막을 듣고 난 한령파파는 그 자리에서 딸이나 다름없는 그녀에게 자결을 명령했다. 그 일은 자신 외에는 누구도 알아선 안 되기 때문이었다.

결국 그녀는 자신의 복수를 부탁하고는 자신이 보는 앞에서 담담한 표정으로 목숨을 끊었다.

얼마 전, 한령파파는 그녀가 원한 보정의 백가장을 멸망시키며 그녀와의 약속을 지켰다.

애지중지했던 정한녀의 목숨과 맞바꾼 진실이 아닌가. 한령파파는 모든 것을 다 진실대로 말할 수 없었다.

설령 그게 신녀라 해도, 아직은.

마음이 흔들려서는 안 되니까.

사실 신녀가 한탄곡의 정확한 지형을 기억하고 있지 못했다면 대충 둘러댔을 것이었다. 신녀가 자신의 마음을 엿보고 자신을 죽인다 해도.

그러나 신녀는 너무도 정확히 한탄곡을 기억하고 있었다.

언젠가는 지난 일이 기억날지도 모르는 일, 한령파파는 모든 것을 속일 수 없다는 것을 알기에 진실과 거짓을 반반 섞어 말할 작정을 했다.

"나이가 젊다는 것만 알 뿐… 누군지는 알 수가 없었다오."

계곡의 바람 때문인지 그녀의 목소리가 잘게 갈라지며 흩어졌다.

"그는 어떻게 되었나요?"

"워낙 높은 곳에서 떨어진데다가 부상까지 입은 상태로 급류에 휩쓸려서……. 아마 그 상태라면 절정고수라 해도 목숨을 부지하기 힘들었을 것이오, 신녀. 하나 절벽에 검을 박았다고 해서 손이 찢어지는 걸로 봐서는……."

"그랬군요."

그때 계곡 아래에서 부는 바람에 면사가 출렁였다.

살짝 드러나는 면사 속의 얼굴.

옥빛 투명한 얼굴은 태양빛이 낯부끄러워 고개를 숙일 정도다. 누군가가 보았다면 넋을 잃고, 그녀의 손짓 한 번에 한탄곡으로 뛰어내렸을지도 몰랐다.

그녀가 앵두보다 더 붉은 입술을 슬며시 열어 나직이 말했다.

"그럼… 더 이상 얽매일 것이 없다는 말이겠군요."

향기가 흘러나올 것 같은 입술에서 하얀 서리가 내렸다.

"그렇다오, 신녀."

한령파파는 깊숙이 고개를 숙였다.

'신녀는 그래야 하오. 은(銀)이 아무리 크다 해도, 어찌 한(恨)보다 클 수가 있단 말이오.'

신녀가 손으로 잡고 있던 주렴을 놓았다.

"파파, 다음 정한기가 꽂힐 곳이 어디죠?"

한탄곡 위를 스쳐 가던 바람이 얼어붙었다.

"의성(宜城)의 한가장이라오."

"무당은 언제 갈 거죠?"

신녀의 갑작스런 물음에 한령파파가 어깨를 떨었다.

반드시 쳐야 할 곳이 무당이다. 그것만큼은 변함없는 사실이다.

그러나 누구도 그 깊이를 알 수 없는 곳이 무당이 아니던가.

신녀가 아무리 강하다 하나, 무당을 치려면 정한궁의 모든 힘을 기울여야 할 터였다.

설령 이긴다 해도 그 피해가 엄청날 것이 분명한 일. 그럼 남들에게만 좋은 일만 시켜주는 결과를 가져올 뿐이다.

그렇게 될 수는 없었다.

무당을 치고 자멸할 바에는 시기를 늦추는 것이 더 나을 것이었다. 지금도 정한궁의 힘은 꾸준히 커지고 있으니까.

"언젠가는 쳐야겠지만, 아직은… 아직은 아니라오. 하나…

그리 오래 기다리지는 않을 생각이라오."

"좋아요. 파파의 생각이 그렇다면 일단 한가장부터 치기로 해요."

"예, 신녀시여!"

2

천문 지부에서 잠강까지는 백여 리밖에 되지 않았다.

그럼에도 두 개의 강, 한수(漢水)와 천문하(天門河)가 사이에 있어 가는 길이 만만치 않았다.

더구나 오후부터 내리기 시작한 비로 인해 길은 더욱 더뎌질 수밖에 없었다.

좌소천은 이백여 명의 무사와 함께 잠강으로 향했다.

혁련호승이 곧 잠강을 칠 터. 그를 지원하기 위해서였다. 물론 그를 위해 먼저 달려갈 이유는 없는 만큼 시간을 적절히 조절했다.

직속무사들과 패천오대의 무사 팔십오 명.

포규상과 모이산이 이끄는 일대와 이대의 인원 팔십 명.

단청호와 평완동을 비롯한 황파 지부의 무사 이십.

효창 지부와 운몽 지부의 무사 이십.

나머지는 후속대가 오기 전까지 천문을 지키도록 했다.

문제는 네 명의 노인이었다.

좌소천은 떠나기 전, 네 노인에게 금방 돌아올 것이니 이틀만 천문에서 기다리라고 했다. 네 노인의 존재를 알면 분명 트집을 잡고도 남을 혁련호승이었다.

마침 비도 오는데다가 길도 진창길일 것이 분명한 일.

노인들은 허리가 뻐근하고 무릎이 쑤신다며 방에서 나오지도 않고 손을 흔들었다.

그렇게 떠난 좌소천 일행이 한수를 십 리 남겨놓았을 때 남향과 잠강 지부의 싸움 소식이 전해졌다.

"모장에서 치열한 접전이 벌어지고 있습니다, 향주!"

"모장? 잠강이 아니라 모장이란 말이오?"

"남향이 모장에서 후속대를 기다리는데, 잠강 지부의 무사들이 몰래 달려와서 기습을 한 것 같습니다. 다행히 이각 차이로 후속대가 도착하긴 했습니다만, 그 피해가 상당해 보입니다."

상황을 알아보기 위해 먼저 떠났던 선발대의 보고에 좌소천은 냉소를 지었다.

'혁련호승, 네가 스스로 무덤을 팠구나. 하긴 급하기도 했겠지. 나에게 질 수는 없었을 테니까.'

알맞은 시간에 도착했다.

한수를 건너 모장까지 가는 데 반 시진 정도.

그때쯤이면 뒷정리하느라 정신이 없는 상황일 터. 북향이 조금 늦게 도착한 것을 탓할 여유도 없을 것이었다.

"배는 준비되어 있소?"

"예, 향주!"

혁련호승은 이를 갈며 주위를 훑어보았다.

객잔 안이 온통 사상자들로 가득 차 있다.

피비린내가 코를 찌른다.

신음이 끊이지 않고 흘러나온다.

황파와 한천 지부의 무사들을 비롯해 제천단의 무사들까지 이백에 가까운 숫자가 죽거나 다쳤다. 심지어 무천단의 무사 중 두 명이 죽고, 세 명이 크고 작은 부상을 입은 상태다.

그나마도 후속대가 제때에 도착하지 않았다면, 더 많은 사람이 죽거나 다쳤을 게 분명했다.

혁련호승은 욕지거리를 씹어뱉으며 서쪽을 노려보았다.

"빌어먹을 새끼들! 비겁하게 기습을 하다니!"

분노가 끓어올라 견딜 수가 없었다.

전쟁에서 기습은 하나의 병법에 불과했다. 그런데도 막상 당한 입장에서는 분통이 터질 일이었다.

더구나 접전을 벌이던 놈들이 물러간 이유가 그를 더 화나게 했다.

천문을 함락시킨 북향이 모장으로 달려오고 있다는 소식이 전해지자, 놈들이 슬금슬금 물러서더니 어느 순간 갑자기 철수한 것이다.

좌소천은 천문을 함락시켰다.

그런데 자신은 뭐란 말인가!

잠강을 밟아보지도 못한 채 기습이나 당하는 꼴이라니!

"중상자들을 제외하고, 나머지 사람들은 속히 부상을 손봐라! 바로 잠강을 칠 것이다!"

한 소리 내지른 혁련호승의 눈에서 분노의 불길이 흘러나올 때였다. 두 사람이 혁련호승이 있는 곳으로 다가왔다.

"아무래도 당장 잠강을 치는 것은 어렵지 싶소이다."

조용익의 말에 혁련호승의 고개가 홱 돌아갔다.

"중상자들을 제외하고도 숫자가 사백이오. 놈들도 상당한 수가 이곳에서 죽었는데 뭐가 무서워 놈들을 치지 못한단 말이오?"

그때 조용히 서 있던 오십대 중반의 중년인이 눈살을 찌푸렸다.

"혁련 공자, 선도 지부에 남은 후속대가 도착할 때까지 기다리면 어떻겠나? 하다못해 북향이라도 오면……."

그는 제무전의 부전주로, 후속대를 이끌고 온 진혼검객 황창안이었다.

혁련호승은 차마 그에게는 심하게 말을 쏘아붙이지 못하고 입술을 씰룩였다.

―북향 따위의 도움은 없어도 됩니다!

그렇게 소리치고 싶었다.

하지만 상황이 그들을 필요로 하고 있었다. 빌어먹게도 말이다.

그래서 더 화가 나는 혁련호승이었다.

'내가 그 거지새끼의 도움을 받아야 하다니!'

다시 화가 끓어오르자 그는 공연히 황창안에게 화풀이를 했다.

"대체 왜 이리 늦은 것입니까?"

황창안은 혁련호승의 책임 추궁하는 듯한 말투에 얼굴을 굳혔다.

"본래는 내일쯤 공격할 계획이 아니었나? 내가 늦은 게 아니라 혁련 공자가 빨랐던 것이네."

"북향은 더 빨랐지 않습니까?"

"그래도 그는 성공했지 않나?"

혁련호승의 얼굴이 와락 일그러졌다.

"제길, 나도 후속대만 제때에 도착했다면 성공했을 겁니다."

황창안은 아무 말도 하지 않고 혁련호승을 노려보았다.

'돼먹지 못한 놈. 자신의 실수를 남에게 떠넘기다니.'

그때였다. 밖에서 커다란 소리가 들려왔다.

"북향의 향주께서 지원군을 이끌고 도착하셨습니다!"

일그러진 혁련호승의 얼굴이 벌겋게 달아올랐다.

'좌소천, 이 새끼. 오려면 좀 더 빨리 오던지 하지.'

좌소천은 부상자들 사이를 걸어 객잔 안으로 들어갔다.

저만치 서 있는 혁련호승이 보였다. 벌겋게 달아오른 채 일그러진 얼굴. 분노를 억지로 씹고 있는 모습이었다.

'아직 멀었다, 혁련호승. 너는 더 당해야만 돼.'

좌소천이 걸어가자 수많은 사람이 좌소천을 바라보았다.

단숨에 응성 지부를 삼키고, 그 다음날 천문 지부를 함락시킨 자.

단순히 그것뿐이었다면 사람들이 그를 놀란 눈으로 주시할 이유가 없었다.

총 피해가 칠팔십에 불과하다고 했다. 그나마도 죽은 사람은 삼십 명 내외.

가히 완벽에 가까운 승리를 일궈낸 사람이 바로 좌소천이었던 것이다.

말단 무사들에게는 그러한 사람 밑에 속하는 것이 소원이었다. 그래야 더 오래 살 수 있을 테니까.

"조금 더 빨리 왔어야 했는데, 비가 오는 바람에 늦었습니다."

모든 것을 비 탓으로, 하늘 탓으로 돌리는 좌소천이다.

혁련호승은 속으로 이를 갈면서도 겉으로는 분노한 표정마저 지워 버렸다.

마음에서마저 지고 들어갈 수는 없었다.

"늦게라도 와서 다행이다. 오지 않아도 되었는데, 공연한 걸음을 시킨 것 같구나."

"아닙니다. 그런데… 피해가 많은 것 같군요."

혁련호승이 썩은 땡감을 씹은 표정으로 말을 돌렸다.

"뭐, 그렇게 많은 피해는 아니다. 적들도 우리만큼 피해를 입었으니까. 그래, 몇 명이나 왔느냐?"

"이백을 데리고 왔습니다. 사상자가 칠팔십 명이나 생겨서, 나머지는 후속대가 올 때까지 천문 지부를 지키라 했습니다."

혁련호승은 주먹을 움켜쥐고 천천히 몸을 돌렸다.

'빌어먹을 새끼!'

남향은 삼백수십 명의 사상자를 내고도 정작 목표인 잠강은 아직 구경도 못해본 상태다. 그런데 칠팔십 명의 피해를 많은 것처럼 표현하는 좌소천이다.

그거야말로 자신을 놀리는 소리가 아니고 뭐란 말인가!

혁련호승이 몸을 돌리자 조용익과 황창안이 좌소천에게 말을 걸었다.

"무천단의 조용익이오. 말은 들었소. 참으로 대단한 일을 했더구려."

"제무전의 부전주인 황창안이네. 허어, 그렇게 적은 피해로 웅성과 천문을 차지하다니. 궁주께서 왜 그대를 향주로 임명했는지 이제야 알겠구먼."

마치 혁련호승에게 들으라는 듯 제법 커다란 목소리다.

좌소천은 속으로 웃음이 나왔지만, 담담한 표정으로 포권을 취했다.

"북향을 맡은 천소라 합니다. 두 분을 뵈어서 반갑습니다."

그때 조용익이 한술 더 떴다.

"천 향주, 남향의 향주께서 곧바로 잠강을 치자 하시는데, 그에 대한 천 향주의 생각을 듣고 싶소."

좌소천이 간단하게 그의 말에 답했다.

"남향의 향주는 혁련 형입니다. 저는 그저 지원을 왔을 뿐이지요."

혁련호승이 재빨리 고개를 돌렸다.

"그건 네 말이 맞다. 너는 지원군일 뿐이니 절대 멋대로 나서서는 안 될 것이다, 소천."

"당연한 일이지요."

황창안이 기이한 눈으로 좌소천을 바라보았다.

'소천? 이름이 천소라 하지 않았나? 혁련호승이 거꾸로 알아들었나?'

그사이 혁련호승이 좌소천에게 자신의 계획을 말했다.

"나는 곧바로 잠강을 칠 것이다. 나와 남향이 정면을 맡고, 황 부전주와 후속대가 남쪽을 맡을 거다. 그러니 네가 북쪽을 맡아라."

"그리하겠습니다."

여전히 담담한 좌소천의 대답에 혁련호승의 눈빛이 강해졌다.

"명심해라, 지휘자는 나라는 것을. 알겠느냐, 소천?"

"걱정 마십시오. 저희 북향은 북쪽에서 함부로 움직이지 않을 것입니다."

"좋아. 이각 후에 출발할 것이니, 수하들에게 명을 전하고 대기해."

좌소천은 가볍게 고개를 끄덕이고 돌아섰다.

조용익과 황창안이 거의 동시에 입을 달싹였다.
"나중에 이야기 좀 합시다."
"언제 조용히 좀 만났으면 싶군."
좌소천은 그런 두 사람을 향해 살짝 고개를 숙였다.
"그럼, 이만 나가보겠습니다."

혁련호승은 고집대로 이각 후에 출발을 알렸다.
좌소천은 묵묵히 북향의 무사들을 이끌고 한수를 따라 서쪽으로 이동했다.

비가 가늘어지더니 부슬비로 변했다.
한수에서 피어오른 희미한 안개가 강둑을 거슬러 오르자 마치 안개비가 내리는 듯하다.
그 덕에 백 장 밖이 잘 보이지 않는다.
잠강 북쪽, 한수를 따라 움직인 북향의 무사들에게는 천행이었다.
북향의 무사들이 야트막한 모래 언덕에 몸을 숨기고 잠강 지부의 북쪽 담장을 바라볼 무렵, 혁련호승의 남향이 먼저 공격을 시작했다.
"제천신궁 놈들이다!"
"막아! 죽여 버려!"
"선도 지부를 몰살시킨 놈들이다! 동료의 원수를 갚아라!"
챙! 차차창! 콰광! 쩌저저정!

"으악!"

"물러서지 마라!"

"크억!"

"단숨에 쓸어버려라!"

병장기 부딪치는 소리가 들리고 처절한 비명이 안개비를 뚫고 음울하게 울렸다.

동쪽의 정문 쪽과 남쪽이 전장으로 변하는 것은 순식간이었다.

그즈음에서야 북향의 무사들이 움직이기 시작했다.

움직임은 빠르고 조용했다.

선두는 이백의 무사 중 고수라 할 만한 자들이 섰다.

그들이 기러기가 날개를 편 모양을 한 채 달려가자 담장 위에서 주위를 감시하던 무사가 소리쳤다.

"적이다! 적이 몰려온다!"

그의 목소리가 안개비를 뚫고 울릴 즈음 담장과의 거리가 이십여 장으로 줄었다.

그 순간 담장 위로 오십여 명의 무사가 나타났다.

동시에 그들의 손에 들린 활이 당겨졌다.

쉬쉬쉬쉭!

수십 발의 화살이 날아들고, 날아든 화살이 달려가는 북향의 무사들에게 도착하기도 전에 또다시 활이 튕겨졌다.

오 장의 거리를 가는 사이 백여 발의 화살이 날아든다.

그러나 선두에 선 고수들에게 이십 장 거리에서 날리는 화살은 큰 위협이 되지 못했다.

티디디딩!

백여 발의 화살이 안개비 속으로 튕겨진다.

튕겨진 눈먼 화살에 서너 명이 약간의 부상을 입은 것을 빼고는 거의 피해가 없다.

더구나 워낙 빠르게 다가가는데다 좌우로 흩어지며 달려가는 탓에 조준도 되지 않는 상황이다.

거리가 십 장 안으로 줄어들자 위기를 느낀 담장 위의 무사들이 활을 집어 던지고 담에서 날아내렸다.

곧이어 이십여 명의 무사가 더 담장을 넘어왔다.

동시에 선두를 치달리던 삼십여 명이 일제히 몸을 날렸다.

"막아!"

"놈들이 담을 넘지 못하게 해! 어헉!"

가히 폭풍의 질주였다!

소리없이 전진하는 삼십여 명의 고수!

그들에게서 뿜어지는 기세는 잠강 지부의 무사들이 막을 수 있는 게 아니었다.

그들이 스쳐 가는 곳에선 여지없이 피가 솟구친다.

"으악!"

"크아악!"

삽시간에 삼사십 명이 베어진 짚단처럼 쓰러지고, 선두의 고수들이 다시 서너 걸음 옮기는 사이에 또 이십여 명이 무너져 내린다.

좌소천은 단 두 번의 칼질로 다섯 명을 쓰러뜨리고는 담장을 향해 훌훌 날아갔다.

곧이어 일순간에 오십여 명을 쓰러뜨린 선두가 일제히 몸을 날렸다.

남은 자들은 바로 뒤따라온 북향의 무사들이 파도처럼 쓸어버렸다.

삼십여 명이 담장을 넘어가는 소리가 기와에서 떨어지는 낙숫물 소리보다도 더 작았다.

선두가 바닥에 내려서자마자 뒤따라온 무사들이 담장을 넘어왔다.

거칠 것 없는 빠름!

가공할 위세!

놀란 전마성 잠강 지부의 무사들이 다급히 몰려들었다.

"놈들을 죽여!"

누군가가 겁에 질린 목소리로 소리쳤다.

그러나 그즈음에는 이백 명의 무사가 모두 담장을 넘은 후였다.

잠강 지부의 북쪽 담장을 지키던 적들은 모두 이백오십 정도. 그러나 이미 밖에서 칠십여 명이 쓰러진 상황이다.

남은 자들 중 그럭저럭 고수라 할 자들은 오십여 명에 불과해 보였다.

모장의 남향을 기습했던 자들 중에 마종각과 혈전각의 무사들이 섞여 있다 했는데, 그들은 정문 쪽과 남쪽을 막기 위해 모두가 몰려간 듯 보이지 않았다.

약간의 시차를 둔 것이 결국 그런 결과를 가져온 것이다.

그들을 향해 이백의 무사가 두 겹을 이룬 채 천천히 다가갔다.

좌소천이 직속무사들과 함께 중앙에 서고, 단청호와 평완동을 비롯한 황파 지부 무사들이 우측을, 포규상과 모이산이 이끄는 패천단의 정예들이 좌측을 맡았다.

그들과 잠강 지부 무사들 사이에는 너무 큰 실력의 격차가 있었다.

싸움이 시작되자마자 비명이 터져 나오기 시작했다.

한 번 시작된 비명은 꼬리에 꼬리를 물고 이어졌다.

순식간에 쓰러진 숫자만 오십여 명. 대부분이 적들 중 강해 보이던 자들이었다.

그들은 기선을 잡기 위해 멋모르고 달려들었다가, 몇 초도 견디지 못하고 낫에 베인 잡초처럼 쓰러졌다.

결국 북향이 담을 넘은 지 반 각이 채 지나기도 전, 잠강 지부의 북쪽을 지키던 이백의 무사가 반 이하로 줄어들었다. 그나마 살아남은 자들도 뒤로 물러서기에 정신이 없는 상황이 되었다.

한데도 북향은 그들을 급박하게 쫓지 않았다.

마치 벽이 밀려가듯이 천천히 걸음을 옮길 뿐이었다. 대신 달려드는 자들은 일말의 인정도 두지 않고 죽였다.

그것이 몇 차례 이어지니 잠강 지부의 무사들도 함부로 덤비지 않고 뒤로만 물러났다.

언뜻 보면 서로 대치한 상황에서 천천히 밀리는 것처럼 보이는 괴이한 광경이었다.

하지만 실상은 전혀 달랐다.

만일 좌소천이 쓸어버리라는 한마디만 하면 모든 것이 일각 안에 끝날 것이었다.

그러나 좌소천은 서두르지 않았다.

한편 북쪽에서 묘한 대치가 이어지는 사이, 정문과 남쪽의 격전은 더욱 치열해졌다.

마종각과 혈전각의 무사들은 전마성의 핵심 전력이다.

제천신궁의 제천단과 무천단에 비교되는 자들이 바로 그들이다.

그들의 숫자는 이백에 불과했다.

그러나 그들과 잠강 지부의 무사 사백이 합세하자 혁련호승이 이끄는 남향과 남쪽을 치고 들어온 후속대를 막기에 부족하지 않은 전력이 되었다.

마종각이 이백 명의 잠강 지부 무사들과 정문을 막고, 혈전각이 나머지 이백의 무사와 남쪽을 막는 형국이 이각 가까이 진행되었다.

특히 마종각의 무사들은 마치 혁련호승이 이끄는 남향이 그들에게 철천지원수라도 되는 것처럼 악을 쓰며 달려들었다.

그들은 모종의 싸움으로 아는 것이다. 남향이 선도 지부를 몰살시킨 주범들이라는 것을.

그렇게 정문의 싸움이 치열하게 흐르는데도 좌소천은 결코 서두르지 않고 적을 압박했다.

전격적인 공격을 하면 일각 안에 전체적인 싸움을 끝낼 수 있을 것이었다.

그러나 그리한다고 해서 자신에게 좋을 것은 하나도 없었다.

어차피 결심만 하면 이길 수 있는 싸움. 조금 빠른 승리 같은 것은 좌소천에게 별반 의미가 없었다.

혁련호승의 처참한 승리!

그것이 더 중요했다. 대계를 위하여!

이각 후.

좌소천은 연무장 쪽으로 잠강 지부 무사들을 몰아넣고 북쪽을 틀어막았다.

그즈음에는 남향과 후속대의 무사들이 대부분이 담장을 넘어온 상태였다.

좌소천 일행이 나타나자 격렬하게 저항하던 마종각과 혈전각의 무사들이 당황하기 시작했다.

반면에 남향과 후속대는 사기가 솟구쳤다.

그 미미한 차이로 인해 승부가 한쪽으로 기울기 시작했다.

좌소천은 멈춰 서서 전마성의 무사들을 살펴보았다.

다른 사람은 볼 것도 없었다.

갈의노인 한 명과 다섯의 사십대 적포중년인.

그들은 다른 자들에 비할 수 없는 고수였다.

특히 손에 월륜이라 불리는 반달처럼 생긴 기형 병기를 들고 있는 노인은 다른 어느 누구보다도 강해 보였다.

그는 진혼검객 황창안이 상대하고 있었는데, 겨루기 시작한 지 수십 초가 흐른 듯 두 사람의 옷은 군데군데가 찢겨져 있었다.

'종후전과 비슷해 보이는군.'

종후전이 자신에게 오 초를 견디지 못하고 무너졌다고는 하나, 당시 좌소천이 아니었으면 누구도 그를 이길 수 없었을 것이다.

"저 노인이 누군지 아십니까?"

좌소천의 물음에 단청호가 이를 지그시 깨물었다.

"월영신마 전호라는 작자네. 종후전과 함께 팔대호법 중 하나지."

"그럼 저쪽에 있는 자들도 아십니까?"

"으음, 그들은 전마성 최강의 자랑이라는 이십팔전마들로 보이는군."

이십팔전마(二十八戰魔).

전마성이 심혈을 기울여 키워냈다는 스물여덟 명의 인간 병기를 말함이다.

그들은 혁련호승과 조용익을 상대로 조금도 밀리지 않는 싸움을 하고 있었다.

비록 오 대 이의 싸움이라 하나, 그들로 인해 싸움이 쉽게 결정나지 않고 있다고 해도 과언이 아니었다.

"왜 보고만 있는 것이오? 우리 모두가 나서야 하지 않겠소?"

평완동이 불만인지 툭, 한마디를 던졌다.

좌소천은 차가운 미소를 머금은 채 앞만 바라보았다.

그걸 원했다면 혁련호승은 진즉 명령을 내렸을 것이다. 그러나 그는 자신이 온 것을 알고도 입을 꾹 다문 채 조용익과 함께 다섯 명의 전마를 상대하고 있을 뿐이었다.

아마도 자신의 힘으로 마무리 짓겠다는 뜻일 터였다.

아니나 다를까, 평완동의 물음에 답하기라도 하듯 혁련호승이 소리쳤다.

"소천! 북향은 나서지 말고 그곳에서 후방을 지켜라!"

좌소천은 그럼 그렇지 하는 마음으로 묵묵히 팔짱을 끼어 자신의 뜻을 보여주었다.

"아니, 대체 왜 저러는 것이오?"

평완동이 도무지 알 수 없다는 표정을 지었다.

다른 많은 사람들도 그와 같은 표정이었다.

자신과 혁련호승과의 관계를 모르는 사람들에게는 당연한 의문일 터였다.

그렇다고 먼저 사실대로 모든 것을 밝힐 수도 없는 일. 좌소천은 상황을 돌려 말했다.

"적들 중 우리를 의식해서 적극적으로 싸우지 않는 자들이 백수십 명이오. 악에 바치면 그들 역시 동귀어진을 마다하지 않을 것이오. 수하들을 불필요한 싸움에서 죽이고 싶소?"

불필요한 싸움.

혁련호승이 들었으면 미쳐 버렸을지도 몰랐다.

자신은 승리를 위해 사력을 다하고 있는데 불필요한 싸움이라니!

평완동이 고개를 갸웃거렸다.

"왜 불필요한 싸움이란 말이오?"

좌소천이 무심한 목소리로 말했다.

"우리의 목적은 상대를 많이 죽이는 것이 아니라, 적은 피해를 내고 지부를 설립하는 것이라는 점을 명심하시오."

"그래도 우리가 가세하면 더욱 빨리 싸움을 끝낼 수 있지 않겠소?"

'혁련호승은 바로 그게 싫은 거지.'

좌소천의 생각을 읽은 듯 공손양이 조심스럽게 입을 열었다.

"혁련 향주가 왜 향주님을 견제하는지 모르겠군요."

'그는 어릴 때부터 나를 죽이지 못해서 안달했지요.'

공손양이 고개를 돌려 좌소천을 돌아다보았다.

"혹시 전부터 알고 지내던 사이가 아닙니까?"

어차피 공손양에게는 말해줄 생각이었으나, 장소가 마땅치 않았다.

좌소천은 보일 듯 말 듯 미미한 미소만 지었다. 그 정도만으로도 공손양은 뭔가를 눈치 챌 것이 분명했다.

역시나 뭔가를 눈치 챘는지 공손양은 담담한 표정으로 고개를 돌렸다.

그때 좌소천의 눈에서 기광이 번쩍이더니, 입술이 실처럼 열렸다.

"월영신마, 그대가 신월맹의 한을 잊지 않았다면, 일단 후퇴하시오."

황창안과 대치하고 있던 전호의 어깨가 언뜻 봐선 보이지 않을 만큼 흔들렸다.

순간 황창안이 빛살처럼 검을 내질렀다.

두 자가량 뻗은 검강이 창날처럼 날아든다.

쩡!

월륜을 휘둘러 황창안의 검을 막아낸 전호는 그 충격을 이용해 재빨리 뒤쪽으로 삼 장을 물러섰다.

그도 좌소천 일행이 나타났을 때부터 상황이 절망적이라는 것을 느꼈던 터였다.

자존심이 아니었다면 벌써 물러났을지도 몰랐다.

그러던 차에 들려온 전음은 한가닥 남았던 그의 망설임조차 돌아서게 했다.

누구의 전음인지는 중요하지 않았다. 현실이 그럴 수밖에 없는 쪽으로 흐르고 있었다.

"모두 이곳을 빠져나간다! 후퇴해라!"

전호가 갑자기 소리치며 뒤로 몸을 빼자 황창안은 앞으로 달려가려다 말고 멈칫했다.

동시에 다섯 명의 전마가 마지못한 표정으로 물러섰다.

그러더니 그대로 몸을 날려 서쪽 전각 사이로 달려갔다.

마종각과 혈전각의 살아남은 무사들을 비롯해 전마성 잠강 지부의 무사들도 그들의 뒤를 따라 죽어라 달렸다.

"놈들을 쫓아! 쫓아가서 한 놈도 남기지 말고 모두 죽여 버려라!"

잠시 멍하니 서 있던 혁련호승이 악에 바쳐 소리쳤다.

황창안이 얼굴을 찡그리며 혁련호승을 바라보았다.

"이미 끝난 싸움이네. 그냥 놔두는 게 낫지 않겠나?"

"도망가는 적을 치지 않으면 나중에 다시 쳐들어올 겁니다."

일방적인 승리라면, 저들을 쫓아 제거하고 모든 일이 끝나는 것이라면 그리해야 할 일이었다.

하지만 도망치는 적은 결코 몰살을 당하고 남은 패잔병이 아니었다.

적의 주력 중 반 가까이가 살아서 도망가고 있었다. 도망갈 길마저 막으면, 그들은 분명 돌아서서 동귀어진도 마다하지 않을 것이었다.

그러잖아도 상당한 피해를 입은 터다. 더 이상의 피해를 입으면 승리하고도 적의 역습을 우려해 이곳에서 물러서야 할지 모를 판이었다.

"적은 악에 바쳐 있네. 지금 쫓아서는 오히려 수하들의 피해만 커질 뿐이네. 무리한 명은 거둬주게나."

그러나 혁련호승은 자신의 고집을 꺾지 않았다.

"뭐 하느냐?! 놈들을 쫓아라!"

머뭇거리던 무사들이 도망가는 전마성의 무사들을 향해 몸을 날렸다.

그러나 반 시진 동안의 치열한 격전을 벌이며 지칠 대로 지친 몸들. 성의를 다해 쫓는 사람은 일부분에 불과할 수밖에 없었다.

그에 반해 적은 사력을 다해 탈출하려는 자들.

더구나 잠시의 머뭇거림으로 인해 그 간격이 더욱 넓게 벌어진 상황이었다.

이를 부드득 간 혁련호승이 좌소천을 바라보았다.

"소천! 뭐 하느냐?! 너도 놈들을 쫓아!"

좌소천이 서쪽 전각 사이로 도망치는 자들을 보았다.

전마성의 무사들은 대부분이 사라지고, 뒤에 남은 사람들은 부상자들뿐이었다.

"이미 늦었습니다. 그냥 마무리하시지요."

"뭐야?! 네놈이……!"

혁련호승은 눈을 부릅뜨고 좌소천을 노려보았다.

좌소천의 말대로 그냥 마무리한다고 해서 뭐라고 할 사람은 아무도 없었다. 다만 가라앉지 않은 자신의 분노를 그들에게 풀고 싶었을 뿐.

생각 같아서는 자신의 명을 거부한 좌소천을 당장 혼내주고 싶었다. 좌소천의 무공이 자신의 생각보다 강하다는 것만 아니라면 그렇게 하고 싶었다.

그러나 실력도 좌소천이 자신보다 위고, 직위도 같았다.

'씹어 먹을 새끼! 어디 두고 보자!'

분노를 씹어 삼킨 혁련호승은 한 걸음에 일 장씩 성큼성큼 걸어가더니, 부상을 입은 채 신음하고 있는 전마성 무사들을 죽이기 시작했다.

좌소천에 대한 분노가 그들에게 떨어진 것이다.

"죽어, 이 새끼! 너도 죽어!"

순식간에 목이 잘리고 심장이 뚫린 채 다섯 명의 부상자가 죽임을 당했다.

"뭐 하는 짓인가!"

황창안이 화들짝 놀라 소리쳤다.

"흥! 이놈들에게 수하들이 죽었습니다. 당연히 죽여야지요!"

혁련호승은 냉랭히 코웃음치며 또다시 부상자 하나를 죽였다.

팍!

"컥! 이 개새……."

황창안이 분노한 표정으로 혁련호승을 향해 다가갔다.

"아무리 그래도 움직이지 못하는 자들을 죽인단 말인가?!"

"말리지 마십시오! 명령권자는 나지, 황 부전주가 아닙니다! 뭣들 하느냐?! 모두 적들을 죽여!"

눈이 벌게진 혁련호승이 사방을 쓸어보며 미친 듯이 소리쳤다.

하지만 북향의 무사 누구도 그의 명령에 움직이지 않았다.

"이 자식들이! 감히 명령에 불복하겠다는 것이냐?!"

버럭 소리친 혁련호승이 근처에 있는 북향의 무사를 향해 다가갔다.

"이미 검을 던진 자들입니다, 향주."

"감히 내 명령을 거부해?!"

순간이었다. 혁련호승의 검이 번개처럼 북향 무사의 가슴을 파고들었다.

미처 피하고 자시고 할 틈도 없었다.

누가 말릴 새도 없었다.

설마 그렇게까지 심하게 손을 쓸 줄은 꿈에도 모르고 고개를 숙인 무사의 심장에 검이 꽂혔다.

푹!

"허억! 이, 이……!"

혁련호승이 무사의 눈을 노려보았다.

"명령불복종은 죽음이란 것을 몰랐느냐!"

"무, 무사의 도도 모르는 노… 옴……."

"이런 개새끼가!"

혁련호승은 눈을 부라리며 무사의 배를 걷어찼다.

퍽!

일 장 밖으로 나가떨어진 북향 무사의 심장에서 붉은 선혈이 뿜어졌다.

"대체 그게 무슨 짓인가!"

황창안이 벌게진 얼굴로 대노해 소리쳤다.

홱, 고개를 돌린 혁련호승이 살기 띤 눈으로 주위를 쓸어보았다.

"또 누가 감히 내 명을 거부할 것이냐?!"

무사들이 일제히 분노한 눈으로 혁련호승을 노려보았다.

혁련호승이 검을 든 채 앞으로 걸어가며 쩌렁쩌렁한 목소리로 외쳤다. 충혈된 눈에서 혈광이 쏟아지는 듯했다.

"내가 누구냐?! 내가 바로 제천무제, 궁주의 아들이다! 너희들의 주인이란 말이다! 그런데 하인 놈들이 감히 주인의 명을 거부하겠다는 말이냐?!"

그의 앞에 서 있던 무사 하나가 악다문 입을 벌렸다.

"아무리 그대가 궁주의 아들이라 해도 우리를 이렇게 대할 수는 없소!"

"뭐야?!"

혁련호승의 몸이 스윽, 나아가더니 소리친 무사의 목을 향해 날아갔다.

"어디 죽이려면 죽여보시오!"

무사는 눈 하나 깜박이지 않고 날아드는 혁련호승의 검을 노려보았다.

"멈춰라!"

대경한 황창안은 검을 앞세운 채 혁련호승을 향해 몸을 날렸다.

그러나 그보다 좌소천이 먼저 움직였다.

어릴 때 혁련호승의 반쯤 돌아버린 눈을 본 적이 있었다. 자신의 발길질에 코피가 터진 혁련호승에게 남은 것은 살기뿐이었다.

지금의 눈이 그때와 같았다.

'네가 확실하게 무덤을 파는구나, 혁련호승!'

좌소천은 혁련호승이 북향의 무사를 죽였을 때부터 다음 변화를 지켜보고 있었다. 그때 다른 무사의 반항하는 말이 터져 나왔다.

좌소천의 몸이 서 있던 자리에서 사라진 것은 바로 그 순간이었다.

옆에 서 있던 사람들이 좌소천이 사라진 것을 느꼈을 때, 그는 이미 이십 장 떨어진 곳에 나타나 손을 튕기고 있었다.

땅!

혁련호승의 검이 무사의 세 치 앞에서 튕겨졌다.

그 여력에 옆으로 다섯 자가량 밀려난 혁련호승이 살기 띤 눈으로 좌소천을 바라보았다.

"네놈이……!"

"죄없는 수하를 죽이려 하다니, 해서는 안 될 행동을 했소."

"네가 감히 나를 막겠다는 것이냐?!"

뒤늦게 혁련호승의 옆에 도착한 황창안이 좌소천의 손을 들어주었다.

"천 향주는 당연히 할 일을 했다!"

하지만 혁련호승은 이글거리는 눈으로 좌소천만 노려보며 이를 갈았다.

"명령을 어긴 자다. 나는 상관으로서 놈을 즉결에 처할 자격이 있다!"

"그는 명령을 어기지 않았소."

"뭐야?"

"그는 향주의 말이 잘못된 것을 지적했을 뿐이오. 한데도 향주는 그를 죽이려 했소. 잘못한 것에 대해 인정할 것은 인정하시오."

형이라 하지도 않고, 공자라 하지도 않고 지위를 부른다. 너나 나나 같다는 말.

그 말투에 더 분노의 불길이 타오른 혁련호승이 부들부들 떨었다.

"좌소천! 네놈이 감히 나를 능멸하다니!"

악을 쓰며 외친 그가 손에 들린 검을 뻗어 좌소천을 공격했다.

마침내 인내의 한계가 무너진 것이다.

기껏해야 일 장의 거리.

쐐!

혁련호승의 검첨이 독 오른 독사의 이빨처럼 날아들었다.

"조심하게!"

황창안이 대경해 내지른 소리가 끝나기도 전, 좌소천은 좌수로 혁련호승의 검을 휘감았다.

'오냐, 이놈! 네놈의 손모가지를 잘라주마!'

하얗게 웃으며 검을 든 손을 비트는 혁련호승이다.

순간 시퍼런 강기가 쭉 뻗더니 휘돌았다.

그때다. 왼 손바닥에서 은은한 금빛 광채가 번쩍이는가 싶더니, 좌소천의 좌수가 혁련호승의 검 중동을 틀어쥐었다.

거의 동시, 우수 일권이 혁련호승의 가슴에 틀어박혔다.

그야말로 찰나간에 벌어진 일이었다.

쾅!

"커헉!"

혁련호승의 몸이 붕 떠서 허공을 날았다.

좌소천은 곧바로 검을 놓아주고는, 혁련호승이 검을 든 채 날아가도록 그대로 놔두었다.

털썩!

이 장을 날아간 혁련호승은 땅에 떨어지자마자 벌떡 일어섰다.

"이, 이놈의 거지새끼! 내 오늘 죽여 버리고 말겠다!"

반쯤 미쳐 버린 혁련호승은 앞뒤 가리지 않고 몸을 날렸다.

이성을 잃은 그의 전신에서 제천신공의 기운이 뭉클거리며 흘러나왔다.

그가 강하게 나올수록 좌소천으로선 나쁠 게 없었다.

누가 있어 혁련호승을 제재할 수 있을까.

황창안조차 몇 마디 노성을 내질렀을 뿐, 직접적인 제재는 못하고 있는 터다.

어쩌면 일반 무사들은 혁련호승이 더 혼나기만을 바라고 있을지도 몰랐다.

'그래, 혁련호승. 어디 네 마음껏 날뛰어봐라!'

좌소천은 슬쩍 뒤로 물러서며 코앞으로 날아든 혁련호승을 향해 쌍권을 휘둘렀다.

제천신공이 아무리 뛰어나다 해도 혁련호승의 경지는 칠팔성에 불과하다. 그 정도로는 작정하고 펼쳐진 좌소천의 건곤신권을 파훼할 수가 없었다.

건곤신권이 펼쳐지자 혁련호승의 검세가 흔들렸다.

좌소천은 그걸 보고도 몇 걸음 더 물러서며 혁련호승의 화를 돋우었다.

"혁련 형, 포기하시오. 그 정도로는 나를 어쩔 수 없소."

좌소천의 전음이 귀청을 때린다.

자신을 놀린다 생각했는지 혁련호승의 검세가 더욱 거세졌다.

시뻘게진 얼굴!

미친 듯 검을 휘두르는 그의 두 눈에서 불길이 쏟아졌다.

그러더니 끝내 그가 넘지 않아야 할 선을 넘고 말았다.

"개자식! 네 병신 아비처럼 목을 잘라 죽여 버리겠다!"

좌소천은 굳은 표정을 한 채 미친 듯 달려드는 혁련호승을 노려보았다.

말이 필요없는 상황!

뒤로 물러서던 좌소천이 앞으로 한발을 내딛었다.

두 손이 엇갈리는가 싶더니 혁련호승의 검세를 감싸고 휘돈다.

고오오오!

분노한 와중에도 당황한 빛이 역력한 얼굴!

좌소천은 당황한 혁련호승의 검을 한쪽으로 밀어내며 일순간에 팔권을 후려쳤다.

대경한 혁련호승은 다급히 제령수를 펼쳐 좌소천의 주먹을 막아갔다. 그러나 그가 막기에는 좌소천의 주먹에서 쏟아지는 묵빛 권세가 너무 강했다.

그의 제령수에 세 번의 주먹질이 막혔지만, 나머지 오권이 어깨에서 단전까지 찰나간에 틀어박혔다.

퍼버버벅!

"커어억!"

신음을 토하며 뒤로 튕겨지는 혁련호승의 입에서 가느다란 선혈이 흘러나온다.

좌소천은 여전히 석 자의 거리를 둔 채 혁련호승을 그림자처럼 따라갔다.

동시에 좌소천의 두 손이 살짝 뒤집어지고, 묵광 속에서 은은한 금빛 광채가 피어났다.

좌소천의 두 손이 혁련호승의 가슴에 닿았다 떨어진 순간!

콰광!

비명도 지르지 못한 혁련호승이 삼 장 밖으로 날아갔다.

털썩!

그의 몸이 땅에 떨어지자 피로 물든 땅에서 먼지가 솟구쳤다.

반사적으로 벌떡 일어선 혁련호승이 허리를 꺾었다.

"우웩!"

한 움큼의 피가 쩍 벌린 입에서 쏟아진다.

부들부들 떨던 그의 몸이 천천히 앞으로 꼬꾸라진다.

좌소천은 혁련호승이 땅바닥에 이마를 처박는 모습을 굳은 표정으로 지켜보았다.

"당신은 내 선친을 모욕하지 말았어야 했소."

"이, 이… 거지……."

"분명히 말했었소. 다시는 참고 있지만 않겠다고. 그나마도 당신이 궁주의 아들인 것을 감사히 생각하시오. 아니면 오늘 내 손에 죽었을 테니까."

"우웩!"

혁련호승이 다시 한 번 피를 토하더니 반쯤 일어서다 말고 또 꼬꾸라졌다.

그제야 조용익이 두 사람에게 달려왔다.

솔직히, 얄밉던 혁련호승이 두들겨 맞은 것은 속이 다 시원했다.

그러나 어찌 되었든 자신이 모시는 상관이 아니던가. 더구나 궁주의 아들이고 말이다.

"괜찮소, 혁련 공자?"

혁련호승은 그의 부름에 몸만 꿈틀거렸다.

조용익이 좌소천을 올려다봤다.

“너무 심하게 손을 쓴 것이 아니오?”

“죽지는 않을 것이오.”

“하나……. 하아, 거 참…….”

조용익이 쓰디쓴 표정을 지으며 고개를 저었다.

그때 황창안이 다가왔다.

“그는… 그렇게 맞아도 싸다네, 조 대주.”

“물론 수하를 죽였으니 그렇긴 합니다만…….”

황창안이 딱딱하게 굳은 눈으로 혁련호승을 내려다봤다.

“그 이유 때문이 아니네.”

“예?”

조용익이 황창안을 바라보자 황창안은 고개를 돌려 좌소천을 응시했다.

“혁련 향주가 좌소천이라 부르더군.”

좌소천은 무심한 표정으로 고개만 끄덕였다.

“그럼… 자네가 신유 좌유승 태군사의 아들인가?”

쿵!

조용익은 간덩이가 떨어져 나가는 충격에 홱, 고개를 돌렸다.

근처에 다가와 있던 사람들도 모두가 충격을 받은 듯 눈을 부릅떴다.

장내가 갑자기 낙엽 떨어지는 소리조차 들릴 정도로 조용해졌다.

좌소천이 나직이 대답했다.

"제 선친이십니다."

"역시 그랬군! 모정에서 자네를 소천이라 부르는 게 이상하다 했더니!"

"맙소사!"

황창안과 조용익의 목소리가 떨려 나왔다.

그럴 수밖에 없었다.

황창안은 신월맹을 칠 당시 무천단의 대주였다.

그리고 조용익은 제천단의 대주였다.

게다가 이곳에 있는 무천단의 고수들은 모두 그 당시 제천단에 있던 사람들이었고, 제천단의 무사들은 반수 이상이 당시에도 제천단에 속했던 자들이었다.

그들은 감회가 깊은 눈으로 좌소천을 바라보았다.

그때 황창안의 말이 이어졌다.

"혁련호승은 본 궁의 일등공신인 신유 좌유승 태군사를 모욕했네. 그것은 이곳에 있는 우리 모두를 모욕한 것보다 더 지독한 일이지. 이 일에 대해선 내가 직접 궁주께 아뢸 것이네."

그제야 조금 전 혁련호승의 말을 상기한 무사들이 바닥에 꼬꾸라져 있는 혁련호승을 싸늘한 눈으로 쳐다보았다.

어떤 자는 바닥에 침을 뱉고, 어떤 자는 코웃음치며 욕도 서슴지 않았다.

"퉤! 자기 앞가림도 못하는 자가 어디서 태군사를 욕한단 말인가!"

"흥! 처음부터 알아봤지. 어린놈이 궁주님만 믿고 돼먹지 못한 짓을 하더니……."

좌소천은 잠시 혁련호승을 바라보고는 몸을 돌렸다.

"부상자들이 많으니 일단 그들부터 돌보는 게 순서 같습니다. 그리고… 혁련 향주도 안으로 옮기지요."

"으음, 알겠네. 그리하지."

황창안이 고개를 끄덕였다. 그러고는 걸음을 옮기는 좌소천의 등에 대고 나직이 입을 열었다.

"잘 참았네."

좌소천의 입가로 가느다란 냉소가 걸렸다 사라졌다.

'혁련호승, 적어도 일 년은 고생해야 할 것이다. 물론 낫는다 해도 무공을 제대로 펼칠 수는 없을 테지만.'

그냥 죽일 수도 있었다. 하지만 개 같은 자의 목숨 하나 얻자고 자신의 계획을 망칠 수는 없는 일. 좌소천은 혁련호승의 혈맥 서너 군데만 끊어놓았다.

도저히 고칠 수 없는 곳으로 골라서.

'너는 약자의 설움을 더 겪어봐야 한다. 그리고 나를 위해 더 많은 일을 해줘야 돼.'

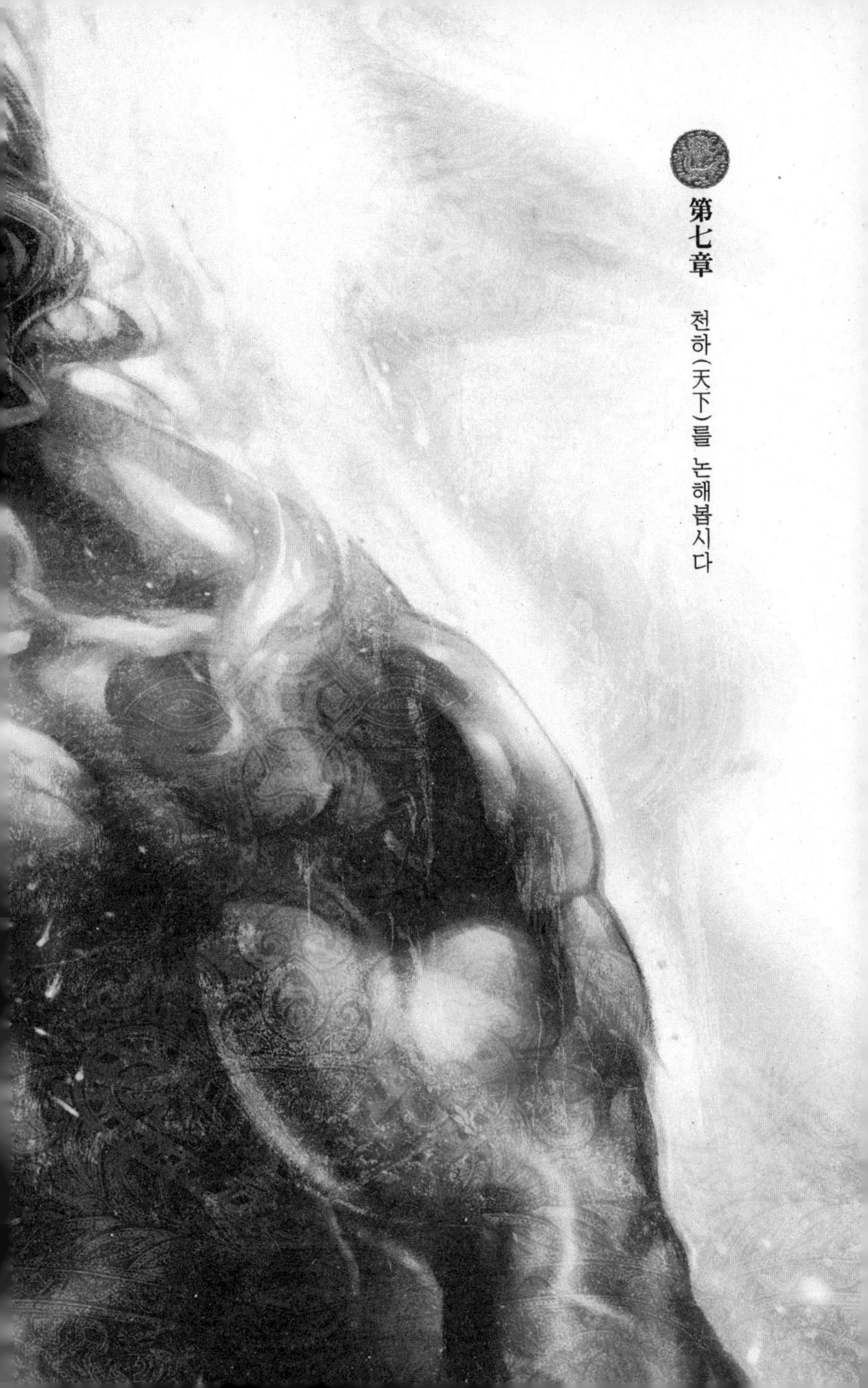

第七章 천하(天下)를 논해봅시다

절대
천왕
絶對天王

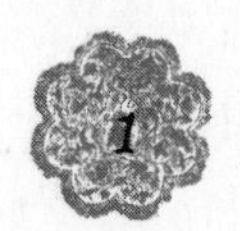

전마성의 대전마전(大戰魔殿).

기다란 탁자를 사이에 두고 수십 명이 앉아 있다.

입을 꾹 다문 채 사도철군의 시선을 피해 탁자 위만 바라보는 사람들이다.

특히 무릎을 꿇고 있는 월영신마 전호는 입이 백 개라도 할 말이 없어 처분이 떨어지기만을 기다리는 상태다.

전호가 전마성에 도착하고, 그에게서 잠강 지부의 소식이 전해졌다. 천문 지부의 소식이 전해진 지 한나절 만이었다.

사도철군은 당장 잠강으로 달려갈 것처럼 대노했다.

원로 몇이 말리지 않았다면 분명 그러했을 것이었다.

그러나 사람을 모아야 하고, 상대의 정황을 알아야 한다며 원로들이 말리자, 그는 이각 만에 분노를 가라앉히고 의자에 몸을 묻은 채 입을 다물었다.

그리고 지금까지 깊은 생각에 잠겨 입을 열지 않았다.

사도철군의 입이 다시 열린 것은, 그가 입을 다문 지 근 한 시진 만이었다.

뜻밖에도 대노해 터뜨리는 노성이 아니라 어이없어 하는 나직한 한숨이었다.

"하아, 참으로 한심하군."

차라리 때려죽이겠다며 분노를 토해내면 나을 것이었다.

한데 철혈마제답지 않은 한숨이 나온다.

앉아 있는 사람들은 숨을 멈추고, 전호는 고개를 더욱 깊게 숙이고 이마를 바닥에 댔다.

"저를 죽여주십시오, 성주."

사도철군의 굵은 눈썹이 슬며시 치켜졌다.

"그대를 죽이면, 그러면 잠강 지부가 다시 우리 것이 되나?"

"하오나 수하들이 죽어갔는데도 몸을 돌린 죄, 죽어 마땅……."

"그럼 살아온 사람들을 다 죽여야겠군. 그러기를 바라나?"

"아니옵니다, 성주. 저만……."

"그만!"

사도철군이 버럭 소리를 질렀다.

대전마전이 우르릉 흔들렸다.

"그렇게 죽고 싶으면 나중에 놈들을 죽이고 죽어!"

"성주!"

"단 이틀 사이에 네 개의 지부를 빼앗겼다! 그리고 칠백의 무사를 잃었지! 이제 우리가 놈들을 쳐야 하는데, 내 손으로 수하들을 죽이란 말인가?!"

눈을 부릅뜬 사도철군의 말에 전호가 머리를 바닥에 찧었다.

쿵!

사도철군이 털썩, 의자에 등을 기대고 손을 저었다.

"그러니 허튼소리 말고 앉아!"

그때 좌측에 앉아 있던 학자풍의 백의중년인이 조심스럽게 입을 열었다.

"셋째 공자가 천문 지부에 잡혀 있다 했습니다, 주군. 그들이 셋째 공자를 죽이지 않았다는 것은 뭔가 협상을 하고자 함이 아니겠습니까?"

인상을 찌푸린 사도철군이 주먹을 쥐어 태사의의 손잡이를 내려쳤다.

탕!

"아들 때문에 복수를 하지 말라는 말인가?!"

"조금 늦추자는 것이지요. 상황을 알고 난 뒤에 해도 늦지 않습니다. 그 와중에 셋째 공자님까지 구할 수 있으면 더 좋지 않겠습니까?"

"그렇게는 할 수 없네! 내일 당장 쳐들어갈 것이야!"

사도철군의 우격다짐에도 백의중년인은 자신의 의견을 쉽

게 굽히지 않았다.

"성주, 정 그러시면 며칠만이라도 늦추시지요. 제가 정확한 사정을 알아보도록 하겠습니다."

"며칠?"

분노가 쏟아지던 사도철군의 눈빛이 조금 가라앉았다.

이때라는 듯 백의중년인이 사정을 설명했다.

"우리가 꼭 탈환해야 할 곳이 잠강인데, 그곳에는 지금 천문 지부에서 온 지원군이 머물러 있습니다. 제 생각이 잘못되지 않았다면, 그들은 사흘이 지나기 전에 천문으로 돌아가게 될 것입니다."

"그들이 함께 있는 것은 잘된 것 아닌가, 도운? 한꺼번에 해결할 수 있으니 말일세."

"꼭 그렇게 생각할 수만도 없는 것이, 천문 지부에서 온 자들의 능력을 정확히 짐작하기가 힘들다는 것입니다, 주군. 자칫 큰 피해라도 나면 혁련무천이 엉뚱한 생각을 품을 수도 있습니다."

"젠장할!"

사도철군이 육두문자를 뱉어냈다.

틀린 말이 아니다. 전이었다면 걱정할 것도 없이 쳤을 것이다. 그러나 지금은 북쪽으로 상당수의 무사들을 파견하느라 본성에 남아 있는 무사가 그리 많지 않다.

더구나 응성 지부와 천문 지부를 쳤다는 자. 그자가 문제였다.

세상에, 두 곳을 점령하면서 사상자가 백 명도 안 나왔다지를 않는가!

게다가 종후전과 아들이 합공하고도 그자에게 십 초를 버티지 못하고 사로잡혔다고 했다.

사도철군이 우측으로 고개를 돌리더니, 황의를 입은 얼굴이 길쭉하고 입술이 얇은 오십대 초반의 중년인을 바라보았다.

"그놈에 대해 더 밝혀진 것이 있나, 웅겸?"

마영각주 가웅겸이 고개를 숙였다.

"아직은……. 그저 이십대 중반도 되지 않는 것 같다는 말만 들었습니다, 성주."

"환장하겠군!"

중년인, 백리도운은 사도철군의 눈빛이 완연히 가라앉은 것을 알고는 다시 입을 열었다.

"며칠 사이에 급박한 일은 벌어지지 않을 것입니다. 후속대까지 보낸 제천신궁입니다. 그들이 사람을 더 보낼 거였다면 이미 도착했을 것이 아니겠습니까? 그러니 그사이 더 완벽한 준비를 하는 것도 그리 나쁜 일은 아닐 거라는 게 제 생각입니다, 주군."

하는 수 없다 생각했는지 사도철군이 못마땅한 표정으로 명령을 내렸다.

"좋아! 도운, 너는 최대한 빠른 시간 안에 놈들의 상황을 철저히 알아보도록 해라! 그리고 나머지 사람들은 언제라도 출동할 수 있도록 만반의 준비를 갖춰놓도록 해라!"

"예, 주군."

"복명!"

"도운과 웅겸만 남고 모두 나가서 일들 봐! 전 호법, 그대도 가서 쉬도록 하고!"

잠시 후, 사도철군은 대전에 남은 백리도운과 가웅겸을 바라보며 쓴웃음을 지었다.

"천하의 철혈마제가 아들 하나 때문에 이런 수작을 부려야 하다니."

백리도운이 담담히 말했다.

"자식을 둔 어버이는 누구나 같지 않겠습니까?"

"그래도 그렇지……."

"너무 마음 쓰지 마십시오. 아마 본 성의 무사들 모두가 주군을 이해할 것이옵니다."

천천히 고개를 저은 사도철군이 표정을 굳혔다.

"하나 기다리는 것도 사흘뿐이네. 더는 안 돼."

"주군."

"자식을 잃는 것은 슬프지만, 그건 나만의 슬픔일 뿐이네. 그 어찌 다른 수백 수하들의 가족이 겪는 슬픔만 하겠는가?"

"수하들이 모두 주군의 마음을 알고 있사옵니다."

"그래서 안 된다는 거네. 사흘을 기다려도 뚜렷한 방법이 없다면… 나는 그 아이를 죽은 자식으로 생각할 것이니 그리 알게."

결연한 표정의 사도철군이다.

격정에 찬 가웅겸이 입술을 씹으며 고개를 숙였다.

"무슨 수를 써서라도 셋째 공자를 구해보도록 하겠습니다."

"그렇다고 서두르진 말아. 한 사람이 중요한 때이니까."

"예, 주군!"

2

잠강 지부의 일이 어느 정도 정리되자 무천단과 제천단은 제천신궁으로 돌아갔다.

비참한 승리를 한 혁련호승은 마차에 실린 채 귀궁(歸宮)하는 신세가 되어버렸다.

좌소천도 선도 지부의 무사들이 도착하자 잠강 지부를 떠났다.

떠나기 전 황창안에게 천문 지부의 지부장으로 올 사람에 대한 말을 듣고 좌소천은 놀람을 금치 못했다.

파혼신창 악청백.

바로 그가 천문 지부장으로 온다는 것이었다.

돌아가는 길은 너무나 쾌청했다.

가던 길 중간의 야산 능선에 핀 꽃들과 연초록 벌판이 너무 아름답고 평온해 보여서 천천히 가고 싶을 정도였다.

천문하를 건너기 위해 준비된 배가 보이자 공손양이 넌지시 말했다.

"향주, 좀 쉬었다 가는 게 어떻겠습니까?"

좌소천은 조용히 고개를 끄덕이고는 천문하가 내려다보이는 야산 능선에서 무사들을 쉬게 했다.

세 시진의 휴식 시간.

어떤 자들은 냇가로 달려가 고기를 잡는다고 난리를 치고, 몇몇은 상류 쪽에 보이는 고깃배로 달려가 잡은 물고기를 사오기도 했다.

자갈로 화덕을 만들고, 마른 나뭇가지를 주워 내력을 일으켜 말리고는 불을 피웠다.

십여 군데서 연기가 피어오르자 무사들이 왁자지껄 모여들었다.

곧 물고기 굽는 냄새가 퍼졌다.

개중에 소금을 가지고 다니는 자들도 더러 있어서, 그럭저럭 간을 맞춘 물고기는 그 어떤 양념을 한 것보다도 맛이 있었다.

평화로운 휴식.

전날 피를 본 사람들이라고 볼 수 없는 환한 웃음.

하늘은 왜 저토록 평범하게 살아갈 수 있는 사람들에게 칼을 쥐게 했을까?

좌소천은 묵묵히 그들을 바라보고는 신시 초가 되자 출발을 알렸다.

결국 일행은 반나절도 더 걸려 천문에 도착했다.

황창안의 말대로 악청백이 이백의 무사들을 대동하고서 지부장으로 와 있었다.

"어찌 된 일입니까?"

"심심해서 궁주를 졸랐네."

악청백의 간단한 대답에 좌소천은 쓴웃음을 지었다.

백여 명밖에 안 되는 패천단을 지키기가 심심했다는 말이다.

물론 핑계라는 것을 모를 좌소천이 아니었다.

"아마 자네가 패천단을 맡게 될 거네."

하지만 악청백 입에서 나온 뜻밖의 말에는 좌소천도 놀라지 않을 수 없었다.

그냥 하는 말이 아닐 것이었다.

"궁주께서 그리 말씀하셨습니까?"

"내가 막 떠날 때, 자네가 웅성을 함락시켰다는 말이 들렸네. 궁주뿐만이 아니라 모두가 놀랐지."

악청백이 슬며시 미소를 지었다.

"그때 내가 그랬네. 패천단의 주인으로 나보다 자네가 더 적격이라고 말이야. 궁주께선 한참을 생각하더니 그것도 괜찮겠다고 하시더군."

"그럼 확실한 것은 아니군요."

"글쎄, 적어도 네 사람이 듣는 앞에서 한 말이네. 쉽게 말을 바꾸지는 않을 것이야."

그는 자신의 말을 함부로 바꾸는 사람이 아니다. 적어도 몇 사람이 들은 상황에서는.

그렇다면 거의 확실하다는 말.

"한동안 말들이 많겠군요. 반대하는 사람이 많을 텐데, 단주님이 봤을 때 제가 그 자리를 맡아야 한다고 생각하십니까?"

악청백의 표정이 무겁게 굳어졌다.

"하늘이 될 생각을 했다면, 적어도 하늘에 더 가까이 있어야 하네. 거절하지 말게."

좌소천의 표정도 무심하게 가라앉았다.

호기가 될 수도 있고, 자칫 우리 안에 갇히는 꼴이 될 수도 있다. 다만 분명한 것은, 혁련무천과 가까이 있다 보면 그만큼 의문점과도 가까워진다는 말이었다.

곧 두 사람의 얼굴에 담담한 미소가 번졌다.

악청백은 자신이 사람을 잘못 보지 않았다는 점에서, 좌소천은 악청백이 마침내 마음을 굳혔다는 것을 알았기에.

"그럼 한두 가지 일만 끝나면 바로 돌아가야겠군요."

"바람이 불기를 기다리겠네."

천문 지부를 함락시킨 다음날 아침부터 포착된 은밀한 움직임은 좌소천이 잠강에서 돌아왔을 때에도 여전했다.

마음이 조급해졌는지, 아니면 천문 지부의 무사들이 모르는 척하는 것을 알지 못했는지는 몰라도, 그들의 은밀함은 전보다 덜해진 상태였다.

좌소천과 공손양은 상대가 조급해졌다는 것으로 봤다.

그들이 조급해할 이유는 하나밖에 없었다.

사도진성을 빼내기가 그만큼 어렵다는 것 때문이 아닐 것이다.

그보다는 때가 가까워지고 있다는 것.

바로 그것 때문일 것이 분명했다.

"이제 풀어줄 때가 된 것 같군요."

"예, 향주. 아마 내일쯤이면 사도철군의 인내심이 한계에 다다를 것입니다."

다음날 아침.

새벽에 천문 지부를 출발한 좌소천은 서쪽으로 백 리가량 떨어진 조태현(趙台縣)에서 사도진성과 종후전을 풀어주었다. 내공을 쓰지 못하게 막아놓았던 혈도까지 풀어준 채.

사도진성은 이를 악물고 좌소천을 쳐다보고는 마지못한 표정으로 한마디 내뱉고 몸을 돌렸다.

"이 빚, 잊지 않지."

좌소천은 묵묵히 서서 서쪽만 바라보았다.

창백한 얼굴의 종후전이 그런 좌소천을 보고는 고개를 저었다.

"잠강도 우리가 졌나?"

지금까지 그것에 대해서는 입을 다물었다.

아마 궁금하기도 할 터였다.

좌소천이 담담한 표정으로 대답을 해주었다.

"그렇소."

종후전의 입에서 힘없는 목소리가 새어 나왔다.

"하긴 그대가 갔다면 질 수밖에 없었겠지. 그래, 전 호법은?"

"그는 전마성으로 돌아갔소. 가시거든 그에게 내 말을 전해 주시오. 판단 내리기 어려운 상황이었는데도 옳은 판단을 해서 다행히 서로 간에 피해가 적어졌다고 말이오."

종후전이 의아한 표정을 지었다.

하지만 곧 그러려니 하고 고개를 끄덕였다.

"알겠네. 그리 전하지."

3

사시 무렵, 한 마리 전서구가 마영각에 앉았다.

급박함을 알리는 붉은 전통이 매달린 전서구였다.

마영각에서 전서구를 담당하던 마영삼호는 전통을 열어보자 마자 눈을 휘둥그렇게 떴다.

그리고 반 각.

붉은 전통에 들어 있던 서신 한 장이 가웅겸의 손에서 백리도운의 손으로 넘어갔다.

셋째 공자와 종 호법께서 풀려나 사양 지부에 오셨습니다. 셋째 공자의 몸은 건강한 상태로 보입니다만, 종 호법은 단전을 다쳐 상황이 썩 좋은 편은 아닙니다.

전서를 읽은 백리도운의 눈이 파르르 떨렸다.

"어떻게……?"

사도진성은 다섯 겹의 감시망으로 하루 종일 둘러싸여 있는 상태였다.

그 숫자만도 이백 명이나 되었다.

결국 오늘 아침 해가 뜰 무렵, 도저히 기회가 나지 않는다는 연락이 왔다.

사도철군도 상황을 알고는 아침이 되자 무사들을 소집하라는 명을 내렸다.

"죽은 수하들의 복수를 할 것이다! 내 아들을 생각지 말라! 내 아들은 사흘 전 적진에서 죽었노라!"

복수를 위해 아들을 버리겠다는 사도철군이다.

무사들의 피가 끓었다!

"놈들을 죽이자! 제천신궁 놈들을 갈아 마셔 버리자!"

"잠강과 천문을 되찾아 주군의 마음에 보답하자!"

그것이 불과 한 시진 전의 일이었다.

한데… 사도진성이 풀려난 것이다.

"어찌 생각하는가?"

가웅겸의 물음에 백리도운의 얼굴이 창백해졌다.

"어쩌면… 그자는 이런 상황을 알고서 사도진성을 풀어주었을지도 모릅니다."

"그게 무슨 말인가? 그가 어찌 우리의 상황을 안단 말인가?"

백리도운이 고개를 저었다.

"현재의 상황을 말하는 게 아닙니다."

그는 가웅겸의 눈을 똑바로 바라보고 자신의 생각을 말했다.

"주군의 명이 떨어진 것은 오늘 아침입니다. 그리고 그가 셋째 공자와 종 호법을 풀어준 것도 오늘 아침입니다. 후우, 그러니 이리 될 거라는 것을 그가 미리 예측했다는 말이지요. 우리가 오늘쯤 움직일 거라는 걸 말입니다."

"흠, 그럼 겁이 나서 보냈다는 건가?"

백리도운이 쓴웃음을 지었다.

"차라리 그렇다면 얼마나 좋겠습니까마는, 그럴 사람이라면 처음부터 살려놓지도 않았겠지요."

"그럼 자네 말은……?"

백리도운의 답하는 목소리가 가늘게 떨렸다.

"주군께서 이 사실을 알면 어떻게 하실 거라 생각하십니까?"

그제야 가웅겸의 표정도 굳어졌다.

"설마?"

"그는… 주군의 성격을 미리 파악하고 이런 수를 쓴 것입니다. 진정 너무나 무서운 자입니다, 각주."

"……."

한참 만에야 가웅겸이 힘들게 입을 열었다.

"우리만 알고 있으면 어떻겠나?"

백리도운이 허탈한 표정으로 고개를 저었다.

"그럴 수도 없는 것이, 우리가 출발할 즈음에는 셋째 공자와 종 호법이 도착할 거라는 점입니다. 이제 아시겠습니까? 제가 왜 그러는지."

"…후우, 정말 맙소사로구먼."

백리도운의 생각대로였다.

전서를 건네주자 사도철군의 얼굴이 딱딱하게 굳어졌다.

그러더니 일각가량이 지난 다음 새로운 명령이 떨어졌다.

"무사들의 무장을 해제시켜라."

"주군……."

"화가 나고 속이 뒤집히는 일이지만, 비록 마도를 추구하지만 누가 뭐래도 나 역시 무사다. 무사의 자존심조차 버릴 수는 없는 일 아니겠느냐?"

"하오나 너무 쉽게 포기하시는 것이 아닌지요?"

사도철군이 이를 갈며 백리도운을 바라보았다.

"놈들의 목숨을 거둘 시기를 조금 늦추는 것일 뿐이야. 받은 것이 있으니 별수없는 일이 아니겠는가?"

이미 굳어버린 마음이었다.

백리도운은 갑자기 가슴이 떨렸다.

'그는 어느 정도의 시간을 생각했을까? 보름 정도? 과연 그 후에 그를 칠 수 있을까?'

사도진성이 전마성에 도착한 것은 오시 무렵이었다.

만일 예정대로 출정을 감행했다면, 전마성의 입구에서 만났을지도 몰랐다.

사도철군과 백리도운은 사도진성이 공력까지 완벽한 채 돌아오자 더욱 놀람을 금치 못했다.

사도철군은 결국 참기로 한 기간을 보름에서 한 달로 늘렸다.

백리도운은 그 말을 듣고 공연히 몸이 떨렸다.

하지만 곧 사도진성이 한 말을 듣고 눈을 빛냈다.

"아버님, 그자가 비록 제천신궁에 몸을 담고 있기는 하나 혁련무천과의 사이가 그리 좋은 것 같지는 않아 보였습니다."

"그게 무슨 말이냐? 그놈이 너에게 무슨 말을 하기라도 했단 말이냐?"

"그게……."

사도진성이 좌소천의 말을 그대로 옮기자 사도철군의 이마가 좁혀졌다.

"그놈이 그런 말을 했다고?"

"예, 아버님."

사도철군과 백리도운이 동시에 깊은 생각에 잠겼다.

잠시 후, 두 사람의 눈이 마주쳤다.

"도운, 어떻게 생각하느냐? 그가 단순히 혁련무천에 대한 불만 때문에 그런 말을 한 것은 아닌 것 같은데."

백리도운이 숨을 천천히 들이쉬었다 내쉬고 입을 열었다.

"주군, 그 일에 대해 속하가 알아서 해도 되겠는지요."

"도운, 네가?"

가만히 백리도운을 바라보던 사도철군이 눈을 빛내며 고개를 끄덕였다.

"좋다, 그 일은 네게 맡기마."

동시에 백리도운의 눈 깊은 곳에서도 기광이 번뜩였다.

'그는 분명히 고의로 셋째 공자의 입을 통해 그 말을 전했다. 그는 대체 무엇을 원하는 것일까?'

아직 명확한 것은 아무것도 없었다.

다만 분명한 것은, 나쁜 의도로 전한 것은 아닌 것 같다는 것이었다.

4

한낮의 태양이 불처럼 달궈져 한여름의 날씨처럼 덥기만 하다.

그런 더위에서도 홍려운은 나무 그늘 아래서 열심히 칼을 휘둘렀다.

좌소천이 삼초의 도법을 알려주었다. 아직은 자신이 펼치기 힘든 도법이지만, 열심히 하다 보니 그럭저럭 형을 잡아가고 있던 터다.

그렇다 해도 며칠 배운 것으로는 형이 제대로 나올 리 만무하다.

당연히 어색한 칼질이 될 수밖에.

문제는 자신의 그런 칼질을 놀려대는 사람 때문에 더위보다 더 뜨겁게 머리가 달아오르고 있다는 것이었다.

"멍청아, 그런 칼질로는 꼬리 흔드는 강아지도 못 잡겠다."

칼을 휘두르던 홍려운의 얼굴이 붉어졌다.

그게 재밌는지 동천옹은 바위 위에 앉아서 홍려운을 놀려댔다.

"킬킬. 저 녀석, 또 얼굴 빨개졌네."

홍려운은 입을 꾹 닫고 열심히 칼만 휘둘렀다.

'빌어먹을 늙은이. 노인만 아니라면 그냥……!'

물론 늙어서 혼내주지 않는 것이 아니었다. 동천옹의 손가락질 한 번이면 자신쯤은 골로 간다는 것을 알기 때문이다.

"이 녀석아, 왼쪽으로 세 번 내리그을 때 힘을 너무 주잖아!"

게다가 가끔씩 훈수를 해서 그의 달아오른 머리를 식혀주기도 했기 때문에 홍려운은 가까스로 참고 칼만 휘두를 수 있었다.

쉬쉬쉬!

"이렇게요?"

"너무 뺐잖아, 얼굴 빨간 멍청아!"

좌소천은 멀리서 그런 두 사람을 바라보며 객방으로 들어갔다.

한 사람이 자신을 찾아왔다. 악양의 장가라고 했다. 좌소천은 그 말만으로도 누가 왔는지 알고도 남았다.

객방으로 들어선 좌소천의 입가에 가느다란 미소가 맺혔다.

자신을 기다리는 장한은 처음 보는 사람이었다. 그러나 그의 상처투성이 손과 등에 걸린 투박한 검은 자주 보았던 것이었다.

"오늘내일 사이에 연락이 없으면 내가 연락을 하려고 했소, 장 형."

좌소천이 의자에 앉으며 말하자 장하경은 거의 울 것 같은 눈으로 멋쩍게 웃었다.

"그간 잘 지내셨습니까, 공자."

"조금 바쁘게 지내기는 했소만, 그리 나쁘지 않게 지내기는 했지요. 악양은 지금 어떻소? 별일은 없소?"

장하경이 입술을 비틀며 묘한 표정을 지었다.

"별일이 없기는요. 사람들이 백수십 명이나 몰려오니 구 방주가 좋아서 죽으려고 합니다."

"훗, 그래요? 다행이군요."

"구 방주께선 저더러 좌 공자 곁에서 연락을 책임지라 하셨습니다. 그리고 여기……."

장하경이 서신 하나를 내밀었다. 구포봉이 보낸 서신이었다.

좌소천은 서신을 펴서 읽어보고는 조용히 미소를 지었다.

거기에는 구포방의 현 전력이 비문(秘文) 비슷하게 적혀 있는데, 사람을 꿩과 닭에 비유해 놓았던 것이다.

'일류고수인 장 형을 닭이라 했으니, 꿩은 절정고수라는 말. 한데 큰 닭이 스무 마리에, 중닭이 백여 마리. 그리고 꿩이 일곱 마리라…….'

예상했던 것보다 강력한 힘이 형성되어 있다.

게다가 시일이 지나면 보다 더 강한 사람들이 모여들 터. 대홍산의 고수들까지 모인다면 능히 호북의 일각을 감당하기에 부족하지 않은 전력이 될 수 있을 듯했다.

좌소천의 머릿속으로 하나의 계획이 그려졌다.

그러나 아직 실행에 옮길 단계는 아니었다. 예상보다 강한 힘이긴 하나 어중간했다.

"아직은 때가 아니니 북쪽으로는 힘을 뻗치지 말고, 호남 쪽만 신경 쓰라고 전해주시오."

그리 말하면 구포봉이 알아서 할 것이었다.

다행히 호남 쪽으로는 그 정도의 힘만으로도 어느 정도 세력을 뻗칠 수 있었다. 상양의 광한방만 조심한다면.

"예, 좌 공자."

"나는 며칠 후에 제천신궁으로 돌아갈 것이오."

"다시 가신단 말입니까?"

"그렇소."

"그럼 저도 따라가겠습니다."

장하경이 고집스런 눈으로 좌소천을 바라보았다.

안 된다고 하면 몰래 뒤따라올 눈치다.

마침 자신의 직속무사의 자리에 둘이 비어 있는 상태.

"좋습니다."

좌소천의 응낙에 장하경의 얼굴이 활짝 펴졌다.

5

사도진성을 돌려보낸 지 사흘째 되던 날, 좌소천은 천문의 번화가로 나갔다.

공손양과 도유관을 비롯한 직속무사들은 좌소천을 삼재의 방위로 호위한 채 뒤를 따랐다. 오랜만의 외유여서인지 활짝 펴진 표정들이었다.

천문의 번화가는 선창이 있는 곳과 중앙 대로 쪽으로 구분되어 있었다.

좌소천은 일행들과 함께 선창 쪽으로 나가 천문하가 내려다보이는 객잔의 이층으로 올라갔다.

좌소천이 올라가고, 뒤따라서 이자광이 올라가자 이층에 모였던 사람들의 눈이 한껏 커졌다.

"엄청나군."

"이 객잔에선 곰도 받나?"

이자광은 차마 화를 내지는 못하고 눈만 부라렸다.

"그러게 살 좀 빼, 곰탱이."

전하련이 그런 이자광의 옆구리를 쿡 찌르며 한마디 했다.

짜르르, 이자광은 몸을 부르르 떨며 헤벌쭉 웃었다.

"걱정 마, 요즘 열심히 빼고 있으니까."

그렇게 얼마나 지났을까, 음식이 나오고, 간단하게 술도 한 잔씩 하며 이런저런 이야기를 나누고 있을 때다.

삼십대 초반의 평범해 보이는 서생이 이층으로 올라왔다.

그는 좌소천이 마주 보이는 건너편 탁자에 앉더니 음식을 주문했다.

좌소천은 술 한 잔을 입 안에 털어 넣고 의미심장한 눈으로 그를 바라보았다.

아침나절부터 천문 지부를 주시하던 전마성 정보원들의 움직임이 바빠졌다.

그들이 바빠질 일이 무엇이 있을까.

좌소천은 두 가지 가능성을 생각했다.

하나는 저들의 입장에 큰 변화가 일어났다는 것. 그리고 또 다른 하나는 바로 자신이 기다리고 있던 상황이 왔다는 것이었다.

좌소천은 두 번째 이유라 생각하고 직속무사들만 데리고 나왔다. 저들에게 기회를 만들어주기 위해서였다. 한데 아니나 다를까, 마침내 저들 중 하나가 자신을 찾아온 것이다.

'생각보다 빨리 왔군.'

서생은 눈이 마주치자 슬며시 눈을 돌렸다.

좌소천이 먼저 말을 건넸다.

"할 말이 없다면 일어서겠소."

서생이 화급히 입술을 달싹였다.

"북향의 향주십니까?"

좌소천은 담담한 표정으로 음식을 집어 먹고 역시 전음으로 대답했다.

"그렇소."

"저의 주인께서 만나뵈었으면 하십니다."

마치 그가 누군지 알고 있다는 듯 좌소천이 자연스럽게 물었다.

"어디에 계시오?"

"서호(西湖)의 선상 주루인 용수선(龍水船)에 계십니다."

"가서 기다리시오. 반 시진 이내로 갈 테니까."

좌소천이 직속무사들과 자리에서 일어난 것은 이각이 더 지나서였다.

그는 동쪽으로 가지 않고 서쪽으로 길을 잡았다.

몇몇이 의아한 표정을 지었다. 관추릉이 넌지시 물었다.

"향주, 지부로 가시지 않을 것입니까?"

"잠시 들를 곳이 있소."

그 말에 누구도 꼬치꼬치 캐묻지 않았다.

공손양은 깊은 생각에 잠긴 듯한 모습이었고, 도유관은 가는 대로 따라가겠다는 듯 조금도 이상하게 생각하지 않았다.

"서쪽에 뭐가 있지?"

이자광은 뭐가 그리 궁금한지, 만날 구박만 주는 전하련에게 물었다. 당연히 전하련은 이자광에게 한마디 툭 쏘아붙였다.

"곰탱이도 모르는데 이곳에 처음 와본 내가 어떻게 알아?"

언자홍이 넌지시 대답했다.

"서호가 서쪽에 있지 아마?"

사람들이 '서호가 당연히 서쪽에 있지, 그럼 서쪽에 동호나 북호가 있어?' 하는 눈으로 그를 쳐다보았다.

관추릉이 그래도 같은 처지라고 언자홍을 비호했다.

"서문에서 이십 리 서쪽에 호수가 있는데, 그곳을 서호라고 부른다네."

한심하다는 눈빛이 관추릉에게로 옮아갔다.

그 와중에도 열심히 고개를 끄덕이던 홍려운이 물었다.

"그럼 동호는 동쪽에 있습니까?"

사람들은 아무런 말도 하지 않고 좌소천의 뒤를 따라 걸음을 옮겼다.

서호는 백여만 평 정도 크기의 제법 큰 호수였다.

가장자리는 온통 갈대로 뒤덮여 있었는데, 좌소천 일행이 다가가자 갈대 사이사이에서 놀던 오리 떼들이 꽥꽥거리며 푸

드득 날아갔다.

좌소천이 찾는 용수선은 그 서호의 가장자리 갈대숲 속에 있었다.

그곳으로 향하는 목교(木橋)는 물이 차오를 때를 생각해서 만들었는지 구불구불한 길이가 삼십여 장이나 되었다.

좌소천은 갈대가 양옆으로 늘어선 목교를 걸어 용수선으로 향했다.

그 뒤를 한가한 표정의 직속무사들이 따랐다.

그들 중 공손양을 뺀 나머지는 좌소천이 멋진 곳에서 한잔 사려나 보다 하는 마음에 즐겁기만 했다.

안으로 들어가자 이십여 명의 손님이 보였다.

평범한 손님들처럼 보였지만, 좌소천 일행의 눈을 속이지는 못했다.

좌소천의 뒤를 따라서 용수선에 오른 사람들의 표정이 서서히 굳어졌다.

이자광이 재빨리 앞으로 나서고, 공손양과 도유관이 자연스럽게 좌소천의 양옆으로 서서 걸었다.

다른 사람들도 무기에 손을 얹고 대형을 갖추자 좌소천의 입이 열렸다.

"긴장들 푸시오. 손님을 만나러 왔으니까."

좌소천의 말이 떨어지고 나서야 그들에게서 흘러나오던 싸늘한 기운이 수그러들었다.

그때 점소이로 보이는 자가 오더니 고개를 숙였다.

"이층에서 독작(獨酌)하시며 기다리십니다."

조용한 말투. 조금의 긴장도 없다. 그 역시 진짜 점소이가 아니라는 뜻.

'혼자라… 괜찮군.'

좌소천은 미미하게 고개를 끄덕이고는 다른 사람들에게 아래층에 남으라 하고 혼자서 이층으로 향했다.

그곳에는 그가 커다란 탁자를 혼자 차지한 채 앉아서 술을 마시고 있었다.

좌소천이 다가가자 그가 조용히 미소 지으며 일어섰다.

"오시느라 수고하셨소이다. 백리도운이라 하외다."

사십대의 중년 서생, 백리도운은 예를 다해 좌소천을 맞이했다.

신산귀유(神算鬼儒) 백리도운. 전마성의 군사다.

'생각보다 거물이 왔군.'

좌소천도 포권을 취하고 담담히 입을 열었다.

"좌소천입니다. 예상보다 빨리 와서 놀랐습니다."

본명을 밝혔다. 군사라는 자가 그 정도도 모르고 자신을 찾아 이곳으로 왔을 리 없다고 생각했기 때문이다.

역시나 백리도운의 표정에 별다른 변화가 없다.

"별말씀을. 놀란 사람은 오히려 소생이외다. 요 며칠간 잠을 제대로 자지 못했지요. 하하하하."

좌소천이 자리에 앉음과 동시 백리도운이 술병을 잡았다.

쪼로록.

좌소천의 잔을 채운 백리도운이 술병을 내려놓고 좌소천을 바라보았다.

좌소천은 은은한 주홍빛이 감도는 술을 한입에 털어 넣었다.

백리도운의 입가에 머물러 있던 잔잔한 미소가 귀밑까지 번졌다.

자신이 전마성의 사람이란 것을 알고 있다. 그렇다면 술에 독이 들어 있을지도 모르는데 망설임없이 마신다.

독이 없다는 확신인가, 아니면 독 정도는 자신을 어찌할 수 없다는 자신감인가.

'어쩌면 둘 다일 수도…….'

좌소천이 술잔을 내려놓자 백리도운이 다시 술잔을 채우며 단도직입적으로 입을 열었다.

"처음부터 오늘을 생각하고 셋째 공자를 사로잡으신 겁니까?"

"그가 성주를 가장 많이 닮았다고 하더군요. 그래서 죽이지 않고 그냥 보냈지요."

좌소천이 이번에는 입만 축이고 잔을 내려놓았다.

말을 맺는 좌소천의 목소리가 무심하게 가라앉는다.

백리도운의 눈빛도 굳어졌다.

단순히 사도진성이 성주를 닮아서 보냈다는 것이 아니다. 사도진성의 죽음과 삶의 차이가 어떤 결과로 나타날지 다 알고 보냈다는 뜻.

역시 자신의 생각대로 상대는 모든 것을 계산에 넣고 사도진성을 살려 보낸 것이다.

"성주께선 한 달을 더 참기로 하셨습니다. 그 역시 예상하고 있었을 거라 생각합니다만."

"아마 더 길어져야 할 것입니다."

백리도운의 눈이 좌소천을 직시했다.

"성주께서 내린 결정입니다. 쉽게 변하지는 않을 것입니다."

"그래도 변해야 합니다. 아니, 변하게 될 것입니다. 일단은 그걸 전제로 이야기를 해보지요."

틈을 주지 않고 몰아치는 좌소천의 말투에 백리도운의 눈빛이 흔들렸다.

'도대체 이자의 저런 자신감은 어디서 나오는 걸까?'

사도진성과 종후전을 혼자서 제압할 정도의 절대적인 무위?

그럴지도 몰랐다. 그러나 혼자서는 아무리 강해도 한계가 있는 법이다. 더구나 상대는 전마성이 아닌가.

백리도운은 숨을 들이쉬어 혼란한 마음을 가라앉히고, 이번에는 먼저 공격을 했다.

"뭘 위해 대화를 나누고자 하시는지 그걸 먼저 확정 지어야 할 것 같습니다만."

"백리 공에게 어느 정도의 자격이 있습니까?"

"성주께서 모든 것을 일임했습니다."

좌소천이 백리도운을 무심한 눈으로 쳐다보았다.
"그럼 우리… 천하(天下)를 논해봅시다."
입이 살짝 벌어진 백리도운의 눈이 파르르 떨렸다.
'처, 천하……?'

좌소천 일행이 동호장으로 돌아온 것은 신시가 다 지날 무렵이었다.
네 노인이 정문으로 들어서는 좌소천 일행을 노려보았다.
마치 '너희들만 재미 보고 오기냐!' 하는 표정이었다.
그러다 좌소천이 방으로 들어가자 슬그머니 따라 들어왔다.
"험, 어디 다녀오는 길인가?"
"예, 천하를 좀 논하고 왔지요."
동천웅이 동그란 눈을 좁히고 빤히 바라보았다.
"그래, 천하가 어떻던가?"
"갈대가 늘어선 배 위에서 한잔하며 천하를 논해서 그런지 생각보다 천하가 좁더군요."
네 사람의 눈초리가 매서워졌다.
심지어 위지승정의 눈조차 가자미처럼 슬며시 한쪽으로 몰렸다.
"흥! 배에서 술을 마시면 흔들릴 텐데, 어지럽기만 하지 재미는 무슨 재미?"
"술은 자고로 산에서 마셔야 제 맛이지, 아암!"
"아직 어려서 뭘 몰라도 한참 모르는군, 쿵!"

"역시 어르신들께서 술 맛을 아시는군요. 허엄."

좌소천이 그제야 뭘 알았다는 듯 고개를 끄덕였다.

"제가 미처 몰랐습니다. 내일은 어르신들과 함께 갈까 생각하고 예약해 놨는데, 취소해야겠군요."

홱!

바람 소리가 들리는 듯했다.

"무슨 소리! 예약을 했으면 별수있나, 당연히 가야지!"

"옛날에 장강에 사는 조카들하고 배 위에서 마셔봤는데, 뭐 그럭저럭 괜찮더군요. 어험!"

"그러고 보면, 배에서 먹는 맛도 색다를 것 같지? 안 그래?"

"물론이죠, 어르신!"

좌소천은 금방 태도가 돌변한 네 명의 노인을 천천히 돌아보고는 조용히 웃었다.

"그럼, 내일 그곳에 가서 천하를 논해보죠."

"천하라! 하, 하, 하! 좋지!"

동천옹이 그답지 않게 목에 힘을 주고 웃었다.

하지만 네 노인은 꿈에도 생각지 못했다.

좌소천이 정말로 그 자리에서 천하를 논했다는 걸. 그리고 내일도 천하를 논할지 모른다는 걸.

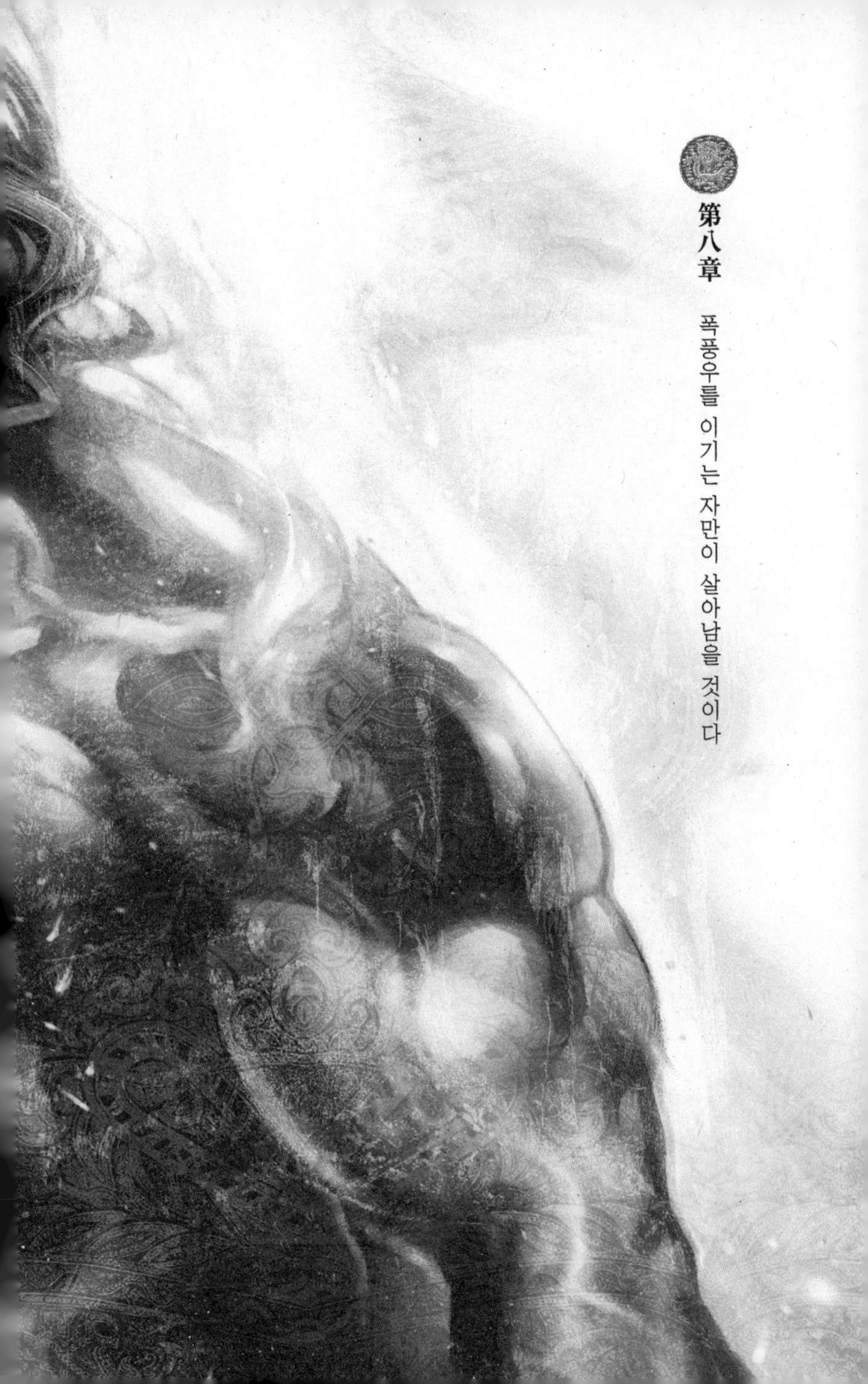

第八章 폭풍우를 이기는 자만이 살아남을 것이다

절대
천왕
絶對天王

정한거의 출현 소식이 강호를 흔들었다.

의성의 한가장이 백칠십여 명의 사상자를 낸 채 멸문되었다는 소식이었다.

살아난 사람은 일반 가솔들과 여인들, 그리고 삼십여 명의 무사가 전부라 했다.

단순히 그것뿐이었다면, 또 한 번의 혈겁이 일어났구나 하고 말았을 일이었다.

한데도 정한거의 한가장 혈겁이 강호의 관심을 끄는 데는 이유가 있었다. 혈겁 와중에 정한거라 이름 붙은 백색 마차를 봤다는 사람들이 속출했던 것이다.

게다가 그들은 백색 마차 안에 탄 여인들까지 봤다고 했다.

그들의 증언은 모두가 일치해서 사람들은 믿지 않을 수가 없었다.

얼음을 깎아 만든 듯한 백색 마차를 눈처럼 하얀 백마가 이끈다고 했다.

그 안에는 두 명의 여인이 타고 있는데, 한 여인은 나이를 짐작키 힘든 노파였고, 다른 한 여인은 신녀라 불리는 젊은 여인이라 했다.

한데 기이한 것은, 그중 신녀라는 젊은 여인을 본 사람들의 반응이었다.

그들은 절대 정한거의 여인들을 나쁘게 말하지 않았다. 아니, 나쁘게 말하기는커녕 몽롱한 눈으로 그녀들을 변호하기에 바빴다.

심지어 그중에는 한가장에서 살아남은 무사들도 있었다.

"신녀는 사람이 아니라 선녀였소. 하늘에서 내려온 진정한 선녀. 그런 여인이 어찌……. 나는 신녀가 원한다면 목숨이라도 내줄 수 있소."

강호가 요동쳤다.

무림맹은 그녀를 마녀로 규정지었다. 그러고는 개별적인 추적이 아닌, 맹 차원에서 정한거를 본격적으로 추적할 추적대를 조직했다.

강호가 뒤숭숭해진 그즈음, 좌소천은 제천신궁으로의 귀환을 위해 천문 지부인 동호장을 나섰다.

제천신궁을 떠난 지 열흘 만이었다.

그리고 그날 석양 무렵.

좌소천이 패천단과 효창 지부 무사들을 데리고 효창에 도착하자 벽수양이 십 리 밖까지 나와 반겼다.

검인보에서 선발된 일백의 무사 중 피해는 열세 명. 그나마도 죽은 자는 셋뿐이었다.

벽수양은 미리 준비한 음식들을 내놓고 잔치를 베풀었다.

훌륭한 작전으로 검인보의 무사들을 무사하게 해준 것에 대한 보답이었다.

"정말 생각지도 못한 결과였네, 향주."

"운이 좋았을 뿐입니다."

"허허허허, 그게 어찌 운만으로 될 일이던가."

"그럼 수하들 덕분이라 해두지요."

"껄껄껄, 거참."

벽수양의 웃음이 내전을 울렸다.

웃음이 끊이지 않는 술자리는 해시까지 이어졌다.

"마음 같아서는 날을 새면서 마시고 싶지만, 내일 길 떠날 사람들을 생각해서 그만 일어나야 할 것 같구먼."

벽수양의 선언에 모두가 아쉬워하며 자리를 파했다.

잔치의 여운은 자시가 되어서야 조용히 가라앉았다.

좌소천은 시끄럽던 장원이 조용해지자 방을 나섰다.

시원한 바람이 귀밑을 스치며 지나간다.

나뭇잎 스치는 소리가 귓전을 맴돌다 스러진다.

단아한 향기가 바람에 실려 밀려온다.

좌소천은 후원의 정원을 천천히 거닐며 머릿속에서 울리는 혁련미려의 목소리를 되새겨 봤다.

과연 혁련무천과 천외천가 사이에 어떤 관계가 맺어져 있는 것일까.

내일 아침 검인보를 출발하면 오후쯤 제천신궁에 도착할 터였다. 그리고 피 말리는 머리싸움이 시작될 것이었다.

'혁련 백부, 부디 내 생각이 틀리기만을 바라야 할 것이오.'

정원의 구석진 곳, 연못가에 다다르자 버드나무 잎이 바람에 날려 코앞으로 스쳐 떨어졌다.

"여기 계셨구려."

벽화웅의 목소리가 들려온 것은 바로 그때였다.

이미 그가 다가오고 있다는 것을 알고 있었기에 좌소천은 담담히 고개를 돌려 그를 바라보았다.

"좌 향주, 아버님께서 찾으십니다."

"지부장님이요?"

"예, 지금 내전에 계십니다. 저를 따라오시지요."

공손한 어조. 벽화웅에게 좌소천은 나이를 떠나 이미 하늘이었다.

벽수양이 자리에 앉은 좌소천을 물끄러미 바라보더니 조용히 입을 열었다.

"자네가 좌 군사의 아들이라는 말을 듣고 무척 놀랐었지."

아마 제천신궁의 무사들 모두가 충격을 받았을 것이었다.

"크게 마음 쓰실 것 없습니다."

"혁련호승이 자네의 선친을 모욕하는 바람에 매우 분노했다더군."

"꼭 그것 때문에 분노한 것만은 아니었습니다."

"그가 죄없는 수하를 죽였다고 들었네."

"해서는 안 될 짓을 했지요."

"맞네, 해서는 안 될 짓이었지."

그때 방문 밖에서 벽여령의 목소리가 들려왔다.

"아버님, 차를 가져왔습니다."

"들어오너라."

문이 열리고 벽여령이 들어왔다.

전처럼 백색 궁장을 입은 모습이었다.

좌소천은 그녀가 차를 따르는 모습을 묵묵히 바라보았다.

'정말 령 매하고 닮았어.'

찻잔이 채워지고, 벽여령이 한 걸음 물러서자 벽수양이 다시 입을 열었다.

"그래서 자네를 부른 것이네. 물어볼 말이 있어서."

"물어보시지요."

벽수양은 찻잔을 입으로 가져가 한 모금 마시고는 입을 떼었다.

"만일 어떠한 일이 벌어진다면, 나는 자네의 편을 들 생각이네."

좌소천은 가만히 벽수양을 바라보았다.

벽수양이 찻잔을 놓고 말을 이었다.

"이런저런 생각을 해봤지. 들은 말대로라면, 자네의 능력은 사단의 단주라 해도 전혀 이상하지 않을 정도네. 그에 반해 제천신궁의 후예 중에선 대공자인 혁련호정만이 자네와 비견될 정도지. 한데… 그 와중에 자네가 혁련호승을 단죄했네. 분명 궁주나 대공자는 자네를 좋게 보지 않을 것 같더군."

거기까지는 누구나 생각할 수 있는 것이었다.

문제는 그다음이었다.

"앞으로 제천신궁에서의 생활이 순탄치 않을 것 같은데, 자네는 그래도 끝까지 제천신궁에 남아 있을 생각인가? 뭔가 생각이 있을 법한데 말이야."

좌소천은 잠시 여유도 가질 겸 찻잔을 들었다.

그는 한 번에 다 비운 찻잔을 내려놓고는 가만히 벽수양을 바라보았다.

생각보다 깊게 파고드는 벽수양이다. 인의를 중요시하는 그의 성격을 생각한다면 의외라 할 정도의 말이다.

과연 벽수양은 무슨 생각을 하고서 그런 질문을 던지는 것일까?

그 말이 가져올 파장이 얼마나 클지 알고 하는 말일까?

한데 그때 문득 이상한 생각이 들었다.

벽여령이 나가지 않고 다시 차를 따른다.

한데 검인보의 미래를 결정하는 중요한 이야기를 듣고도 긴 속눈썹 속의 눈동자에 조금의 파장도 없다.

마치 모든 것을 다 알고 있다는 듯, 어찌 보면 벽수양보다 더 담담한 눈빛이다.

오히려 벽수양이 표정을 굳힌 채 자신의 말을 기다리고 있다.

좌소천은 벽여령이 차를 따르고 다시 뒤로 물러서자 간단하게 자신의 생각을 밝혔다.

"세상에 다시 나온 순간부터, 저는 하늘이 될 생각을 했습니다."

순간 벽여령의 눈꺼풀이 가늘게 떨렸다.

벽수양은 목이 타는지 앞에 놓인 찻잔을 잡아 입으로 가져갔다.

좌소천은 고요히 가라앉은 눈으로 벽여령을 바라보고는 자리에서 일어났다.

"지부장님의 뜻, 잊지 않겠습니다."

방에서 나온 좌소천은 마당에 피워놓은 화톳불의 불빛 끝자락, 목백일홍 옆에서 걸음을 멈췄다.

잠시의 시간이 지나자 옷자락 쓸리는 소리가 들리더니 한 사람이 다가왔다.

은은한 국화향, 가느다란 숨소리. 벽여령이었다.

그녀는 다섯 자 옆에 멈춰 서더니 은방울 굴러가는 목소리로 나직이 입을 열었다.

"제가 말씀드렸다는 거……. 아셨나요?"

"짐작만 했을 뿐이오."

"제가 어리석게 느껴지지 않았을지 모르겠군요."

"검인보의 생사를 결정하는 말을 낭자가 직접 꺼낼 수 있었을 거라고는 생각하지 않소."

고개를 돌린 좌소천이 벽여령을 바라보았다.

화톳불의 불빛이 벽여령의 옆모습을 비추었다.

어둠 속에서 좌소천의 눈초리가 잘게 떨렸다.

좌소천은 흔들리는 마음을 가라앉히기 위해 입을 열었다.

"왜 그런 생각을 했소?"

벽여령이 목백일홍 나뭇가지를 만지작거리더니 조용히 입을 열었다.

"둘째 공자를 봤어요. 그를 보고 제천신궁의 미래가 그렇게 밝지만은 않다고 생각했죠. 그리고 잠강에서의 일을 들었어요."

그녀의 눈이 좌소천을 향했다.

"좌유승 태군사의 아들이라면, 제가 본 좌 공자라면, 작은 허명에 안주하지 않을 거라 생각했지요."

좌소천을 직시한 그녀의 눈에 어떤 열망이 떠올랐다.

좌소천은 벽여령이 자신을 바라보고 있다는 것을 알고서도 고개를 돌리지 않았다. 고개를 돌리면 자신의 마음을 들킬 것 같았다.

"위험할지도 모르오. 검인보가 폭풍우에 휘말릴지도 모르오. 그래도 괜찮겠소?"

"좌 공자께서 모르시는 게 하나 있어요."

벽여령의 조용한 말에 좌소천의 고개가 돌아갔다.

눈이 마주치자 벽여령이 어둠속에서 얼굴을 살짝 붉힌 채 말을 이었다.

"검인보는 이미 강호 한가운데 있어요. 뿌리째 휩쓸고 갈 폭풍우를 벌써 여러 번 겪기도 했지요. 오래전, 신월맹에 있을 때부터 말이에요. 그러니 그런 걱정은 하지 않으셔도 돼요."

사실이 그랬다. 한때는 신월맹에 흡수되기도 했고, 신월맹이 망한 지금은 제천신궁의 지부가 되어 있다. 약한 듯 보이면서도 어느 곳보다 강한 생명력을 지닌 곳이 바로 검인보인 것이다.

한데 그런 검인보가 자신에게 마음을 열었다.

좌소천은 기분 좋은 웃음을 지으며 벽여령을 바라보았다.

"내가 운이 좋은 것 같소. 인의의 가문이라는 검인보의 마음을 얻다니."

벽여령에게는 그 말이 꼭, 자신의 마음을 얻어 기쁘다는 말처럼 들렸다.

슬며시 고개를 숙이는 그녀의 얼굴에 도화가 피었다.

그녀는 어둠이 가려주고 있어 다행이라 생각했지만, 좌소천의 눈에는 그 모습이 그대로 다 보였다.

"흠, 이제 그만 들어가 봐야겠소. 벽 낭자도 피곤할 텐데, 가서 좀 쉬시구려."

공연히 헛기침을 한 좌소천은 조금 과장된 몸짓을 하며 몸을 돌렸다.

그때 얼굴을 든 벽여령이 입술을 잘근잘근 깨물고는 어둠의 도움을 받아 용기를 내 입을 열었다.

"저… 혹시… 좋아하는 여인이 있나요?"

좌소천이 멈칫하더니, 한참 만에야 나직한 한숨을 흘렸다.

"하아……. 있… 소. 지금은 어디 있는지 모르지만……."

순간 벽여령의 눈이 반짝였다.

2

패천단이 귀환하는 날.

제천신궁의 중앙 대로에 수천 명의 사람들이 운집했다.

그들이 보고자 하는 사람은 오직 하나였다.

북향의 향주 좌소천.

태군사 신유 좌유승의 아들.

바로 그 말이다!

마차에 실린 혁련호승을 데리고 남향이 돌아왔을 때와는 천양지차였다.

제천전의 양옆으로 사십여 명의 간부가 늘어서 있다.

좌소천은 그 사이를 걸어 혁련무천 앞으로 다가갔다.

"북향주, 좌소천. 임무를 마치고 돌아왔습니다, 궁주."

좌소천의 인사에 혁련무천이 환히 웃었다.

"잘했다, 소천! 너의 쾌거로 본 궁의 백 년 대업이 코앞에 이르렀구나!"

"과찬이십니다."

"과찬은 무슨 과찬. 당연한 칭찬이지."

서로가 굳이 혁련호승의 말은 꺼내지 않았다.

이미 궁내의 모든 무사들이 알고 있는 일, 꺼낼 때가 아니었다.

"어느 누가 너처럼 짧은 시간 안에 전마성을 무찌르고 지부를 설립할 수 있을 것이더냐. 더구나 수하를 잘 돌봐 그 피해마저 적으니, 내 칭찬을 아낄 수가 없구나."

"모든 수하들이 저의 말에 잘 따라줬기 때문입니다, 궁주."

"하하하하! 그것 또한 능력이지. 내 황창안으로부터 모든 사정을 들었다. 그대들은 들어라! 여기 있는 좌소천은 태군사의 아들로서뿐만이 아니라……."

혁련무천은 좌소천의 행적을 일일이 드러내며 칭찬하더니, 마지막에 자신의 결정을 말했다.

"…하기에 본 궁주는 북향의 향주 좌소천을 비어 있는 패천단의 단주로 임명할 것이다!"

간부들 중 일부는 놀란 눈으로 쳐다보고, 대부분은 당연하다는 반응을 보였다.

그때 한 사람이 나섰다. 내오당 중 하나이자 정보망을 관리

하는 천이당의 당주 호연금이었다.

"그전에 좌 공자에게 한 가지 물어볼 것이 있사옵니다, 궁주!"

"뭔가? 의문이 있으면 뭐든 물어봐라."

"좌 공자가 전마성주의 셋째 아들인 사도진성을 내공까지 되돌려준 채 살려 보냈다고 들었사옵니다. 인질로 쓸 수 있는 그를 순순히 돌려보낸 이유를 알고 싶사옵니다."

몇 사람이 의심의 눈빛을 빛내며 좌소천을 바라보았다.

혁련무천이 그들의 눈빛을 대변해 물었다.

"말해봐라, 소천. 왜 그랬느냐?"

"간단합니다. 돌려보내지 않으면 잠강과 천문을 빼길지도 모르기 때문입니다."

"잠강과 천문을 빼긴다? 사도진성을 인질로 잡고 있는데도?"

"그렇습니다. 사도철군은 단순한 성정 같으면서도 냉철한 자로 알려져 있습니다. 아마 사도진성을 돌려주지 않았다면, 그는 아들을 포기하고 잠강과 천문을 쳤을 것입니다. 그가 아들의 죽음을 포기한다는 선언을 할 경우, 전마성의 무사들이 어떻게 나올지 뻔한 상황. 돌려주지 않을 수 없었습니다, 궁주."

호연금이 눈살을 찌푸렸다.

"꼭 그렇게 되란 법은 없잖은가?"

"사도진성을 풀어줄 즈음, 전마성에선 성주인 사도철군을 비롯해 분노에 찬 이천 무사가 출정 준비를 마치고 있었다 했습니다. 만일 그들이 전마성을 나섰다면 잠강과 천문뿐만이 아니라 응성과 한천까지 넘어갔을지도 모릅니다. 당주시라면 알고 계셨을 거라 생각합니다만."

호연금의 얼굴이 살짝 붉어졌다.

그도 모르지는 않았다. 나중에 보고를 들었으니까.

하지만 설마하니 사도진성을 풀어준 것이 그 일과 연관되었을 거라고는 미처 생각지 못했다.

"그럼 전마성이 무장해제한 이유가……?"

엉겁결에 입을 연 호연금이 힐끔 한쪽을 바라보았다. 사공은환을 향해서였다.

그러다 사공은환의 눈이 가늘어지자 흠칫 눈을 돌렸다.

좌소천은 상황을 대충 유추하고 담담히 입을 열었다.

"사도철군이 아들을 살려준 빚을 갚기 위해 일단 무사들의 무장을 해제시킨 것이지요. 덕분에 한 달 정도의 여유가 생겼으니, 사도진성의 목숨 값으로는 충분하다 생각합니다, 당주."

여기저기서 나직한 탄성이 흘러나왔다. 심지어 못마땅하게 여겼던 자들조차 고개를 끄덕였다.

혁련무천이 그들을 둘러보며 입을 열었다.

"그래도 의문이 가는 사람이 있는가?!"

"없사옵니다, 궁주!"

"그럼 좌소천을 패천단의 단주로 임명하는 바이다!"

좌소천은 묵묵히 고개를 숙였다.

"감사합니다, 궁주! 제천신궁의 패천단주로서 신명을 다해 노력하겠습니다!"

"그래야지! 하하하, 곧 연회가 준비될 것이다! 오늘은 모두가 즐겁게 마시고 놀아라!"

마치 약속이라도 한 듯 누구 하나 혁련호승에 대한 말을 꺼내지 않았다.

그에 대한 말을 꺼낸다는 것 자체가 큰 죄라도 되는 것 같은 분위기였다.

비록 그로 인해 약간의 어색함이 없는 것은 아니었지만, 당시만 해도 분위기가 그렇게 부드럽게 흘러갔다.

하지만 다섯 시진에 걸친 연회가 끝나갈 즈음, 분위기는 기이할 정도로 침잠되었다. 몇 사람이 술기운에 혁련호승의 이야기를 꺼내면서부터였다.

"거, 하필이면 왜 태군사를 모욕해서……."

"어허, 조 호법."

"음? 어험, 나야 뭐 안타까워서 한 소리지요."

"사실이 그러니 뭐라 하지는 않겠소만, 거 눈치 좀 있으시구려."

결국 날을 샐 것 같던 연회는 자시가 되기도 전에 파장을 보고 말았다.

그리고 그날 축시 무렵, 분노한 혁련무천의 외침이 제천전 깊숙한 곳에서 울렸다.

"멍청한 놈!"

옆에 서 있던 사공은환은 고개를 들지 않았다.

처음으로 보는 모습이었다.

어느 때에도 흔들리지 않던 혁련무천이다.

한데 수십 년간 참았던 분노를 모조리 쏟아내기라도 하려는 듯, 자신이 보는 앞에서 거친 행동을 서슴지 않는 혁련무천이다.

술을 지나치게 많이 마셨다 하나, 결코 그 때문만은 아니었다.

열 말의 술기운도 단숨에 제거할 수 있는 사람이 그였으니까.

이유는 오직 하나. 혁련호승 때문이었다.

아니, 정확히 말하면 좌소천 때문이었다.

오늘의 영광된 자리는 혁련호승의 것이 되어야 했다. 서벌에 혁련호승을 보낸 이유 중 하나가 그것이었으니까.

한데 좌소천이 그 자리를 차지했다. 자신의 아들인 혁련호승은 불구나 다름없는 몸이 되어 천화원의 구석에 처박혀 있고.

거기다 좌소천의 잘못을 부각시키려던 일조차, 거꾸로 좌소천의 뛰어난 지략을 칭찬하는 자리로 변하고 말았다.

하기에 제아무리 냉철한 혁련무천도 분노를 가라앉히지 못한 것이다.

그도 아버지였으니까.

'고양이도 자식은 자식. 하나, 당신은 그보다 다른 것에 더 화가 나는 거겠지요. 호랑이의 자식이 결국은 고양이였다는 것이 만천하에 드러났으니…….'

더구나 그걸 드러낸 사람이 한낱 노리개로 여겼던 좌소천이었으니 오죽할까.

그때 혁련무천이 사공은환을 불렀다.

"은환!"

언제 화를 냈냐는 듯 차갑게 가라앉은 목소리였다.

"예, 주군."

"방법을 찾아라. 호승이 놈을 다시 일으켜 세울 방법을."

"알겠사옵니다."

"그리고… 소천이라는 놈에 대해 철저히 조사해. 무슨 말인지 알겠지? 놈은 우리가 생각했던 것보다 훨씬 강했다. 거기에는 분명 연유가 있을 것이다."

"복명!"

3

패천단은 떠날 때와 거의 달라진 것이 없었다.

악청백과 그와 함께 간 그의 직속 호위무사들이 없었지만, 그사이 새로 들어온 패천단의 무사가 백 명이나 되어서 실질적인 인원수에서도 변동이 거의 없었다.

게다가 전이었다면 하루에 다섯 명도 채 들어오지 않던 패천단에, 호북의 소식이 전해진 뒤부터는 하루에 이십여 명이 몰려와서 사람을 가려 뽑아야 할 판이었다.

젊은이들의 가슴에 불을 지르기 위해 좌소천과 혁련호승을 향주로 삼았을지 모른다는 위지승정의 말이 현실로 드러난 것이다.

"일대주 포규상, 단주의 취임을 경하드립니다!"

"이대주 모이산, 단주의 취임을……."

"삼대주 여휘랑……."

"사대주 반호……."

"오대주 적사웅……."

"육대주 황신양……."

대주들의 인사가 이어졌다.

좌소천은 탁자 양쪽으로 앉은 여섯 명의 대주를 바라보며 가볍게 포권을 취해 마주 인사를 했다.

"고맙습니다."

다른 곳과 달리 패천단은 순수하게 외인들만으로 이루어진 곳이다. 그만큼 혁련무천의 힘이 덜 미친다는 말이기도 하다.

더구나 그들 중에는 쓸 만한 자들이 제법 섞여 있었다. 공손양과 도유관처럼.

오대와 육대의 대주로 임명된 적사웅과 황신양도 그런 자들이었다.

"모두 짐작하고 있겠지만, 곧 임무가 떨어질 것이오. 그때까지 소속된 수하들을 강하게 단련시켜 놓도록 하시오. 힘들게 보낸 하루가 죽음의 위기를 벗어나게 해줄 것이오."

"알겠습니다, 단주!"

전이었다면 단주가 되었으니 그냥 위세를 떨기 위해 하는 말이려니 했을지 몰랐다.

그러나 호북의 일을 직접 겪은 사람들에게 그때의 상황을 생생하게 들었기에 누구도 좌소천의 말을 무시하지 않았다.

특히 포규상과 모이산은 좌소천에게 진심으로 굴복하고, 전날 오만하게 굴었던 생각을 할 때마다 목을 쓰다듬었다.

'지미, 그때는 내가 미쳤었지. 겁도 없이 단주에게 칼을 휘두르라고 했으니…….'

'이놈의 입을 조심하지 않으면 내가 제명에 못 죽지……. 제기랄.'

상견례가 끝나고 대주들이 돌아가자 방에는 좌소천과 좌우장인 공손양과 도유관만이 남았다.

좌소천은 맞은편의 방문을 바라보고는 나직이 입을 열었다.

"한 달 후에 출정 명령이 떨어질 것이오."

"궁주께서 저희 패천단을 보낼 거라 생각하십니까?"

"그럴 수밖에 없지 않겠소?"

공손양이 잠시 생각하더니 동의하는 듯 고개를 끄덕였다.

패천단은 외인들의 단체나 다름없다. 비록 충성을 맹세했다지만, 백 년간 제천신궁을 떠받쳐 온 삼단과는 다를 수밖에 없다.

전마성과의 싸움에 패천단을 선발대로 내세우는 것이 어쩌면 당연한 일일지도 몰랐다.

"그동안 단원들의 마음을 하나로 뭉쳐야 할 것이오."

공손양의 표정이 굳어졌다.

단순히 무력을 키우기 위해 마음을 뭉치라는 것이 아님을 알기 때문이다.

"예, 단주."

좌소천은 자리에서 일어나 창문을 열었다.

천공에 뜬 만월이 유난히 붉게 보였다.

"여름이 오고, 폭풍우가 몰아치면 쉴 틈이 없을 것이오. 뭉치지 않으면 폭풍우에 휩쓸려 흔적도 없이 사라질 터. 폭풍우을 이기는 자만이 살아남게 된다는 걸 명심하시오."

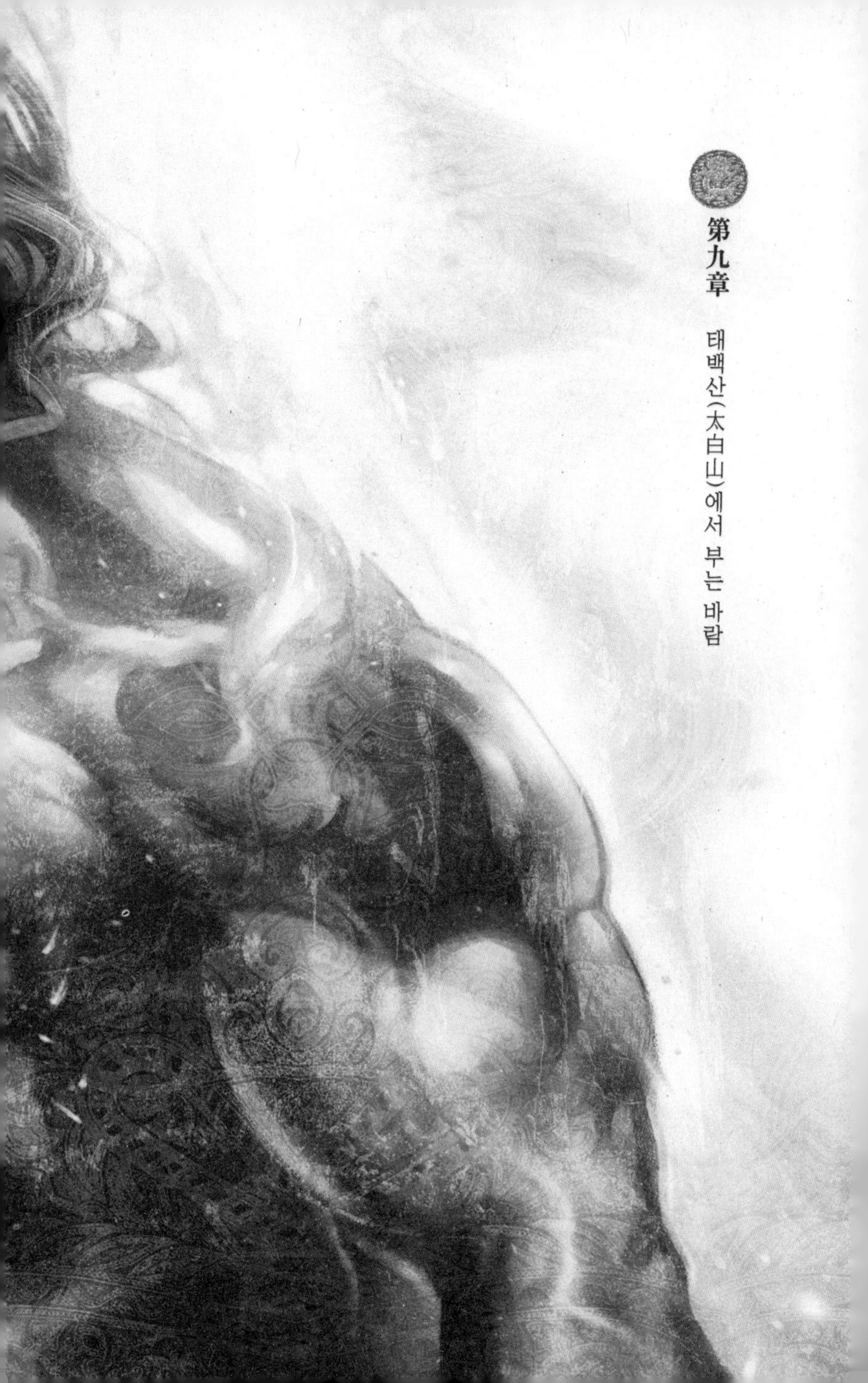

第九章

태백산(太白山)에서 부는 바람

절대
천왕
絶對天王

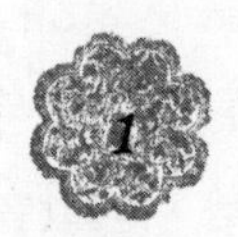

붉은 연산홍이 만발한 태백산 천선곡.

작은 연못 가운데 지어진 팔각정을 시원한 바람이 훑고 지나간다.

"참으로 아름답구려."

"제천신궁만 하겠습니까?"

팔각정 안에는 삼십 초반의 장한 둘이 앉아 있었는데, 그들은 나들이라도 나온 것처럼 한가한 표정이었다.

그러나 두 사람의 입에서 흘러나오는 말은 결코 한가한 사람들이 나눌 이야기가 아니었다.

"언제 움직일 거요?"

"유월이 시작되기 전 한중이 우리의 수중에 떨어질 것입

니다."

"적당하군요."

"제천신궁이 어떻게 움직이느냐에 따라 우리의 움직임도 달라진다는 걸 알아주시기 바랍니다."

"물론이지요. 그때쯤이면 소림이나 화산은 우리를 주시하느라 섬서에 신경 쓸 겨를도 없을 것이오."

"어쨌든 정한거가 때마침 나타났습니다. 그들 덕분에 계획이 반년은 앞당겨질 것 같습니다."

"그러게 말이오. 정말 하늘이 우리를 돕는 것 같구려. 하하하하!"

헌칠한 키에 고요한 눈을 지닌 장한, 혁련호정의 호탕한 웃음에 순우무종도 조용히 웃었다.

"그건 그렇고. 혁련 형, 혁련 낭자와의 일은 어떻게 되었습니까?"

혁련호정의 웃음이 잦아들었다.

"내가 보기에는 아버님께서도 큰 반대를 하지 않는 것 같소. 이번 일만 잘 풀린다면, 적당한 날을 잡아 미려를 이곳으로 보내도록 하겠소."

순우무종의 눈이 반짝였다.

혁련호정의 말뜻을 모를 그가 아니었다.

'흥! 일이 잘못되면 못 준다는 말이겠지.'

하지만 그는 아무런 내색도 하지 않고 은근한 어조로 말했다.

"그리만 된다면 제가 뭘 못해 드리겠습니까? 혁련 형께서 좀 도와주십시오."

"당연히 도와줘야지요. 그런 사소한 일이 이제 곧 큰일을 할 분의 발목을 잡게 해서야 되겠소이까?"

"말만 들어도 힘이 납니다, 하하하!"

혁련호정과 순우무종이 장밋빛 미래를 꿈꾸며 이야기를 나누는 그 시각.

백의를 입은 오십대 후반의 초로인과 칠십 정도로 보이는 흑의노인, 두 사람이 그리 크지 않은 대전에 마주 앉아 있었다.

초로인은 칼날처럼 쭉 뻗은 눈썹만 아니라면 시골 서당의 훈장이라 해도 믿을 정도로 중후한 인상이었다.

반면에 흑의노인은 몸도 작은데다가 얼굴에 반점이 얼룩덜룩해서 길거리에서 전병을 파는 노인처럼 보였다.

하지만 그런 흑의노인을 대하는 초로인의 말투는 마치 어른을 대하는 듯 공손했다.

"무궁이 놈은 좀 어떻습니까?"

초로인의 물음에 흑의노인이 인상을 찌푸렸다.

"대체 그놈이 왜 그렇게 변한 것이오, 가주? 그놈에게 천해의 계집 둘이 만신창이가 되어서 빙설모모를 달래느라 보통 욕본 것이 아니라오."

"단단히 혼을 좀 내지 그러셨습니까, 노야."

"혼이야 냈지요. 독혼관에 집어넣었으니까 말이오."

초로인이 움찔하며 흑의노인을 바라보았다.

"무궁이를 독혼관에 넣었단 말입니까?"

"세 번째 관문을 막은 상태에서 넣었으니 너무 걱정 않아도 되오."

천해의 삼대수련관 중 하나인 독혼관은 세 단계의 관문이 있다.

독을 복용하며 고통을 참아내는 곳이 첫 번째 관문이고, 독물과 싸우며 독에 대한 저항력과 인내를 기르는 곳이 두 번째 관문이다.

문제는 세 번째 관문이었다.

그곳은 따로 심혼관이라는 이름이 붙어 있었는데, 독으로 인해 인성까지 바뀌는 곳이라 해서 붙은 이름이었다.

그곳을 통과한 자치고 제정신을 가진 사람이 없었다. 누구든 그곳을 통과하고 나면 오직 천해의 명령만 받는 꼭두각시로 변했다.

초로인, 순우연은 그것이 걱정되었던 것이었기에, 흑의노인이 세 번째 관문을 막아놓았다고 하자 그제야 안심을 했다.

"제천신궁과의 협약에 대해선 들으셨지요?"

"들었소이다. 이무기가 용 흉내를 내려고 하는가 보더구려."

"이무기치고는 제법 큰 이무기지요."

"흥! 그래 봐야 승천하지 못할 이무기일 뿐이라오."

혁련무천, 천하제일패라 불리는 그를 이무기로 비유하며 코웃음치는 노인이다.

한데도 순우연은 당연하다는 듯 받아들였다.

"그래도 저희에게는 고마운 이무기가 아니겠습니까?"

"클클, 그건 그렇지요. 천 년 만에 세상에 나갈 기회를 제공하고 있음이니……."

흑의노인은 말을 끌며 기이하게 일렁이는 눈빛을 쏟아냈다.

"어쨌든 그건 가주가 알아서 할 일이고……. 그래, 묵령천의 잔존 세력에 대해선 어찌 처리가 되었소?"

순우연의 눈이 칼날 같은 눈썹처럼 가늘어졌다.

"몇몇이 살아남은 것 같습니다만, 그리 우려할 만한 숫자는 아닙니다. 게다가 추적대가 지금도 그들을 쫓아 찾는 대로 죽이고 있으니 곧 씨가 마를 겁니다. 다만……."

말을 이어가던 순우연이 이맛살을 찌푸리며 흑의노인을 응시했다.

"동방 계집의 아들인 좌가 애송이가 나타났다고 하는데, 그놈이 보통 놈이 아닌 것 같습니다, 노야."

"보통 놈이 아니다?"

"이번에 제천신궁 패천단의 단주가 되었다고 합니다. 이제 스물서넛에 불과한 놈이 자신의 실력으로 말입니다."

"흐음… 그럼 혁련무천에게 놈의 제거를 부탁하면 어떻겠소, 가주?"

"그리만 되면 문제가 없는데, 자칫 그 일이 드러나면 혁련무천도 곤란하게 될 것이 분명한 만큼 쉽게 모험을 하지 않으려

할 겁니다. 어쩌면 놈을 이용해서 오히려 우리를 견제하려 할지도 모르고 말이지요. 우리가 먼저 자청해서 혁련무천의 손에 칼을 하나 쥐어줄 필요는 없을 것 아니겠습니까?"

"그것참……."

"너무 걱정할 것은 없습니다. 놈을 제거할 사람을 보낼 생각이니까요."

"제거라… 사람이 필요하면 말씀하시오, 가주."

"아닙니다. 어린놈 하나 죽이겠다고 천해의 힘을 드러낼 필요는 없습니다. 그 역시 혁련무천이 눈치 채면 곤란하니까요."

"하긴, 설령 놈이 암살에서 살아난다고 해도 그깟 놈 하나가 뭘 얼마나 할 수 있겠소? 허허허허."

"아무래도 그렇지요, 하하하."

두 사람은 표정을 풀고 가벼운 웃음을 지었다.

혁련무천조차 이무기라 생각하는 그들이 아니던가.

그에 비하면 좌소천 정도는 미꾸라지에 불과했다.

그때만 해도 그들은 자신들의 생각이 절대 잘못되지 않았다고 생각했다.

자신들에게는 그만한 힘이 있었으니까.

2

좌소천은 읽던 서류를 내려놓고 눈을 감았다.

혁련호정이 보이지 않는다. 자신이 돌아왔을 때도, 단주 취임 후에도, 그는 나타나지 않았다. 심지어 누구에게 물어보아도 그를 보았다는 자가 없다.

그는 어디를 간 걸까?

"그리고… 큰오빠가……."

그날 혁련미려는 말을 하다 혁련호승으로 인해 멈추고 더 하지 못했다. 분명 혁련호정에 대한 것이었거늘.

'미려 누님을 만나볼까?'

문제가 없지는 않았다.

혁련미려는 천화전 깊숙이 들어가서 나오지 않은 지 오래다. 자신이 무작정 찾아가면 혁련무천이 이상하게 생각할지도 몰랐다.

그렇다고 방법이 없는 것은 아니었다.

좌소천은 선우궁현의 위패에 향을 피운다는 이유로 내전의 사당을 이틀에 한 번씩 들락거렸다.

그 일만은 혁련무천도 어찌할 수 없는 일이었다.

첫날은 사당을 지키는 사람을 제외하고는 아무도 만나지 못했다.

하지만 두 번째 갔을 때 마침 천화원의 시비로 보이는 여인을 만났다.

"좌소천이라 합니다. 백부님의 위패가 있어서 이틀에 한 번씩 오고 있지요."

좌소천은 그렇게 당황한 시비를 향해 가볍게 고개를 숙여 인사를 하고는 얼굴이 빨개진 그녀를 놔둔 채 사당을 나왔다.

그리고 세 번째 되던 날, 마침내 혁련미려가 직접 향을 피우기 위해 사당에 들렀다. 시비에게 좌소천이 이틀에 한 번씩 온다는 말을 듣고서.

"패천단주가 되었다는 말을 들었어. 축하해."

"고맙습니다, 누님."

혁련미려가 눈을 흘기더니 나직이 말했다.

"나 들으라고 시비에게 말한 거지?"

"제가 어떻게 누님의 눈치를 속이겠습니까? 예전부터 눈치하면 절정의 경지에 다다른 누님인데요."

좌소천의 농담에도 혁련미려는 웃지 않았다.

웃을 수가 없었다. 그렇게 뛰어난 눈치로도 사람을 한번 잘못 보는 바람에 선우궁현이 죽지 않았던가.

그래도 그녀의 눈치는 여전히 절정의 경지였다.

"혹시 큰오빠 때문에 찾은 거야?"

좌소천이 조용히 웃으며 살짝 고개를 끄덕였다.

"어디 가신 겁니까? 아니면 호승 형님 때문에 화나서 나오지 않으신 겁니까? 보이지 않으시던데요."

혁련미려의 표정이 침울해졌다.

"어디 가셨어."

"그러셨군요. 어쩐지……."

그때 혁련미려가 입술 끝을 살짝 깨물고 나직하니 말했다.
"섬서에 간다고 했어, 태백산에."
태백산이라면 천외천가에 갔다는 말.
좌소천은 굳어지려는 표정을 억지로 폈다.
"무엇 때문에 가셨습니까?"
"그건… 잘 모르겠어. 아버지도 오빠 일에 대해선 가족에게도 아무 말씀을 안 하셔."
순우무종이 혁련미려를 원하는 것 같다고 했다.
'혹시 혼사 문제로?'
그러나 그 문제 때문만이라면, 남의 눈에 띌지도 모르는데 굳이 혁련호정이 직접 갈 이유가 없다. 아직 확정된 것도 아닐 테니 적당한 사람에게 서신을 써서 보내면 되는 것이 아닌가.
그렇다면 모종의 이야기를 하러 갔다는 말이다. 제천신궁의 후계자인 혁련호정이 직접 가서 나눠야 할 그 어떤 이야기.
문제는 과연 어떤 이야기를 하기 위해 갔느냐 하는 것이었다. 어느 쪽이나 마음에 안 드는 것은 사실이지만, 그 정도에 따라 자신의 대처도 달라져야 할 테니까.
'백부, 당신이 끝내 악수를 두는군요. 저의 가족을 조금이나마 생각했다면, 그들과 절대 손을 잡아서는 안 되거늘.'
좌소천이 잠시 깊은 생각에 잠긴 사이, 사당 쪽으로 누군가가 다가왔다.
"소천아, 나 갈게."
혁련미려가 다가오는 사람을 알아보고 억지 미소를 지으며 손을 살짝 들었다.

"예, 누님."

좌소천도 고개를 끄덕이며 그녀를 보내주었다.

그때 뒤에서 다가오던 자가 좌소천을 불렀다.

"여기 있었구먼. 내 잠시 할 이야기가 있어 찾았는데……."

신형을 돌린 좌소천이 조금은 과장되게 의아한 표정을 지었다.

밀천단주 사공은환이 이 장 앞에 서 있었다.

"무슨 일로 저를 찾으신 겁니까?

눈만 살짝 돌린 사공은환은 멀어지는 혁련미려의 등을 바라보고 입꼬리를 살짝 추켜올렸다.

"잠시 조용한 곳으로 갔으면 싶군."

불감청이언정 고소원이었다.

기회를 만들 방법을 생각하고 있는데 먼저 달려드는 사공은환이다.

그만큼 마음이 급하다는 것일 터. 좌소천은 몸을 돌리고 걸음을 옮겼다.

"앞장서시죠."

사공은환이 데려간 곳은 내궁의 서쪽 구석, 한적한 연못가에 있는 작은 정자였다.

사방이 탁 트여 있어 십 장 안으로 다가오는 사람이 모두 보이는 곳. 두 사람이 조용히 이야기를 나누기에는 더없이 좋은 곳이었다.

정자의 난간에 기대선 순간, 연못 속 정자 기둥 주위에서 노닐던 잉어들이 사방으로 달아났다.

좌소천이 물끄러미 달아나는 잉어들을 바라만 보자 사공은환이 먼저 입을 열었다.

"천외천가에 복수를 할 생각이겠지?"

"물론입니다."

아니라고 하면 더 이상할 일. 좌소천은 순순히 대답했다. 눈빛까지 싸늘하게 굳힌 채.

"천외천가의 힘이 어느 정도인지 아나? 하다못해 그들의 위치라도."

"아직은 모릅니다. 하지만 알고자 노력하면 곧 알게 될 것입니다."

"복수의 대상이 천외천가 전체인가?"

"무슨 뜻으로 묻는 것입니까?"

사공은환이 좌소천을 직시한 채 얇은 입술을 벌렸다.

"본 궁의 역량을 총동원한다 해도 태백산까지 좇아가서 그들을 친다는 것이 쉽지 않다는 것은 자네도 잘 알 거라 생각하네."

모르지 않았다. 그렇다고 포기할 수는 없는 일이었다. 아마 사공은환도 그 정도는 알고 있을 터였다.

"일전에 선우 대협이 돌아가셨을 때, 궁주께선 천외천가를 치시겠다고 했네. 한데 내가 말렸지. 왜 말렸는지 아나?"

좌소천은 아무런 대답도 하지 않고 다시 모여드는 잉어들만 바라보았다.

"대단위 무사들이 그곳까지 가는 것도 쉽지가 않고, 간다 해도 적을 찾을 수 없었을 거야. 하나… 그것이 다는 아닐세."

나직이 말을 잇던 사공은환이 고개를 돌렸다.

모여들던 잉어들이 움찔거리며 몸을 돌린다.

"천외천가는 세상에 알려진 것보다 더 강하다네. 그리고 구대문파보다도 더 오랜 역사를 지니고 있지."

마치 뭔가를 아는 듯한 말투다.

좌소천은 묵묵히 그의 말을 듣기만 했다.

"솔직히 말하자면, 그들이 왜 그러한 힘을 지니고도 천 년을 태백산에 묻혀 지내왔는지 의문일 정도라네."

"그들만의 이유가 있겠지요."

"그렇지, 이유가 있겠지. 다만 분명한 것은, 그토록 오랜 세월 누구도 그들을 치려 하지 않았다는 것이네."

별것 아닌 말일 수도 있다. 그러나 그 말속에는 숨은 뜻이 하나 있다.

치지 않은 것이 아니라, 치지 못했다는 것.

그러니 당연히 좌소천 너도 어차피 칠 수가 없다는 말을 하고자 함일 것이다.

"때로는 대의를 먼저 생각해야 할 때가 있네. 어쩌면 지금이 그런 때일지도 모르는 일이지."

마침내 사공은환의 입에서 본격적인 말이 흘러나왔다.

그제야 좌소천이 사공은환을 바라보았다.

"어느 것이 대의입니까?"

"스스로 생각해 보게. 복수를 하는 것은 말리지 않겠네. 하나 복수를 하겠다고 해서 복수 대상의 가족들을, 그 동료들을, 그들과 연관된 사람들을 모두 복수 대상으로 삼을 필요는 없는 것이 아니겠는가?"

말인즉, 틀린 것은 아니었다. 복수할 대상과 연관된 모든 사람들에게 복수를 한다는 것은 말도 안 되는 억지였다. 그러면 천하를 없애 버려야 할 테니까.

하나 교묘한 말장난에 불과했다. 그의 말뜻에는 또 다른 숨은 목적이 있었다.

좌소천이 단도직입적으로 물었다.

"혹시 제가 모르는 천외천가와 오간 이야기라도 있습니까?"

사공은환의 표정이 처음으로 슬며시 굳어졌다.

"선우 대협의 장례식 때 천외천가에서 조문단이 왔었네. 아들의 잘못으로 인해 선우 대협이 돌아가셨으니, 입이 열 개라도 할 말이 없다며 큰아들을 보내 사죄했지. 만일 복수만 생각했다면, 그때 온 사람들을 모두 죽여야 했을 거네. 자네라면 그들을 죽였겠나? 어머니의, 선우 대협의 복수를 하기 위해서?"

좌소천의 눈빛이 깊어졌다.

과연 죽였을까?

사공은환이 잠시 숨을 두어 번 쉴 동안 말을 멈추고는 좌소천이 아무런 말도 하지 않자 말을 이었다.

"아마 죽이지 않았을 것이네. 그렇다고 천외천가로 달려가지도 않았을 것이고. 그렇지 않은가?"

죽였을지도 모른다. 그러나 그러지 못했을 수도 있다.

지금으로서는 무엇도 확신을 할 수가 없다.

다만 분명한 것은, 그대로 보내지는 않았을 거라는 것이다.

"궁주께선 그 모든 것을 생각하시고, 천외천가 가주의 사죄를 받아들이기로 하셨네. 그렇다고 자네 개인의 복수까지 말릴 생각 또한 없으시네. 하나 그 이상은 안 되네. 본 궁을 자네 복수에 이용해선 안 된다 이 말이지. 무슨 뜻인지 모르지는 않겠지?"

"저도 제천신궁의 이름을 빌어 복수할 생각은 없습니다. 말씀대로, 그 일은 제 일이니까요."

사공은환의 표정이 펴졌다.

거치적거리는 게 있으면 치우고 가는 게 제일 간편하다. 그러나 치워야 할 대상이 의외로 크면 부담이 될 수밖에 없다.

현재의 좌소천이 그러한 상태였다. 제천신궁에서 좌소천은 지난 영웅의 아들임과 동시에 새로운 영웅이기도 했다.

치우자니 지나치게 커져 있고, 놔두자니 영 거치적거린다.

천외천가가 본격적인 움직임을 시작하게 되면 분명 좌소천의 존재가 더욱 문제될 상황. 사공은환으로선 어느 쪽으로든 결론을 내려야만 했다.

더 커지기 전에 무리를 해서라도 치워 버리던가, 아니면 최대한 이용하고 상황에 따라 처리하던가.

하지만 앞으로 산적한 일이 하나둘이 아니다.

전마성과의 싸움, 천외천가와의 합작, 무림맹에 속한 거대 세력들을 견제하는 일. 모두가 제천신궁의 앞날을 좌우할 중요한 일들이다.

그중에서도 가장 시급한 문제인 전마성과의 싸움을 충분히 맡을 수 있는 좌소천이 아니던가. 그걸 생각하면 버리기에는 너무 아까웠다.

그러던 차에 좌소천이 사당에 자주 온다는 말을 들었다.

그는 혁련무천에게 자신의 생각을 말하고, 좌소천과 담판을 짓기 위해 찾아왔다. 한데 자신의 생각대로 일이 잘 풀린 듯하자 기분이 좋아졌다.

그때 좌소천이 물었다.

"호정 형님이 그 일 때문에 가신 겁니까?"

어떤 목적인지, 어딘지조차 말하지 않고 밑도 끝도 없이 묻는 말이다.

사공은환이 무심결에 대답했다.

"꼭 그 일 때문만은 아니네."

순간 대답을 마친 사공은환의 이마에 주름이 졌다.

'이 여우새끼가……!'

넘겨짚은 말에 넘어가 버렸다.

나름대로 모략에 자신이 있다는 자신이!

반면에 좌소천은 담담한 표정으로 입을 빼끔거리며 먹이를 요구하는 잉어들만 바라보았다.

'천외천가에 가긴 갔다는 말이군. 뭔가를 상의하기 위해서.'

이제 얼마 안 가 그에 대한 것이 드러날 터. 기다리기만 하면 알게 될 일이었다.

"곧 돌아오시겠군요."

사공은환은 일그러지는 얼굴을 최대한으로 펴고 대답했다.

"그, 그럴 거네."

"궁금하군요. 그들이 어떤 생각을 가지고 있는지."

사공은환이 목구멍까지 차오른 화를 씹어뱉었다.

"이거 하나만은 명심하게. 본 궁의 일과 자네의 일을 결부시켜서는 안 된다는걸."

좌소천은 무심하게 가라앉은 눈으로 사공은환을 돌아다보았다.

"약속하지요. 좀 전에도 말했다시피, 제천신궁의 이름을 빌어 그들과 맞서는 일은 없을 겁니다."

약속은 지켜질 터였다.

자신 역시 제천신궁의 이름으로 복수를 하고 싶은 생각은 추호도 없었으니까.

'어차피 나는 스스로 하늘이 되어 복수를 할 생각이다, 사공은환. 너는 그걸 먼저 알아야 했다.'

3

제천신궁에 돌아온 지 보름.

그동안 패천단의 인원이 팔백에 가까워졌다.

지난 보름, 대주들이 그들을 얼마나 닦달했는지 패천단은 외인단이라는 말이 무색하게 완벽히 변해 있었다.

달라진 것은 일반 무사들만이 아니었다.

직속무사들 역시 보름 전과는 확연히 달라져 있었다.

특히 홍려운의 달라진 모습은 많은 사람들을 놀라게 했다.

그는 귀환한 지 닷새 후부터 아무나 붙잡고 대련을 부탁했다.

처음에 사람들은 가소롭다는 표정을 지으며, 가볍게 몸이나 푼다는 생각으로 홍려운을 상대했다.

하지만 홍려운은 이전의 그가 아니었다.

전이었다면 오 초도 견디지 못했을 관추릉의 공격을 백 초나 막아내는 홍려운이다.

충격을 받은 사람들은 눈에 불을 켜고 수련에 열중했다. 이러다 홍려운에게 지기라도 하면 어떻게 낯을 들고 다니나, 하는 우려 때문이었다.

덕분에 신나는 것은 동천옹을 비롯한 네 명의 노인이었다.

네 노인은 시간이 날 때마다 패천단에 놀러왔는데, 얼마 전부터는 아예 패천단에서 살다시피 했다.

고통도 마다않고 가르침을 청하는 착실한(?) 아이들을 데리고 노는 게, 원로원에 죽치고 앉아 있는 것보다 훨씬 재미있었던 것이다.

그러다 보니 다른 노인들까지 패천단을 기웃거리는 상황이 벌어졌다.

그걸 보고 지나가던 무사 하나가 중얼거렸다.

"패천단에 경로당이 생겼나?"

그렇게 보름째 되던 날 저녁.

좌소천은 한 장의 서신을 써놓고 장하경을 불렀다.

"부르셨습니까, 단주."

"장 형, 대홍산에 가줘야겠소."

장하경의 고개가 번쩍 들렸다.

"대홍산이라면, 대왕채에 말입니까?"

"그렇소. 가서 더도 말고 백 명만 추리라고 전해주시오."

"쓸 만한 놈들이어야겠지요?"

"물론이오. 대왕채가 문을 닫는 한이 있어도 그리해야 한다고 전하시오."

장하경이 움찔 어깨를 떨었다.

'그렇게 말하면 나만 작살나는 거 아냐?'

그러나 좌소천의 말이다. 어길 수는 없었다.

"저… 꼭 그렇게 말해야 합니까?"

좌소천이 피식 웃었다.

"마음에 안 들면 내가 직접 가서 문을 닫게 해준다 했다고, 그렇게 말해도 괜찮소."

장하경이 화들짝 놀랐다.

"아이고! 그럼 정말로 저를 때려죽일 겁니다."

"걱정 마시오. 백 명만 추리라고 해도 그 양반이 알아서 할 테니까."

"그러면 다행입니다만……."

"그들을 경산에서 대기시키라 하시오."

경산이라면 천문 지부에서 백 리밖에 떨어지지 않은 곳이다.

만약의 상황에 그들을 움직이기 위함이었다.

장하경이 고개를 끄덕이자 좌소천이 서신을 내밀었다.

"그러고 나서 악양으로 가 구 방주께 이 서신을 전하도록 하시오."

장하경은 서신을 받아 들고 눈을 반짝였다.

"시작하시는 겁니까?"

"장 형의 임무가 막중하니 몸조심하시오."

서신을 바라본 장하경이 고개를 들더니 힘차게 고개를 끄덕였다.

"예, 단주."

第十章 무당(武當), 그리고 신녀(神女)

절대천왕
絶對天王

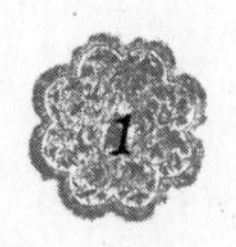

정한거로 추정되는 백색 마차가 남하(南河)를 건넜다는 소식에 무당이 술렁였다.

단지 소문뿐이었지만, 긴장하지 않을 수가 없는 일이었다.

길게 뻗은 무당산의 남쪽 줄기가 남하까지 닿아 있는 이상 남하를 건넜다는 말은 곧 무당의 권역에 들어왔다는 말이나 다름없었다.

무당은 소문의 진상을 파악하기 위해 제자들을 남하로 내려보냈다.

그러나 이틀이 지나도록 정한거를 발견했다는 말은 들려오지 않았다.

한데 사흘째 되던 날. 정한거가 남하를 건너 무당산 쪽으로 다가온다는 소문이 들렸다. 그리고 그날 저녁 무당산 서남쪽 청봉에 사는 무당파의 속가제자 단리공선의 작은 장원에서 이십여 명의 식솔이 몰살당하는 일이 벌어졌다.

밤이 늦은 시각에 벌어진 일이어서 그 일이 알려진 것은 다음날 아침 무렵이었다.

처참한 살육, 무자비하게 쓴 손속.

남녀노소를 가리지 않고 다 죽인 것이 조금 이상했지만, 사람들은 앞뒤를 가리기도 전에 그 사건의 범인을 무작정 정한궁의 여인들로 짐작했다.

"어째 장주님의 손자손녀가 보이지 않는 것 같은데……."

장원의 사정을 잘 아는 마을 사람 하나가 미적거리며 말했지만, 그의 말은 상황 판단에 별다른 영향을 미치지 않았다.

뒤늦게 무당에 도착한 무림맹의 추적대는 무당의 제자들과 함께 인근 수백 리를 뒤지기 시작했다.

한데도 오리무중, 사람들은 정한거의 바퀴 자국조차 찾지 못했다.

결국 닷새간의 수색에도 정한거를 찾지 못하자 무림맹의 추적대와 무당의 제자들은 다시 무당산으로 돌아가 또 다른 소식이 들어오기만을 기다렸다.

그즈음, 청봉에서 북서쪽으로 수백 리나 떨어진 죽산의 비구니 암자, 연화암에선 의문에 찬 음성이 흘러나왔다.

"이상한 일이군요."

"누군가가 저희들을 흉내 낸 것 같소, 신녀."

"누군지 알 수는 없지만, 범인은 본 궁을 욕보이는 짓을 했어요. 파파, 그 짓을 저지른 범인이 누군지 알아보세요."

"알겠소이다, 신녀."

"그리고 당분간 마차는 이곳에 놔두고 움직이겠어요."

뜻밖이었는지 한령파파의 주름진 눈꺼풀이 위로 올라갔다.

"신녀?"

"무림맹까지 움직였어요. 두려워할 일은 아니지만, 번거로움을 자처할 필요는 없어요. 제 뜻에 따라주세요."

"어찌 신녀의 명을 어기겠소. 하나 신녀께서 힘들지 않으실지 그게 걱정이오."

"본 궁의 모든 제자들이 걸어다니고 있어요. 나 하나 몸 편하자고 제자들을 어렵게 할 수는 없는 일이에요."

"알겠소, 신녀."

신녀는 고개를 숙이는 한령파파의 하얀 머리를 바라보며 얼음이 쏟아지는 목소리로 말했다.

"사흘 후 무당으로 갈 거예요. 제자들에게 절대 무리하지 말라고 단단히 일러두세요."

한령파파의 숙여졌던 머리가 번쩍 들렸다.

"너무 빠르오. 무림맹의 추적대까지 와 있는 마당에 무당을 치는 것은 너무 위험하오, 신녀!"

"내일이면 추적대는 운현(鄖縣)으로 떠날 수밖에 없어요. 아마 무당에서도 상당한 숫자가 움직일 거예요."

그건 분명한 사실이었다.

내일이면 오십여 명의 제자가 운현의 곽가장을 칠 테니까.

"그래도 상대는 무당이라오. 비록 이곳에 사백의 제자가 모여 있다고는 하나, 무당을 감당하기는 힘들다오, 신녀."

"그들을 멸하자는 게 아니에요. 그들이 잘못했다는 것을 알리려는 것이지. 그래서 절대 무리하지 말라는 것이에요. 무당의 제자들과 싸움이 시작되면 반 시진을 넘겨서는 안 돼요. 반 시진이 되면 무조건 후퇴하라고 하세요."

"신녀, 이 늙은이를 생각해 무당을 치려는 것은 고마우나, 그로 인해 궁에 누를 끼치는 것이 아닐지 그게 걱정이라오."

"꼭 그 이유만은 아니에요. 천하에 알리고자 함이에요. 우리 정한궁이 누구도 두려워하지 않는다는 것을 보여주기 위해서예요. 설령 무림맹이라 해도 두렵지 않다는 것을 말이에요."

신녀의 몸에서 서리가 뻗친다.

은은히 피어오르는 한기가 연화암의 주 전각인 연화전을 싸늘하게 뒤덮는다.

한령파파는 전신이 얼음 동굴에 빠진 기분에 이를 악물었다.

"신녀의 깊은 뜻을 미처 몰랐으니, 이 늙은이, 이제 정말 죽을 때가 되었나 보오."

신녀는 차갑게 뻗치는 기운과 달리 부드러운 웃음을 지으며 입을 열었다.

"아니에요. 파파는 더 오래 살아서 제 곁을 지켜줘야 해요."

나이 먹은 여인인 자신이 보기에도 아찔한 모습이다.

한령파파는 절로 고개가 숙여지고 말이 떨려 나왔다.

"신녀시여……."

그런 한령파파를 바라보는 신녀의 눈에서 영롱한 빛이 흘러나왔다.

"사흘 후, 파파의 한을 푸세요."

2

운현 곽가장에 정한의 혈풍이 불었다는 소식이 전해진 것은 유월 이일 해시 무렵이었다.

무당에 비상이 걸렸다.

무림맹의 추적대가 먼저 떠나고, 무당파에서도 급히 조사단과 추적대를 따로 조직했다.

장로인 현양자가 이끄는 조사단에 열 명의 정 자 배 제자와 삼십 명의 송 자 배 제자가 따라가고, 현궁자와 현수자가 이백의 제자를 데리고 정한궁을 쫓기 위해 하산했다.

장문인인 현고자는 조사단만 보내려 했다. 그러나 장로들의 성화가 워낙 심했다.

특히 곽가장주 곽중보의 스승이나 다름없는 현궁자는 현고자가 안 된다고 하면 혼자라도 제자들을 데리고 떠나겠다며 강경하게 대들었다.

제자를 잃은 마음을 어찌 모를까.

현고자는 고심 끝에 열흘의 말미를 주고 그들을 내려 보내야만 했다.

그렇게 무림맹의 추적대 오십 명과 이백삼십 명이 넘는 제자들이 갑자기 빠져나간 무당은 마치 한곳이 빈 것 같았다.

* * *

그 일을 알게 된 것은 우연이었다.

의성의 한가장 무사였던 사람이 패천단에 들어왔다.

그는 하은적이라는 자였는데, 한가장에서 스무 명의 무사를 거느린 간부였다고 했다.

일류라 할 만한 무공을 지닌 그조차 정한궁의 여인 하나를 제대로 감당할 수가 없어서, 결국 장주인 한소봉마저 죽자 자존심을 찾을 여유도 없이 도망쳤다고 한다.

좌소천은 그의 신상 내력에 대한 걸 보고받고 즉시 그를 불렀다.

"그녀들은 영락없이 나찰이었습니다. 그래도 힘없는 사람들이나 여자들은 거의 죽이지 않았지만 말입니다."

말을 하면서도 그때의 공포가 떠오르는지 하은적의 몸이 부르르 떨린다.

좌소천은 깊은 생각에 잠긴 표정으로 몸을 떠는 하은적에게 물었다.

"그녀들이 남하를 건너 무당으로 갔다고 했소?"

"소문이 그렇게 났습니다, 단주. 솔직히 말씀드리면, 부끄럽게도 그 소문을 듣고 나서 섬서로 가려다 방향을 틀어 하남으로 왔습니다."

"그녀들이 무당으로 간 것은 확실하오?"

"그건 잘 모르겠습니다. 소문만 들어서……."

"알겠소. 가보시오."

"예, 단주."

하은적이 나가자 공손양이 다가왔다.

"무슨 걱정이라도 있으십니까?"

좌소천이 식은 찻잔을 바라보며 입을 열었다.

"무당과 인연이 있습니다. 작지 않은 인연이지요."

목숨을 구해준 영허 진인이 무당의 어른이다. 그걸 어찌 작은 인연이라 할 수 있으랴.

"아무래도 자세한 것을 알아봐야 할 것 같습니다."

"제가 알아보겠습니다."

"아닙니다. 깊은 것까지 알려면 천이당의 호연 당주에게 직접 들어야 합니다. 그러니 내가 직접 그를 만나야겠습니다."

공손양이 조금 걱정되는 표정을 지었다.

"만약의 경우, 무당에 일이 있으면 어찌하실 겁니까?"

좌소천이 그를 바라보았다.

"가봐야겠지요. 하나 너무 걱정 마십시오. 아무리 늦어도 기간 안에는 돌아올 테니까."

공손양이 안도의 표정을 지으며 천천히 고개를 끄덕였다.

모든 것에 철저한 좌소천이다. 그가 그리 말한 이상 그리 큰 차이가 나지는 않을 것이었다.

좌소천은 그 길로 천이당주 호연금을 만났다.

호북의 일, 그것도 무당과 정한거의 일은 제천신궁에 큰 영향이 없는 일이었다.

호연금은 그때만 해도 그리 생각했다. 하기에 그는 별생각 없이 호북에서 들어온 정보를 좌소천에게 모두 건네주었다.

"대체 왜 그 일을 알려고 하는 것이오?"

호연금은 나중에서야 궁금했는지 좌소천에게 그렇게 물었다.

좌소천은 별것 아니라는 듯 담담히 대답했다.

"일전에 무당에 간 적이 있었습니다. 해서 그곳의 일이 궁금해서 그럽니다."

정보는 하은적이 말한 것과 큰 차이가 없었다. 다만 나중에 벌어진 청봉의 일이 추가되었고, 무림맹의 추적대가 무당에 있다는 것이 다를 뿐이었다.

문득 한 가지 이상한 것이 눈에 들어왔다.

청봉의 장원에서 살아남은 사람이 없다는 것이었다. 심지어 여인들까지.

'이상하군. 전에 그녀들이 저지른 일도 그렇고, 하은적의 말에 의하면 그녀들은 여인들을 함부로 죽이지 않았다고 했는

데…….'

어쨌든 그것은 별문제가 아니었다. 범인이 정한궁이든 다른 사람이든 자신이 관여할 것이 아니니까.

좌소천은 두어 장 남은 서찰을 살펴보았다.

서찰은 한수를 오르내리며 정보를 수집하는 천이당의 정보원에게서 온 서신으로 최근의 것이었다.

일순간, 서신을 읽던 좌소천의 표정이 굳어졌다.

유월 이일 오전, 한수를 건너 운현으로 가는 수상한 여인들 발견. 두어 명씩 떨어져 있지만, 같은 무리로 보임.

운현의 곽가장이 오전에 발견한 여인들에 의해 공격당함.

이 일이라면 어제의 일이었다. 운현까지는 천 리 길. 전서구로 전해진 것이었다.

좌소천이 호연금에게 물었다.

"이게 마지막 서신입니까?"

"그렇다네, 오늘 점심 때 들어온 따끈따끈한 소식이지."

"대단하군요, 천 리 떨어진 곳의 소식을 이렇게 빨리 받다니 말입니다. 거기다 이렇게 좋은 정보를 알아내다니, 정보원들의 실력이 대단하군요."

"재수가 좋았다고 봐야겠지. 마침 운현을 지나가던 정보원이 그걸 봤으니. 아마 지금쯤은 호북 일대에 다 알려졌을 테지만 말이야. 곽가장이라면 무당의 속가제자인 곽중보가 장주로 있는 곳인데. 쯧쯧쯧……."

그 말에 좌소천의 눈빛이 깊게 가라앉았다.

무당의 속가제자가 장주로 있는 곳이 정한궁에 당했다.

당연히 무당이 움직이지 않을 수 없을 것이다.

그곳에 있는 무림맹의 추적대까지.

'무당에서 상당수의 제자들이 달려갈 것은 분명한 일…….'

좌소천은 급히 정한궁의 움직임을 머릿속으로 그려봤다.

보정, 의성, 청봉, 운현. 그리고 무당.

'설마……?'

아직은 설마일 뿐이다.

그러나 만에 하나의 경우라도 자신의 생각이 사실로 드러난다면, 무당은 최악의 사태를 맞이할지도 몰랐다.

"잘 봤습니다, 당주님. 나중에 제가 한턱내겠습니다."

좌소천은 인사를 하고 자리에서 일어났다.

"허허허, 별말을. 단주의 지위면 이 정도 정보는 당연히 볼 권한이 있는데 내가 뭐 한 게 있다고. 어쨌든 나중에 함 보세. 전의 일도 사과할 겸 말이야."

"알겠습니다. 그럼."

패천단으로 돌아온 좌소천은 품속에 묵령기환보를 꽂고 허리에는 무진도를 매었다.

공손양이 들어오더니 굳은 표정으로 말했다.

"저희들이 따라가지 않아도 되겠습니까?"

"개인적인 일로 며칠 자리를 비우는 것입니다. 단원들이 움직이면 공연히 다른 사람들에게 트집만 잡힐 뿐이지요."

하는 수 없다 생각했는지 공손양이 고개를 끄덕였다.

"조심하십시오, 단주."

"길어야 닷새 정도 걸릴 겁니다. 그동안 이곳을 부탁하겠습니다."

"알겠습니다, 단주."

신시 초, 좌소천은 패천단주의 집무실을 나섰다.

3

유시 초, 신녀와 한령파파가 연화전에서 나왔다.

연화암의 제법 넓은 뜰에는 각 조 열 명씩의 정한녀를 이끄는 사십여 명의 정한녀가 무릎을 꿇은 채 대기하고 있었다.

그녀들을 한차례 둘러본 신녀의 입에서 짧은 명이 떨어졌다.

"출발해요, 파파."

"예, 신녀."

무당산 자소궁까지 가는 데 반나절이면 충분했다.

그러나 최대한 조심해서 움직여야 하는데다가, 무당산이 워낙 험악해서 하루의 시간을 잡아야만 했다.

더구나 곧 어두워질 것인 만큼 시간이 더 걸릴 것은 기정사실이었다.

그래도 조금 서두른다면 아침나절쯤 천주봉에 도착할 수 있을 것이었다.

"신녀의 명령을 모두 들었을 것이다. 절대 개인행동이나, 무리한 행동을 해서는 안 됨을 명심해라."

"명심하고 있사옵니다!"

"좋아, 가자!"

* * *

신양을 출발한 좌소천은 거의 쉬지도 않고 무당산을 향해 달렸다.

왠지 불길했다.

자신의 생각이 틀리지 않았다면 늦었을지도 몰랐다.

그래도 가지 않을 수 없었다. 영허 진인과의 인연도 그렇고, 친구인 정은이 위기에 처했을지도 몰랐다. 며칠을 쓰고 그를 구할 수 있다면 열 번이라도 가야 할 일이었다.

인시 무렵, 한수에 도착한 좌소천은 강을 건너기 전 반 시진에 걸쳐 운기를 하고서, 여섯 개의 나뭇조각을 이용해 강을 건넜다.

금환비영이 절정에 달한 그는 말 그대로 비조(飛鳥)였다.

유월 사일 새벽.

안개가 자욱한 무당산 천주봉 북쪽 골짜기 초입.

수백의 여인들이 바람에 흐르는 안개를 타고 소리없이 천주봉 중턱 자소궁을 향해 치달렸다.

마치 아침 안개가 흘러가는 듯하다.

미리 경비가 없는 길을 알아놨는지 움직임에 거침이 없다.

울울창창한 소나무에 몸을 숨기고, 절벽 사이사이로 신형을 날린다.

그녀들이 자소궁이 보이는 능선에 올라선 것은, 무당파의 제자들이 아침을 먹고 잠시 휴식을 취하고 있을 때였다.

제일 먼저 정한궁의 여인들을 발견한 사람은 삼대제자인 송우였다.

그는 아침을 먹고 천주봉 능선에 있는 반일암에 가던 중이었다.

아무 생각 없이 절벽 아래다 대고 방뇨를 하고 있는데, 아래쪽에서 뭔가가 빠르게 움직이고 있는 게 언뜻 보인 것이다.

고개를 쑥 내민 그의 눈에 들어온 것은 수백 명이 능선을 올라오는 모습이었다.

언뜻 봐도 여인인 듯한 수백 명의 고수.

순간 그의 뇌리에 그간 숱하게 들어온 정한궁의 마녀들이 떠올랐다.

능선만 넘으면 곧바로 자소궁이 지척인 상황.

그는 방뇨를 하다 말고 급히 바지를 추켰다. 그러고는 질질 흐르는 오줌에 바지가 젖는 것에 상관없이 자소궁으로 달려갔다.

"마녀들이 몰려온다!"

이승에서 터져 나온 그의 마지막 외침이 천주봉을 울렸다.

휘익!

뭔가 차가운 것이 목을 스친 순간, 그의 머리가 힘없이 몸체에서 분리되어 떨어졌다.

그리고 곧 능선에 올라선 사백여 명의 여인이 자소궁을 향해 쏟아져 내려갔다.

한잔의 차를 마시고 아침 업무를 시작하던 현오자가 벌떡 일어섰다.

알아듣기 힘든 소리가 메아리치며 울린다.

그런데도 그가 일어선 것은, 알아듣기 힘든 말 와중에도 들린 '마녀' 라는 말 때문이었다.

"정은! 제자들을 모아라! 자소궁으로 간다!"

하지만 그는 자소궁으로 갈 수가 없었다.

갑자기 밖에서 비명과 고함이 터져 나온 것이다.

"으아악!"

"마녀들이다!"

현오자는 대경해서 검을 들고 밖으로 뛰쳐나갔다.

백의를 입은 십여 명의 여인과 녹의를 입은 오륙십 명의 여인이 도재전의 담을 넘어오는 게 보인다.

이제 막 침입한 것 같은데, 벌써 대여섯 명의 제자가 피를 뿌리며 쓰러져 있다.

"감히 무당을 침입하다니! 모두 침착하게 마녀들을 상대하라!"

현오자는 노성을 내지르며 검을 뽑아 들고 신형을 날렸다.

뒤따라 도재전을 나온 정 자 배의 도인들 십여 명이 현오자를 따라 정한궁의 여인들을 맞이해 몸을 날렸다.

그즈음, 자소궁에서도 처절한 비명과 격전음이 터져 나오기 시작했다.

마침내, 천년도량 무당에 정한의 혈풍이 몰아닥친 것이다.

끝없이 이어지는 비명과 고함 소리와 병장기 부딪치는 소리!

자소궁에서 뻗친 살기가 천주봉 일대를 뒤덮었다.

텃새들이 분주하게 날아다니고, 짐승들은 꼬리를 말고 굴속으로 몸을 숨긴다.

자소궁에서 시작된 격전이 옥허궁까지 번졌을 무렵, 좌소천은 무당산 초입에 들어섰다.

어차피 동쪽의 길을 따라 올라가기에는 늦은 터였다. 좌소천은 달리던 그대로 험악한 산을 타 넘었다.

세 개의 산을 넘자 메아리치는 소리가 제법 크게 들린다.

아주 늦지는 않은 듯하다.

좌소천은 무진도를 굳게 쥐고 도재전을 향해 신형을 날렸다.

십여 장 높이의 나무 위를 훌훌 날아내린 좌소천의 눈에 치열한 격전이 벌어지고 있는 광경이 눈에 들어왔다.

녹의와 백의를 입은 여인 오십여 명이 무당의 제자들을 몰아치고 있었다.

땅에는 이미 오륙십 명이 쓰러진 상황이었다.

그중 무당의 제자가 사십여 명인 데 반해, 여인들은 십여 명에 불과했다.

도재전의 제자가 백오십여 명인 걸 생각하면 실력의 격차가 그만큼 크다는 뜻이다.

좌소천은 날아내린 즉시 상황이 급한 곳을 향해 직선으로 내달렸다.

그가 달리는 동선에 있는 여인들은 모두 네 명.

번쩍!

"허억!"

"크윽!"

"피, 피해!"

좌소천은 무진도를 단 두 번 휘둘러 네 여인의 목숨을 취했다.

"웬 놈이냐?!"

대경한 여인의 날선 목소리가 터져 나왔다.

하지만 좌소천은 대꾸하지 않고 도재전 앞에서 벌어지는 격전지로 날아갔다.

현오자가 백의를 입은 여인과 한바탕 접전을 벌이고 있고, 정은과 정은의 사형제들이 안간힘을 다해 녹의를 입은 여인들을 막고 있지만, 상황이 그리 좋지가 않다.

좌소천이 그곳으로 달려가자 대여섯 명의 여인이 좌우에서 달려들었다.

순간 좌소천의 무진도가 휘둘러지고, 검은 도세가 그녀들을 향해 층층이 밀려갔다.

쉬쉬쉬쉬!

마치 검은 파도가 밀려가는 듯했다.

"허엇! 모두 피해!"

백의를 입은 여인 중 하나가 악을 쓰듯이 외쳤다.

하지만 그녀의 외침이 끝나기도 전에 두 명의 여인이 비명도 지르지 못한 채 도세에 휘말렸다.

"헉!"

"흡!"

두어 걸음 물러서던 여인들이 힘없이 무너져 내린다.

그나마 세 명의 여인은 두 여인의 희생 덕분에 몸을 뒤로 빼고는 좌소천의 곁에서 멀찌감치 떨어졌다.

좌소천은 물러서는 그녀들은 보지도 않고 도재전으로 다가갔다.

그때 위쪽에서 기다란 소성이 울렸다.

삐이이이! 삐리리리!

정한궁이 무당을 친 지 반 시진 만이었다.

소성이 울림과 동시, 따로 명령이 없었는데도 도재전 앞에서 싸우던 여인들이 썰물처럼 빠져나갔다.

심지어 현오자와 싸우던 여인도 현오자를 향해 강력한 일검을 내지르고는 그 반동을 이용해 뒤로 몸을 날렸다.

좌소천은 갑자기 여인들이 몸을 빼자 재빨리 좌우를 쓸어보았다.

"무진!"

정은이 그를 알아보고 달려왔다.

피가 청의를 검게 물들이고 있었지만, 그다지 큰 부상은 입지 않은 듯했다.

"괜찮나?"

"나는 괜찮네. 다만 워낙 많은 제자들이 죽고 다쳐서……."

좌소천은 고개를 돌려 현오자를 바라보았다.

얼굴이 창백한 것이 그도 상당한 곤욕을 치른 듯했다.

"제가 좀 늦었습니다."

"아니다. 그나마 네가 온 덕에 피해가 조금이라도 줄었거늘……."

말을 길게 끄는 현오자의 얼굴이 참담하게 일그러진다.

제자들이 죽고 다친 것이 마치 자신의 잘못이라도 되는 것 같은 표정이다.

"그녀들을 추적하겠습니다."

좌소천은 현오자가 말릴 틈도 없이 신형을 뽑아 올렸다.

주력은 도재전에 있던 여인들이 아니었다.

자신이 도재전에 도착했을 즈음, 자소궁에서 강렬한 기운이 뿜어져 나왔었다. 자신조차 흠칫할 정도의 기운이.

좌소천이 쫓고자 하는 것은 바로 그 기운이었다.

단숨에 능선에 도착한 좌소천은 능선을 타고 빠르게 북쪽으로 달렸다.

자소궁에서 빠져나갔다면 북쪽 능선을 탔을 거라는 생각이었다. 그쪽이라면 자신도 어느 정도 길을 아는 터. 오래지 않아 꼬리를 잡을 수 있을 것이었다.

그렇게 암벽을 타고, 그 사이사이에서 자라는 소나무를 밟으며 나아가던 좌소천의 신형이 어느 순간 갑자기 멈췄다.

눈앞에 깎아지른 절벽이 나타난 것이다.

일순간 부드러운 듯 차가운 기운의 흐름이 느껴졌다.

백 장 절벽 건너편 쪽이다.

그때다. 멈춰 선 자신을 봤는지, 건너편 바위 봉우리 위로 누군가가 올라선다.

백설처럼 하얀 경장. 호리호리한 몸매.

여인이다. 신비한 기운을 뿜어내는 여인.

'저토록 강한 기운의 주인이 여자?'

몸을 돌린 여인이 자신을 마주 본다.

바람이 거센데도 한 점 흔들림없이 칼날 같은 바위에 서 있다.

삼백 장의 거리. 바람에 날리는 하얀 옷자락이 선명하게 눈에 들어온다.

두꺼운 백색 면사로 인해 얼굴은 보이지 않으나, 그녀에게서 흘러나오는 신비한 기운이 봉우리 전체를 휘감고 있다.

결코 자신에게 뒤지지 않는 기운!

그녀다. 신녀! 자신이 쫓은 기운의 주인!

『절대천왕』 4권에 계속…

학교에서는 가르쳐주지 않는
10대들을 위한 **인생수업**

작가 : 이빙 | 역자 : 김락준

10대들을 위한 나침반 같은 인생 교과서!
사회 초입에 들어서게 될 청소년들에게 들려주는
100가지 인생 이야기

내 인생의 방향잡기!
여행길에 오르기 전에 접해보자!

100가지 이야기, 100가지 명언

사람은 태어나면서부터 각기 다른 모습으로, 각기 다른 사고로 "인생" 이라는
여행길에 오르게 된다. 내가 지금 서 있는 이 위치에서 그리고 사회라는 공간에서
한 사람의 몫을 당당하게 해낼 수 있는 역량을 키워나가기 위해서는 어떠한 생각을
가지고 있어야 하는 걸까.

늦지 않게 준비하자! 스스로의 마음가짐이 자신의 미래를 결정한다!

설레는 마음으로 떠난 길일지라도 기존에 생각하고 있던 것과는 다르게 흘러가는
사회의 모습에 당혹스럽기도 할 것이다.
그러한 곳에 발을 들여놓기 위해 첫 발걸음을 막 뗀 청소년이라면 학교에서는
미처 배우지 못한 상황에 더욱이 큰 혼란스러움을 느낄 수밖에 없다.
시간이 흐를수록 사회가 한 인간에게 요구하는 것은 다양하고 세밀해지고 있다.
그러한 사회 속에서 자신만이 앞으로 나아가지 못해 제자리걸음을 하게 된다면 어떠할까.
미리 대비를 하지 않는다면 당신 역시 그러한 현상에 빠지는 또 한 명의 사람이 되고 말 것이다.

책장을 넘기는 순간, 책과 당신의 공감대가 형성된다!

적응을 위해 도움이 될 만한
인생의 지혜와 경험, 깨달음이 한가득 담겨있다.
그 속에 담긴 100가지 이야기 그리고 그와 관련된 100가지의 명언은
가슴 깊이 새겨 놓고 되뇌여 보기에 충분하다.

Rhapsody Of Cardinal

카디날 랩소디

송현우 판타지 장편 소설

놀라운 경험(the enormous experience)!

He created a completely new world.
It is a place who have never known and where never been able to imagine.
This splendid world will introduce the enormous experience for the person only who reads.
그 누구에게도 알려진 것이 없으며 상상조차 할 수 없었던 새로운 세계를
작가는 완벽하게 창조해내었다.
이 멋진 세계는 독자들만이 체험할 수 있는 놀라운 경험으로 인도할 것이다.

판타지는 허구다? 아니다. 판타지는 일상이다.
우리의 삶은 연속된 판타지의 연장선상에 놓여 있고,
상상은 우리의 일상을 더욱 살찌운다.
『카디날 랩소디(Rhapsody of Cardinal)』를 경험하는 독자들은
더욱 풍부한 일상 속에서 새로운 삶을 경험할 것이다.
멋진 만남! 흥미로운 경험! 이것이 『카디날 랩소디』가 가진 장점이며,
작가 송현우가 독자들에게 바라는 꿈이다.

세상을 보는 또 하나의 창 - inthebook.net
유행이 아닌 자유추구 - chungeoram.net
Book Publishing CHUNGEORAM